Sara Rivers

Under your SurfACE

Die Gefahr in deinen Armen

UNDER YOUR SURFACE

Die Gefahr in deinen Armen

Impressum:

Mai 2017

Copyright Sara Rivers 2017

Buchcoverdesign: Sarah Buhr

/ www.covermanufaktur.de unter Verwendung von

Bildmaterial von Jorgen; George Rudy

/ www.shutterstock.com

Lektorat & Korrektorat – Sabine Wagner,

Kolibrilektorat

S. Rivers

Beethovenstraße 5

16909 Wittstock

Herstellung und Verlag:
BoD - Books on Demand, Norderstedt
ISBN: 9783744823159

Warnung

Dieses Buch hat mich emotional an meine Grenzen gebracht. Wenn du schwache Nerven hast, kein Blut „sehen" kannst und nichts über sexuelle Gewalt lesen willst, sollte deine Reise hier enden. Es ist keine leichte Kost, es ist dunkel, es ist ordinär. Und es ist vor allem eines: fiktiv. Falls du gern Dark Romance liest, entführe ich dich hiermit in die dunkle Welt Amerikas und stelle dir Lucia und Ace als Stütze zur Seite.

Viel Spaß, deine Sara.

ZUKUNFT

Alles, was ich schmecke, ist Blut. Schwärze umgibt mich im Sekundentakt, nur die wenigen Momente des Lichts erhellen den Raum und den Mann, der vor mir steht und mich prüfend und lachend zugleich mustert. Seine beinah grellweißen Augen lassen seine ohnehin dunkle Haut noch dunkler wirken. Rote Adern durchziehen sie. Wenn ich es nicht besser wüsste, würde ich behaupten, er wäre ein Junkie der übelsten Sorte.

Ich versuche, mich aus den Ketten zu befreien, die mich an diesen Stuhl hier binden, doch sie rühren sich nicht. Dafür schneidet sich das Metall brennend in meine Haut und der Schmerz breitet sich in meinem Körper wie ein Fegefeuer aus. *Das Fegefeuer.*

Ist es das? Fühlt sich so die Hölle an? Fühlt es sich so an, zu sterben? So oft hatte ich den Tod in seiner reinsten Form vor Augen. Habe Menschen sterben und leiden sehen. Das hier ist etwas anderes.

Diesen Tag habe ich so lange herbeigesehnt. Seit drei Jahren male ich ihn mir in den dunkelsten Farben aus. Doch in meiner Version stehe ich vor einem dieser Wichser und lasse einen nach dem anderen ausbluten. Schneide sie auf und nehme sie aus wie einen alten Kadaver. Die Realität könnte kaum ernüchternder sein.

Was dachte ich mir nur hierbei? Dass sie mir einfach verraten würden, was sie wissen? Dass sie mir vertrauen, obwohl ich einen von ihnen auf dem Gewissen habe?

Wenn ich ehrlich bin, weiß ich nicht, was ich gedacht habe, als ich hierherkam. Was ich mir dabei dachte, sie mit in dieses Chaos zu ziehen und ihr Leben zu riskieren ... Sie hätte glücklich werden können.

Ich hätte ihr nur die Chance lassen sollen, anstatt sie ihr zu nehmen. Hätte ihr fünfzig Riesen in die Hand drücken und sie von hier wegbringen müssen, als ich es noch konnte. Stattdessen habe ich ein zweites Mal in meinem Leben alles in den Sand gesetzt.

»Willst du mich weiterhin anglotzen und nichts sagen?«, knurre ich lachend und sehe ihn aus verengten Augen an. Der Schwarze zieht seine Mundwinkel in die Höhe. Zum Vorschein kommen ekelerregend gelbe Zähne, zwischen denen ein Zahnstocher steckt, auf dem er genüsslich herumkaut.

»Wo ist dein Boss? Ich will mit ihm und nicht mit seinem minderwertigen Köter reden.« Ich weiß, dass ich gerade mein Todesurteil unterschreibe.

Dieser Kerl könnte mich mit bloßen Händen zerquetschen, wenn er wollte. Nur, dass es mir egal ist. Was hat das Ganze jetzt noch für einen Sinn? Ich habe alles verloren, was mir einst wichtig war, wozu also noch kämpfen? »Der kümmert sich gleich um deine Kleine«, säuselt der Kahlgeschorene und beginnt, vor meiner Nase auf und ab zu laufen.

Gedanklich überlege ich mir, wie ich mich von diesen ätzenden Ketten befreien kann. Wie ich es schaffen kann, ihn bewusstlos zu schlagen, um ihm die Schlüssel abzunehmen, die in seiner Hosentasche stecken.

»Wenn sie auch nur einen Kratzer davonträgt«, warne ich ihn, doch er lässt sich von meiner Warnung nicht beeindrucken. Stattdessen lacht er sich ins Fäustchen und schüttelt prustend den Kopf.

»Oh, er wird ihr mehr als nur einen Kratzer verpassen. Am Ende kannst du froh sein, wenn sie noch eine Zunge hat, mit der sie deinen erbärmlichen Namen rufen kann.« Innerlich verkrampfe ich mich.

Zu wissen, dass sie hier ist, tötet mich. Nicht zu wissen, ob sie lebend diese Halle verlassen wird, ist noch schlimmer.

Es ist eine Gratwanderung, ich befinde mich auf dem dünnen Seil. Unter mir der endlose Abgrund. Auf der gegenüberliegenden Seite sie. Was ich tun würde, wenn sie meinetwegen stirbt?

Wenn sie … Nein! Das kann und werde ich nicht zulassen. Es muss einen Weg hier raus geben, das muss es einfach … Nur fällt er mir in diesem Moment nicht ein, weil mich die Schmerzen davon abhalten, einen klaren Gedanken zu fassen.

»Was ist eigentlich für ein Schlappschwanz aus dir geworden, Ace? Mein Boss meinte, dass du mal ein ziemlich cleveres Kerlchen warst. Was hat sich verändert, hm?«, will er wissen, geht vor mir in die Hocke und fuchtelt mit dem Revolver vor meinem Gesicht herum.

Bei genauem Betrachten fällt mir die tiefe Narbe auf, die ab der Mitte seiner Glatze beginnt und sich über das Auge bis hin zu seinem Mundwinkel zieht. Alles in allem ist dieser Kerl das Hässlichste, was ich je gesehen habe.

»Ihr wisst gar nichts über mich«, zische ich, wobei mir das Blut aus dem Mund tropft und auf meiner Jeans landet. Ob sie auch blutet? Was werden sie mit ihr tun, wenn ich es nicht schaffe, sie zu retten? Knurrend versuche ich, diese Bilder zu vertreiben. Ohne Erfolg. Ich kann sie hören. Kann sie vor meinen Augen sehen. Sie leidet.

»Oh, Ace. So leichtgläubig …« Er sieht mich intensiv an, seine braunen Augen wirken starr und leblos, seine Pupillen sind unmenschlich groß.

»Wir wissen vieles, wenn nicht sogar alles über dich und dein erbärmliches Leben. Sag mir, wie lange verfolgst du uns schon? Und vor allem: Wann checkst du endlich, dass du dein Todesurteil unterschrieben hast, als du herkamst? Als du dein sicheres Versteck verlassen hast, um uns in die Arme zu rennen?«

Ein teuflisches Lachen liegt auf seinen violetten, rissigen Lippen. Zu gern würde ich ihm dieses Lachen auf meine Art und Weise austreiben. Ihn bluten lassen und ihm danach seine schäbigen Eier abschneiden, um sie ihm zum Fraß vorzuwerfen. »Ich werde nicht aufhören, solange ich nicht habe, was ich will.« Beim Sprechen spritzt das Blut aus meinem Mund und direkt in seine hässliche Visage.

Er zuckt nicht mit der Wimper, denkt nicht einmal daran, es sich vom Gesicht zu wischen. Ich bin mir sicher, dass es ihm gefällt, fremdes Blut in der Fresse und an seinen Händen zu haben. Es zeigt ihm, dass sein Leben nicht ganz so nutzlos ist, wie es den Anschein erweckt.

»Und wer sagt dir, dass wir haben, was du suchst?« Ehrliche Neugier liegt in seinem Blick, die ich mit einem Lachen kommentiere.

»Ich weiß es nicht, aber ich werde es herausfinden, koste es, was es wolle«, antworte ich ihm todernst und ignoriere den Lauf der Knarre, den er auf mich richtet.

»Und wenn es heißt, dass ich den Boden mit deinem Hirn schmücken muss, werde ich es tun.« Meine Drohung sorgt dafür, dass er seine Augen aufreißt. Ernst zu nehmen scheint er mich trotzdem nicht, denn seine Miene klart augenblicklich auf.

»Ihr weißen Weicheier wisst doch gar nicht, wie man hiermit umgehen muss.« Er dreht den Revolver, den er mir abgenommen hat, in seinen Händen hin und her. *Und wie ich wüsste, was ich damit zu tun habe. Auf ihn richten, auf die Stelle zwischen seinen hässlichen Augen zielen, durchatmen, abdrücken. Ihm zum Schluss einen Tritt in den Magen geben und ihn blutend am Boden dieser schäbigen Halle zurücklassen.*

»Lass es doch drauf ankommen«, fordere ich ihn heraus. Der Pisser steht auf, beugt sich vor, sodass sein Schweiß in meine Nase steigt und mich würgen lässt. Außerdem riecht er nach mehr. Nach Sex. Nach Blut. Nach Urin …

»Wenn es nach mir gehen würde, wärst du längst frei. Dann wärst du jetzt gerade winselnd unter mir und würdest dir wünschen, dass es schnell geht. Dass ich Gnade walten lasse und deinen Tod schnell über die Bühne bringe.« Sein stinkender Atem trifft mein Gesicht, also wende ich es von ihm ab, um nicht auf meinen Schoß zu kotzen.

»Trau dich doch. Aber Moment. Das kannst du nicht, hab ich recht? Weil du nur seine Schlampe bist, mehr nicht. Du wirst nie mehr sein als seine kleine Schlampe, die sich die Hände schmutzig macht, damit er es nicht tun muss.« Zu gern würde ich wissen, ob dieses Arschloch schon damals zu ihm gehört hat. Sein Gesicht sagt mir nichts.

»Mach dich ruhig über mich lustig. Spätestens wenn wir deine kleine Schlampe ausbluten lassen, wird dir dein schäbiges Lachen vergehen.«

Im selben Moment ertönen Schreie. Schreie einer Frau. *Ihre* Schreie … Der Kerl vor mir spitzt die Ohren und deutet mit der Knarre auf den Nebenraum. Das Licht über uns flackert wild, alles hier drin riecht nach Verderben. Alles hier riecht nach Tod, dem ich noch nie so nah war wie hier.

»Deine Kleine hat das perfekte Timing, hörst du? Hörst du ihre verzweifelten Schreie?« Ich presse die Augen zusammen, als ein weiterer ertönt.

»Ace«, wimmert sie laut und alles in mir steht in Flammen, weil ich ihr nicht helfen kann. Weil sie meinetwegen leiden muss … Und ich sie in die Arme des Teufels getrieben habe, weil ich den Gedanken, allein zu sein, nicht ertragen habe.

»Wenn ihr etwas zustößt«, knurre ich. »Werde ich dich aufschlitzen. Von oben«, mein Blick wandert über seinen Brustkorb hinab zu seinem Schritt, »bis unten. Bis zu deinem erbärmlichen Schwanz und deinen Eiern, die du verloren hast, als du dich entschieden hast, für ihn zu arbeiten.«

Ich versuche, ihre hilflosen Rufe nach mir auszublenden, scheitere aber kläglich. Jedes einzelne Mal trifft mich wie eine Kugel … mitten in mein verkorkstes Herz.

Ihre Schreie sorgen dafür, dass das Blut in meinen Adern gefriert, eine Gänsehaut über meinen Körper jagt und ich mich verkrampfe. *Ich muss sie retten.* Egal, über wie viele Leichen ich dafür gehen muss. Wenn ich die ganze Halle in Brand setzen muss, werde ich es tun.

»Hört auf«, japst sie und erschüttert meine Welt wieder und wieder. Ich will mir nicht vorstellen, was diese Wichser mit einer Frau wie ihr anstellen. Wie sie sie quälen. Was sie ihr antun. Und wie sie sie am Ende brechen. Denn das ist es, was sie tun. Sie brechen Menschen, um sie danach zu töten und ihnen den Gnadenstoß zu verpassen. Sie vergewaltigen Frauen auf die schlimmste Art und Weise, die man sich vorstellen kann.

»Selbst, wenn wir sie am Leben lassen, wird sie danach nicht mehr leben wollen, glaub mir, Ace. Sie wird das nicht verkraften, egal, wie stark sie ist.« Erneut versuche ich, mich vom Stuhl loszureißen, wobei sich die Ketten wieder bohrend in meine Handgelenke brennen. All das ist nichts im Vergleich zu den Schmerzen, die sie durchleiden muss, wenn sie derart schreit.

Unbändige Wut überkommt mich, als ich den Speichel in meinem Mund mit meinem Blut vermische und ihm ins Gesicht spucke.

Die schaumige, rote Mischung rinnt von seiner Wange hinab zu seinen Lippen. Angewidert sehe ich dabei zu, wie er sich meinen blutigen Speichel von den Lippen leckt. Als er lacht, klebt mein Blut an seinen gelben Zähnen.

»Wir sehen uns in der Hölle, Arschloch.« Dann holt er aus und schmettert mir den kühlen Lauf der Knarre gegen die Schläfe.

Verzweifelt versuche ich, gegen die alles einnehmende Schwärze anzukämpfen, will bei Bewusstsein bleiben. Aber ich bin zu schwach …

Sekunden später wird alles vom Schwarz verschluckt und ich falle. *Wir sehen uns in der Hölle …* Bin ich da nicht schon?

Seine letzten Worte rauschen durch meinen Kopf, während ich nur eines vor Augen habe: ihre blonden Haare … ihre vollen Lippen … ihre weiche Stimme. Das Letzte, was ich sehe, bevor ich bewusstlos werde, sind ihre leblosen, grauen Augen. Sie wird tot sein, wenn ich aufwache.

ZUKUNFT

»Lasst mich gehen«, wimmere ich, auch wenn mir mittlerweile die Kraft fehlt. Immer und immer wieder habe ich seinen Namen gerufen. Habe geschrien, geweint, gekreischt. Doch niemand kam. Niemand kam, um mich zu retten.

Es ist ermüdend, zu wissen, dass man nicht gerettet wird. Dass man hoffnungslos ist. Der Kerl vor meiner Nase verzieht seine Lippen zu einem breiten Grinsen, als er sich direkt vor mich stellt. Die kalte Knarre in seinen Händen. Der Ausdruck des Bösen in seinen Augen.

Blaue Flecke übersäen meine Arme, und auch wenn sie nichts Neues für mich sein sollten, erstarre ich bei ihrem Anblick. Diese Pein ist so viel schlimmer als die, die ich gewohnt bin.

»Und wieso denkst du, sollte ich dich gehen lassen, kleine Prinzessin? Unser Boss will dich. Zu meinem Bedauern lebendig«, säuselt er, legt den Lauf der Pistole an meine Wange und fährt über meine Haut damit.

»Was willst du dann mit mir tun?«, frage ich ihn zitternd. Innerlich schreie ich mich an, will, dass ich stark bleibe. Aber ich bin nicht stark. Nicht mehr. Nicht nach den letzten Tagen mit ihm. Ace hat mich gebrochen, hat meine Schale geknackt und meine zerbrochene Seele ans Licht gebracht.

»Ach, mir fällt da schon einiges ein.« Seine Pistole wandert noch einmal hinauf zu meiner Wange, bevor er entschlossen zu meinen Lippen wandert.

»Aufmachen«, knurrt er. Weil ich weiß, dass es keinen Sinn hat, sich zu wehren, öffne ich die Lippen, sodass der Lauf in meinen Mund eindringen kann. Wenn man sich wehrt, tut es nur noch stärker weh, das weiß ich. Weil ich in meinem Leben schon mehr Schmerzen durchleben musste, als dieses Monster ahnt. Er glaubt, dass er der Erste ist, der mich auf diese Art und Weise benutzt, dabei kenne ich diese Machtlosigkeit.

»Blas«, befiehlt er mir. Tränen brennen in meinen Augen, die Knarre nimmt meinen gesamten Mundraum ein. Ich presse die Lider zusammen und hoffe, dass er einfach abdrückt und mich erlöst. Wenn er mit mir fertig ist, will ich ohnehin nicht mehr leben. Nicht mehr ich sein. Nicht mehr in diesem Körper stecken.

»Du. Sollst. Blasen.« Er presst mir die Knarre dichter in den Rachen, sodass mich ein Würgen überkommt. Die Tränen rinnen heiß über meine Wangen und landen auf dem Metall der Waffe. Ich will nach Luft schnappen, aber ich kann nicht. Meine Lunge schmerzt, meine Augen brennen und meine Arme, mit denen ich an diesen Stuhl gefesselt bin, sind wund und brennen von dieser verkrampften

Haltung. Etwas an der kalten Stimme dieses Mannes sagt mir, dass der Raum hier der letzte ist, den ich in meinem Leben sehen werde.

»Okay, du willst wohl lieber einen echten Schwanz im Mund haben, das kriegen wir hin.« Der Kerl nimmt den Revolver aus meinem Mund und ich schnappe keuchend nach Luft. Ich muss meine Augen nicht öffnen, um zu wissen, was er vorhat.

Ein Reißverschluss öffnet sich, während die Waffe zu Boden fällt. Sekunden später spüre ich seine Eichel an meinen aufgerissenen Lippen.

Ich presse den Mund zu, weil ich den Gedanken nicht ertragen kann. Die Knarre in meinem Mund zu haben, war eine Sache. Das hier ist um Lichtjahre demütigender …

»Los, mach deinen süßen, kleinen Mund auf, ich will ihn ficken«, sagt er triumphierend und presst mir seinen Schwanz dichter entgegen.

»Nun komm schon, Prinzessin. Probiere es doch mal aus.« Und weil ich mich weiterhin dagegen wehre, zieht er meinen Kopf an den Haaren nach hinten, reißt mir den Mund mit der anderen Hand auf und versenkt seine Erektion bis zum Anschlag in mir. Der Geschmack seiner Lusttropfen trifft auf meine Zunge, die Tränen werden ätzender. »Und jetzt genieß es«, murmelt er, streicht sachte über meinen Kopf und fickt meinen Mund. Er zieht ihn langsam heraus, dringt wieder in mich ein, zieht ihn wieder raus und stößt sich kraftvoll bis zu meinem Rachen in mich.

Ich kneife die Augen zusammen, will nicht sehen, wie befriedigt er den Kopf in den Nacken legt. Ich will nur eines: Sterben. Entweder das, oder ich will bei Ace sein. Will mich an diesem Mann rächen, der mich auf schlimmste Weise demütigt, die eine Frau durchmachen kann.

»Du hast weiche Lippen, Prinzessin.« Seine dunkle Stimme jagt mir einen Schauer über den Rücken, während seine Länge weiterhin durch meine Lippen gleitet. Ich bekomme keine Luft mehr, traue mich nicht, durch die Nase zu atmen, um seinem Geruch zu entkommen.

»Weiter so, Kleines. Ich komme gleich«, gurrt er. Ich winde mich, will nicht, dass er in mir kommt. Ein Schrei liegt auf meinen Lippen, den ich aufgrund seiner Erektion nicht freilassen kann.

Alles in mir zerbricht, als mir die einzige Lösung kommt. Der einzige Weg, das hier zu beenden, bevor er abspritzt.

Ich warte, bis er mit seiner Eichel an meinen Zähnen ist und beiße mit voller Kraft zu. Blut sickert in meinen Mund, als er schreiend von mir ablässt.

Qualvoll öffne ich die Augen, will den Geschmack aus meinem Mund loswerden, aber er bleibt. Der Kerl hält sich die Hände vor seinen Schritt, während ich mir überlege, wie ich fliehen kann. Wie ich es schaffen kann, mich vor der Hölle zu retten, bevor ich dem Teufel in die Arme getrieben werde. Doch bevor mir die zündende Idee kommen kann, öffnet sich die Tür zu dem Raum, in dem ich mich befinde. Ein großgewachsener Kerl betritt ihn und blickt den Mann vor mir lachend an. »Sag nicht, die Kleine hat dir in die Kuppe gebissen?« Er richtet sich jammernd auf und blickt seinen Kollegen wütend an.

»Ich überlasse sie dir. Mach mit ihr, was du willst. Sie wird dafür bluten«, keucht er in meine Richtung, zieht sich eilig seine Hose an und verlässt humpelnd den Raum.

Sobald die Tür ins Schloss fällt und der Kerl näher an mich herantritt, weiß ich, dass meine Hölle gerade erst begonnen hat. Seine Augen ... so kühl. So gefährlich. So skrupellos. Dieses Monster spielt in einer anderen Liga.

»Na dann wollen wir mal die Einladung annehmen.« Mit diesem Satz zückt er ein Messer aus dem Bund seiner Hose, das er an meine nackte Brust führt und an mein Fleisch drückt. Begehrend sieht er mich an, kann seine braunen Augen nicht von meinen Brüsten lassen. Genüsslich leckt er sich über die Lippen, während er mich mit seinen Blicken weiter auszieht.

»So schöne Titten«, summt er und fährt mit der Messerspitze ihre Form entlang. Ich halte den Atem an, will nichts Falsches sagen, nichts Falsches machen. *Wenn du dich nicht wehrst, tut es weniger weh ...*

Die scharfe Klinge fährt über meine Nippel, die sich aufgrund der Kälte aufstellen. Der Kerl vor mir greift sich in den Schritt und rückt seine aufkommende Erektion zurecht. Wie krank kann ein Mensch sein, sich hieran zu ergötzen?

Wieder fährt das Messer über meine steifen Nippel. Als er das nächste Mal über die Mitte fährt, drückt er stärker auf, sodass mich ein erstickender Schmerz durchflutet.

Keuchend blicke ich an mir hinab, wobei meine Tränen auf meine nackte Brust tropfen und sich mit dem Blut vermischen, das jetzt aus dem frischen Schnitt tropft.

Ich beiße die Zähne schmerzhaft zusammen, kann die Lust des anderen Mannes immer noch in mir schmecken. Die Klinge fährt noch ein weiteres Mal über mein Dekolleté und brandmarkt mich.

Schmerzen.

Schreie.

Hilflosigkeit …

»Hast du daraus gelernt, du kleines Flittchen? Wenn einer von uns seinen Ständer in dich steckt, hast du zu blasen, verstanden?« Er steckt sein Messer zurück in seine Hosentasche, fährt stattdessen mit seinen heißen Fingern über die Wunden und verteilt das Blut auf meiner Haut.

»Lass. Mich. In. Ruhe«, knurre ich. Woher ich den Mut nehme, weiß ich nicht. Wieso kann ich nicht einfach meinen Mund halten, um Schlimmeres zu verhindern?

»Ah, du brauchst wohl die härtere Tour. Die kannst du haben«, versichert er mir lachend, tritt gegen den Stuhl, auf dem ich sitze, sodass er gemeinsam mit mir umkippt. Meine Wange schlägt auf dem kalten Beton auf, genau wie meine verletzte Brust.

Wimmernd liege ich am Boden, winde mich, bin aber zu schwach. Entweder das, oder die Ketten sind zu stark … *Ace, Ace, Ace.* Er ist das Einzige, das mich davon abhält, einfach zu sterben. Einfach den Kampf aufzugeben, von dem ich weiß, dass ich keine Chance habe, ihn zu gewinnen.

»Du wirst gleich lernen, dass du dich nicht zu widersetzen hast.« Der Koloss greift sich den Revolver, den sein Partner auf dem Boden vergessen hat, lädt ihn und schießt damit ins Leere.

Ein Schuss ertönt, der mich durchzuckt, als die Kugel gegen die Glühbirne stößt und sie zum Zerplatzen bringt. Das Glas schlägt klirrend am Boden auf und das einzige Licht, das jetzt noch den Raum erfüllt, kommt von dem Fenster hinter mir. Wie spät es wohl schon ist? Ob mich je jemand finden wird?

Der Mann zielt ein weiteres Mal ins Nichts. Die nächste Kugel trifft die Fensterscheibe, als hätte er meine Gedanken gehört. Weiteres Glas zerbricht, so wie mein Herz in diesem Moment in tausend Teile zerbirst.

Sofort strömt die stickige Luft des heißen Julis in den Raum. Und doch zittere ich am ganzen Leib, als der Mann in die Hocke geht und mich ruppig von den Ketten löst.

Mein Instinkt rät mir, zu rennen, aber ich bin zu schwach, um aufzustehen, also bleibe ich am Boden liegen und gebe mich meinem Schicksal hin, egal, wie dunkel es sein mag.

Seine Hand wandert zu meinem Rock, den er eilig nach oben über meinen Po schiebt. Der kalte Beton trifft auf meine Hüfte, sodass mich eine Gänsehaut überkommt, die mir Schmerzen bereitet.

»Und jetzt zeig ich dir, was dich erwartet, wenn du dich noch einmal danebenbenimmst.« Sein glucksendes Lachen erschüttert mein Innerstes, als er mit der heiß gelaufenen Mündung der Waffe über meine Oberschenkel fährt und mich damit verbrennt. Als er an meinem Slip angekommen ist, schiebt er ihn mit einem Finger zur Seite und zieht zischend die Luft ein.

»Nein«, jammere ich, weil ich nur erahnen kann, was gleich passieren wird. Dass er mir wehtun wird. Dass er meine Schmerzgrenze, die ich in den letzten Jahren aufgebaut habe, durchbricht. *Dass er mich zerbricht.* Wenn er mit mir fertig ist, werde ich nicht mehr ich selbst sein. Er wird mir alles nehmen.

»Spür das, du Schlampe.« Mit diesem knurrenden Satz schiebt er den heißen Lauf der Knarre in mich. Die Hitze verbrennt mich innerlich, ich sehe nur noch Punkte vor meinen Augen hin und her tanzen. Alles vibriert. Alles stirbt. Alles zerfällt zu Asche.

»Ace«, wispere ich, während sich die Welt um mich herum dreht. Mir wird schwindelig, die Knarre steckt immer noch zwischen meinen Beinen an meiner empfindlichsten Stelle. Das teuflische Lachen des Mannes, der mich in diesem Moment zerbricht, ertönt. Lässt mich immer und immer wieder sterben. Seine Pistole dringt noch einmal tiefer in mich ein, während ich die letzte Kraft sammle und meine Hände schützend vor meinen Unterleib lege.

Mit einem Ruck entzieht er die Waffe aus mir. Ich sehe nichts mehr, schmecke nichts mehr, fühle nichts mehr. Alles, was ich höre, sind seine Schritte, die sich entfernen.

Danach fällt eine Tür ins Schloss und ich bleibe allein am Boden zurück. Ich ziehe unter Schmerzen meine Knie an meinen Bauch und weine. Lasse alles raus, was mich durchflutet. Ich schluchze, wimmere, sterbe.

Meine Hände fahren hinab zu meinen Schenkeln, an denen mein heißes Blut entlangrinnt. Ich blute. Ich blute aus, bis ich völlig leer bin.

Kurz bevor ich von der Dunkelheit empfangen und verschluckt werde, habe ich sein Gesicht vor Augen. Stelle mir vor, wie anders mein Leben hätte verlaufen können, wenn ich ihm nie begegnet wäre. Wenn ich einfach die Flucht ergriffen hätte, anstatt ihm zu folgen.

Ace ... Wieso hast du das zugelassen? Wieso hast du meinen Tod nicht verhindert? Wieso nur ... wieso? Danach falle ich in die Tiefe, wo mich der Teufel mit offenen Armen empfängt und mit sich in die Hölle reißt. Seine grauen Augen sind das Letzte, was ich sehe, bevor ich aufgebe.

GEGENWART

»Wo zur Hölle bist du, Ace? Wir hatten doch eine Verabredung!« Sammys anklagende Stimme ertönt durch die Freisprechanlage meines Wagens, während ich den Freeway ansteuere.

»Auf dem Weg nach Dearborn«, erkläre ich ihr knapp, fahre das Fenster herunter und atme die stickige Luft ein. Ich hasse den Sommer, hasse es, dass es in den Straßen noch stärker nach Pisse und Kotze stinkt.

Der Winter hier hat auch seine Nachteile. Allein die unzähligen Obdachlosen, die sich auf die dampfenden Gullydeckel legen, um sich zu wärmen, nerven. Und doch finde ich den Sommer noch schlimmer. Ich krame in meinem Handschuhfach nach einer meiner zig Sonnenbrillen, um mich vor den Strahlen zu schützen, und befahre den Freeway.

»Dearborn?« Sie klingt wie eine kleine Göre, der man das Kuscheltier weggenommen hat. Na super. »Was zur Hölle willst du in diesem Drecksvorort, Ace?« Wieso zur Hölle beende ich das Gespräch nicht einfach?

24

Auch wenn sie so etwas wie eine Freundin für mich ist, bin ich weder ihr noch sonst jemandem eine Erklärung schuldig. Ich tue, was ich will, so war es schon immer und so wird es auch immer bleiben.

»Einen sicheren Schlafplatz? Morgen muss ich weiter Richtung Westen.« Und somit weihe ich sie ein Stück weit in meinen Plan ein, obwohl ich nicht vorhatte, irgendjemandem davon zu erzählen. Davon, was ich gesehen habe ... wen ich gesehen habe.

»Richtung Westen? Gott, Ace! Wirst du mir verraten, was zum Teufel du suchst?« Langsam aber sicher reißt mein Geduldsfaden. Der Freeway ist stark befahren, sodass ich mich nicht auf das Telefonat konzentrieren kann, ohne einen mittelklassigen Unfall zu verursachen.

»Noch nicht. Bis ich es gefunden habe, werde ich es für mich behalten. Vertrau mir einfach, Sammy, okay?« Mein Arm lehnt aus dem Fenster, die heiße Luft strömt weiter unaufhörlich in den Wagen.

»Es fällt mir schwer, wenn du einfach deine sieben Sachen packst und den Bundesstaat verlassen willst«, murmelt sie betrübt.

»Hey.« Ich nehme den Arm wieder rein, schließe das Fenster und fahre auf die rechte Spur, damit ich mich besser auf Sammy konzentrieren kann.

»Wenn all das vorbei ist, komme ich zu dir zurück und hol dich aus dieser Scheiße raus. Das verspreche ich dir.« Schon seit mein Leben vor drei Jahren den Bach hinunterging, habe ich diesen Plan vor Augen. Nur, dass mir bis jetzt der nötige Anreiz fehlte. Neben dem Geld, das ich jetzt habe, und von dem ich nie zu träumen gewagt hätte. Das hier ist meine Chance, dem Elend ein Ende zu setzen.

»Welche Scheiße denn? Du wirst es vielleicht nicht glauben, Ace, aber ich verrecke lieber in Detroit bei einer Schießerei, als zu einer hochnäsigen Schnepfe in Beverly Hills zu mutieren. Nein, danke.« Ich schüttle angespannt den Kopf, weil ich ihre störrische Art zur selben Zeit liebe und hasse. Es ist Fluch und Segen zugleich …

»Wie auch immer, Sammy. Ich muss mich jetzt aufs Fahren konzentrieren. Ich melde mich später bei dir.« Ohne auf ihre Antwort zu warten, beende ich das Gespräch am Touchdisplay meines neuen Chryslers und lehne mich entspannt zurück.

Ich fahre noch etliche Meilen auf dem Freeway, bevor ich ihn verlasse und eines von Detroits Geistervierteln ansteuere. Das ist es, was unsere Stadt ausmacht. Sie ist vor Jahren zerfallen.

Das, was noch von ihr übrig ist, ist hässlich. Verlassene Häuser, abgebrannte Lagerhallen. An beinah jeder Straßenecke findet man kaputte Wagen mit zerschossenen Scheiben. Portemonnaies und Handtaschen liegen ausgeraubt auf den Bürgersteigen, neben der Unterwäsche von den Frauen, die hier in den dunkelsten Nächten überfallen und vergewaltigt werden.

Ich fahre durch eine der verlassenen Straßen, links und rechts türmen sich die Ruinen, in denen einst glückliche Familien lebten.

Jetzt sind sie leer, von oben bis unten mit Sprüchen versehen. Selbst ihre Autos haben viele Familien zwischen den Häusern verrotten lassen, weil sie keine Chance mehr hatten, Zuflucht in ihnen zu suchen.

In Detroit ist man entweder die Unterschicht oder man gehört einer der unzähligen Gangs an, die hier ihr Unwesen treiben. Diejenigen, die genug Geld besitzen, verlassen die Stadt freiwillig, sobald sich die Gelegenheit ergibt.

In den letzten Jahren hat sich die Einwohnerzahl drastisch verringert, und auch wenn die Medien ständig von einem Wiederaufbau reden, glaube ich ihnen kein Wort. Ein Ort, der vom Bösen beherrscht wird, kann nie wieder so werden, wie er einst war. Zu viele Menschen haben hier ihr Leben gelassen. Zu viel Blut wurde vergossen.

Während Eminem im Radio *The Real Slim Shady* zum Besten gibt, biege ich in die nächste Seitenstraße ab, in der nicht einmal mehr Häuser stehen.

Das Einzige, was hier noch zu finden ist, sind die verbrannten Grundgerüste. Eilig schalte ich die Lüftung meines Wagens aus, weil der Uringeruch hier noch penetranter wird. Gott, und wie ich den Sommer hasse …

Auf der linken Seite des Bürgersteiges schlendert ein schwarzer Junge entlang, in seiner Hand einen Stapel Zeitschriften, die er in die Schabracken wirft.

Man mag es kaum glauben, aber es gibt tatsächlich noch Menschen, die darin wohnen, weil sie keinen Ausweg hieraus finden.

Weil sie nicht das nötige Geld haben, um dem Sumpf zu entkommen, in dem sie kniehoch stecken. Am liebsten würde ich anhalten, dem Jungen ein paar Scheine in die Hand drücken und ihm sagen, dass er sich verpissen soll.

Da ich damals dasselbe gemacht habe wie er, weiß ich, dass er täglich bis zu siebzehn Meilen auf sich nehmen muss, um diese verdammten Zeitungen zu verteilen.

Eines steht fest: Irgendwann wird er an die Falschen geraten. Dann landet er entweder tot unter einer Brücke oder in einer Gang, für die er den Handlanger spielen muss.

Ohne auf das Ziehen in meiner Brust zu reagieren, fahre ich weiter, bis ich auf der rechten Seite einen Wagen mit offener Motorhaube entdecke. Ein roter 1964er Ford Mustang.

Erst auf den zweiten Blick fällt mir die Frau auf, die davorsteht und mit verschränkten Armen auf den Motor starrt.

Je näher ich ihr komme, desto mulmiger wird mir zumute. In Detroit wird jedem geraten, an diesen vermeintlichen Autopannen weiterzufahren, aber die Frau sieht so unschuldig und verzweifelt aus, dass sich mein Beschützerinstinkt zu Wort meldet. Das Ende vom Lied? Ich halte hinter ihrer Karre an, stelle den Wagen ab und steige seufzend aus.

Sofort empfängt mich wieder diese ätzende Hitze des Julis. Normalerweise steigen die Temperaturen selten über fünfunddreißig Grad, doch im Moment fühlt es sich deutlich heißer an. Als wären wir bereits in der Hölle …

Ich lasse meine Sonnenbrille auf, schließe meinen Wagen ab und gehe zu der Kleinen herüber. Die Frau trägt einen kurzen, blonden Bob, der vorne über ihr rundes Kinn ragt. Tränen schimmern in ihren großen Augen, und als sie mich entdeckt, atmet sie erleichtert auf.

»Oh Gott! Du bist der Erste, der angehalten hat. Ich stehe schon seit Ewigkeiten hier«, jammert sie. Ihre Stirn zieren Schweißperlen von der brütenden Hitze, ihre unschuldigen Augen blicken mich hilflos an.

»Komm her«, befehle ich ihr, sodass sie sich von der Motorhaube löst und zu mir herüberkommt. Sie ist einen Kopf kleiner als ich, trägt die langweiligsten Klamotten, die die Welt je gesehen hat, und blickt zu mir auf. Mit einem Satz habe ich sie an mich gezogen und zum Kofferraum manövriert.

»Mach ihn auf.« Ich deute auf den Mustang, den sie zitternd öffnet. Doch außer einer schwarzen Reisetasche und einem Ersatzreifen befindet sich nichts in ihm.

»Und jetzt die Tasche«, sage ich trocken und warte, bis sie über ihren Schatten gesprungen ist und die Reisetasche geöffnet hat.

Während ich weiterhin ihren Arm festhalte, wühle ich mich durch die Lagen an Kleidung, entdecke aber nichts, das mich an ihr zweifeln lässt.

Mit einem Ruck schließe ich den Kofferraum, gehe mit ihr zur Rückbank und spähe hinein. Auch hier scheint sie nichts zu verbergen.

»Wie heißt du?«, will ich wissen, als ich mit ihr im Schlepptau zur Motorhaube gehe. Ihre aschgrauen Augen fahren flüchtig über mein Gesicht.

»Emma«, antwortet sie knapp. Anstatt weiter mit ihr Small Talk zu führen, schaue ich mir den Motor an und lasse Emma los. Die Kleine scheint wirklich nichts im Schilde zu führen, also gebe ich ihr mein Vertrauen und helfe ihr bei ihrem Problem.

»Er ist einfach ausgegangen und nicht mehr angesprungen. Ich weiß nicht, was kaputt ist!« Sie steht neben mir, ihre Arme schüchtern vor ihrer Brust verschränkt.

Mein Blick wandert sporadisch über ihre dünnen Beine, die für diese Temperaturen viel zu verdeckt sind, und hoch zu ihrer geschlossenen, grauen Strickjacke. Kaum zu glauben, dass die Kleine aus Detroit kommen soll.

»Ich schau es mir an. Der Wagen ist alt, vielleicht solltest du dich langsam von ihm verabschieden.« Prüfend blicke ich hinein, kontrolliere das Wichtigste und komme relativ schnell zu einem Ergebnis.

»Die Batterieklemme ist verrostet«, erkläre ich ihr und greife nach dem Minuspol. »Sie muss sich beim Fahren gelöst haben. Setz dich in den Wagen.«

Wie aufgetragen geht sie zur Fahrerseite und steigt ein. Während ich die Klemme wieder festziehe, befehle ich ihr, den Wagen zu starten.

»Probiere es jetzt«, rufe ich ihr zu. Sekunden später springt der Mustang glucksend an. Die Frau lässt den Motor laufen, als sie aus dem Auto springt, auf mich zukommt und mich in eine Umarmung zieht. So offensiv hätte ich sie nicht eingeschätzt, und doch lasse ich die Umarmung zu.

»Danke«, murmelt sie an meiner Brust. »Wie kann ich mich revanchieren?«, fragt sie mich mit dieser Unschuldsmiene, die ich gern aus dem Konzept bringen würde.

Während sie vor mir steht und auf meine Antwort wartet, greife ich nach der Motorhaube und schließe sie schwungvoll, sodass sie aufgrund des Krachs zusammenzuckt.

»Ein Kuss wäre nicht schlecht«, antworte ich ihr in ernstem Ton und erwarte schon, dass ihr die Gesichtszüge entgleiten. Aber das tun sie nicht, stattdessen strafft sie ihre Schultern und hebt ihr Kinn an.

»Okay«, wispert sie leise. *Was zur Hölle?*

Noch bevor ich ihr sagen kann, dass ich nur einen Scherz gemacht habe, stellt sie sich auf die Zehenspitzen, legt ihre Arme um mich und küsst mich. So zaghaft, dass ich ihre

Lippen kaum an meinen spüren kann. Weil ich nicht weiß, ob ich die nächsten Tage überleben werde, nutze ich die Gelegenheit, lege meine Arme auf ihren Arsch und ziehe sie enger an mich heran.

Ihr süßer Atem hüllt mich ein, ihre blonden Haare kitzeln an meinem Hals. Mit einem Satz habe ich sie gegen die Motorhaube gepresst und greife in ihre weichen Haare.

Meine Zunge dringt in ihren Mund ein, umspielt ihre. Sie scheint nicht viel Ahnung im Küssen zu haben, denn sie weiß nichts mit ihrer anzufangen. Alles, was ich noch spüre, sind ihre Hände in meinem Rücken und mein Schwanz, der sich gegen den Stoff meiner Jeans presst, weil sie seit Wochen die erste Frau ist, der ich so nah bin.

Bevor ich die Kleine noch bewusstlos küsse, lasse ich von ihr ab, blicke ihr tief in die Augen und entferne ihre Hände von meinem Körper. Unsicher sinkt sie gegen ihren Wagen, während ich sie einfach hier stehen lasse.

»Du solltest verschwinden, bevor jemand kommt, der deine Naivität ausnutzt«, rate ich ihr über die Schulter hinweg und gehe zu meinem Wagen, der immer noch hinter ihrem steht.

»Danke«, ruft sie mir mit zitternder Stimme hinterher, während ich einsteige und den Motor starte. Als ich das nächste Mal nach vorn blicke, fährt sie bereits los und wirbelt den Sand hinter sich auf. Eine Weile sitze ich noch hier im Nirgendwo, bevor ich mich dazu entschließe, ebenfalls weiterzufahren.

***

»Hey, Agnus.« Mit diesen Worten betrete ich knappe zehn Minuten später eine meiner Standardtankstellen.

»Ace … ist das da dein Schlitten?« Er beugt sich über den Tresen und deutet auf den schwarzen Chrysler an der Tanksäule.

»Jup. Seit vorgestern meiner«, verkünde ich feierlich und gehe auf ihn zu. Agnus arbeitet hier schon, seit ich denken kann, er muss sicher schon in den Sechzigern sein.

Immer wieder werfe ich einen prüfenden Blick zu meinem neuen Schmuckstück. Hier muss man vorsichtig sein, wenn man seinen Wagen unbeaufsichtigt lässt, vor allem an den Tankstellen.

Nicht selten bezahlen Leute ihre Tankfüllung für einen Fremden, der sich mit ihrem Wagen davonmacht und ihn bei der nächsten Gelegenheit in Bares verwandelt. Agnus trommelt mit seinen Fingern auf dem Tisch umher und kaut genüsslich auf seinem Kaugummi.

»Sonst noch etwas? Oder nur das Benzin?« Seine dunklen Augen sind von tiefen Falten umgeben, die letzten Haare, die er noch hat, sind bereits ergraut.

Ich weiß, dass er seine Frau bei einer Schießerei in Midtown verloren hat. Seine Kinder hat er zu Verwandten außerhalb Michigans gebracht, damit sie nicht dasselbe Schicksal ereilt wie ihre Mutter.

Wenn ich könnte, würde ich ihm helfen, hier rauszukommen. So wie Sammy. Es gibt nicht viele Menschen, die mir noch wichtig sind, die beiden gehören zu den wenigen.

»Nur den Tank. Ich muss heute noch nach Dearborn.« Agnus weiß, dass es besser ist, nicht nachzufragen, was ich dort suche. Ein Grinsen huscht über mein Gesicht, weil mich der alte Herr hier besser zu kennen scheint als meine beste Freundin.

»Das macht dann achtzig Dollar.« Er tippt die Tanksäulennummer in seine veraltete Kasse, während ich in der Arschtasche meiner Jeans nach meiner Brieftasche greife. Doch alles, was mich empfängt, ist Leere.

»Was zur Hölle?« Ich taste meine Hose noch einmal ab, komme aber zu demselben Ergebnis. »Scheiße«, knurre ich und überlege, wann ich sie das letzte Mal bei mir hatte. Ich bin mir ziemlich sicher, dass ich sie beim Losfahren eingepackt habe. Welcher Idiot würde auch sein Geld vergessen?

»Was denn? Keine Kohle dabei, aber einen schweineteuren Schlitten haben?«, neckt Agnus mich mit seiner rauchigen Stimme. Ich lasse die letzten Minuten Revue passieren und komme knurrend der Wahrheit näher.

»Dieses kleine Miststück«, zische ich und schlage mit meiner Faust auf den Tresen der Tanke ein. Agnus hebt seine grauen Augenbrauen in die Höhe.

»Sag nicht, dass du auf eine Betrügerin reingefallen bist«, lacht er mich beinahe aus, was ich mit einem eiskalten Blick kommentiere.

»Die Kleine sah so hilflos aus.« Sofort denke ich an ihr schüchternes Auftreten. Erinnere mich an ihre naiven Blicke, an den Kuss, an ihre Hände an meinem Rücken … Fuck, Ace!

»Hast du immer noch nichts gelernt, mein Junge? Die Unschuldigen sind am schlimmsten.« Seine Worte machen mich noch rasender.

»Kann ich dir die Kohle später zahlen? Ich muss da etwas erledigen«, raune ich. Agnus winkt als Antwort mit der Hand ab. »Ich bin dir eh einiges schuldig, mein Junge. Los, schnapp dir die Kleine«, schickt er mich los und deutet auf meinen Chrysler. »Was hatte sie für eine Karre?«, will er noch wissen.

»Einen alten Mustang.« Galle steigt in mir auf, als ich daran denke, dass diese kleine Schlampe mich um den Finger gewickelt hat und ich sie auch noch geküsst habe. Kaum vorstellbar, für wie dumm sie mich halten muss …

»Dann kriegst du sie locker eingeholt«, versichert mir Agnus, der sich bei mir verabschiedet.

»Viel Glück, Ace. Hol dir deine Kohle zurück.« Als er das sagt, verlasse ich bereits die zerfallene Tanke und renne zu meinem Wagen. Ich steige ein, schmeiße den Motor an und steuere die 8-Mile-Road an, die sie angepeilt haben muss. Wer jemanden in dieser Gegend beklaut und in die Richtung fährt, hat nur ein Ziel: raus aus Detroit. »Zieh dich warm an, du kleines Biest«, knurre ich, schalte das Radio lauter und fahre mit quietschenden Reifen los.

EIN DEAL MIT FOLGEN

Ich stehe in der Umkleidekabine einer kleinen Boutique am Rande der 8-Mile-Road und krame meinen Lippenstift aus meiner Handtasche.

Mit einem prüfenden Blick zum Spiegel fahre ich den Lippenstift aus und lege ihn mir auf. Sekunden später erstrahlt mein Mund in einem intensiven, blutigen Rot. Am Haken hängen meine alten Klamotten, die man in die Altkleidersammlung geben könnte.

Es war gar nicht so leicht, etwas so abgrundtief Langweiliges in meinem Schrank zu finden. Das hier waren die einzigen Sachen, die zu meinem Plan passten. Ich nehme die Strickjacke und die prüde Jeans herunter, zerknülle sie und stopfe sie in meine Tasche.

Danach werfe ich noch einen Blick in den Spiegel. Meine Beine stecken nicht mehr in diesem hässlichen Gefängnis, stattdessen trage ich jetzt einen roten Rock, der besser zu mir und meinem Lippenstift passt. Er ist aus Leder und fühlt sich angenehm kalt auf meiner klebrigen Haut an. Die Strickjacke habe ich durch ein Bandeau Top ersetzt, einen BH trage ich nicht. Er wäre nur unnötiger Ballast bei der brütenden Hitze da draußen. Mit meinen Fingern fahre ich mir durch die Haare und schnappe mir die Perücke, die auf dem kleinen Hocker neben mir liegt. Sekunden später zieren braune Locken mein Gesicht und lassen meinen blonden Bob darunter verschwinden.

Triumphierend blicke ich mich im Spiegel an, versuche, die blauen Flecke an meinen Armen zu ignorieren, und trete aus der Kabine.

Die Boutique ist leer, und außer des süßen, aber viel zu schüchternen Verkäufers ist niemand hier. Er ist das perfekte zweite Opfer an diesem genialen Tag.

»Hey, Süßer«, zwinkere ich ihm zu und deute auf mein Outfit. Elegant drehe ich mich für ihn im Kreis und schmunzle ihn an.

»Was meinst du? Steht mir das?« Das ist der beste Weg, um zu bekommen, was man will. Man heuchelt Interesse an einer Person vor, wickelt sie gekonnt um den Finger und schnappt dann zu. Der braunhaarige Junge mit der Hornbrille wird mir Honig ums Maul schmieren, da bin ich mir sicher.

»Es sieht … t-t-t-toll aus«, stottert er und lässt mich lasziv den Blick senken. Ich deute auf die Preisschilder und rücke das Oberteil zurecht, damit es freizügiger ist.

»Kann ich die gleich anbehalten?«, frage ich ihn mit honigsüßer Stimme. Er wirkt unbeholfen, weiß nicht, was er tun soll.

»Du kannst die Sachen an meinem Körper scannen, meinst du nicht?«, biete ich ihm an, einer Frau wie mir näher zu kommen, als er sich nachts zu träumen wagt.

»Okay«, haucht er als Antwort, bittet mich, um den Tresen zu kommen und muss schlucken, als ich dicht vor ihm stehen bleibe. Mit dem Scanner sucht er nach den Preisschildern.

Das an meinem Top scannt er mit zitternden Fingern, während sein Blick an meinem Ausschnitt haftet. Ich bin mir ziemlich sicher, dass ich ihm heute Nacht heiße Träume bescheren werde.

Als Nächstes scannt er meine Perücke. Sofort ziehe ich die Preisschilder ab und lasse sie auf dem Tresen liegen.

»Der Rock fehlt noch«, erinnere ich ihn und deute auf meine nackten Schenkel. Räuspernd schiebt er sich die Brille zurück auf die Nase und geht in die Hocke.

Ich gehe noch einen Schritt an ihn heran, sodass sein Kopf meiner Mitte näher kommt. Er wendet den Blick ab, sucht nach dem Schild und atmet erleichtert aus, als er es gefunden hat. Schnell kommt er wieder hoch.

»War das alles?«, murmelt er völlig neben der Spur. Seine Wangen sind rot, seine Augen weit aufgerissen. Ob ich ihm sagen soll, dass ich einen Slip anhabe, den er scannen muss? Lieber nicht. Ich kann nicht riskieren, dass der Bursche ohnmächtig wird und mich jemand mit dem geklauten Portemonnaie erwischt.

»Ja, das ist alles.« Nickend tippt er etwas in die Kasse ein und nennt mir den Betrag. Ich nehme die Karte aus der Brieftasche, werfe einen letzten Blick auf die Unterschrift und reiche sie ihm.

»Mit Karte bitte«, raune ich, um ihn abzulenken, damit er nicht auf die Idee kommt, den Namen auf ihr zu prüfen. Ohne ihn zu beachten, steckt er die sie ins Terminal, zieht sie mitsamt Quittung heraus und legt sie mir auf den Tisch.

»Eine Unterschrift, Miss«, stammelt er und reicht mir einen Kugelschreiber, mit dem ich die Unterschrift so gut es geht fälsche. Zwinkernd entreiße ich ihm meine Karte, gebe ihm einen flüchtigen Kuss auf die Wange und verlasse strahlend die Boutique.

Draußen schlägt mir die Hitze entgegen und schon nach einigen Schritten bemerke ich, dass die Perücke ihren Rest tut. Mein Kopf fühlt sich an, als würde er brennen! Bevor ich zu meinem Wagen schlendere, biege ich noch in eine Bäckerei ab, um mir etwas zu essen zu kaufen.

Während die ältere Dame meine Donuts einpackt, hole ich mein Handy raus. Diese Frau kann ich ganz sicher nicht bezirzen, damit sie nicht auf die Karte sieht.

Das Essen werde ich wohl oder übel aus eigener Tasche bezahlen müssen. Ich entsperre mein Handy und schreibe Miles eine Nachricht.

Lucia: Du solltest dich beeilen, ich brauche die PIN!

*Miles: Bin dran, du Diva. Aber eines kann ich dir schon sagen:
Du hast dir einen echten Goldesel geangelt. Glückwunsch.*

Lucia: Ich bin dir was schuldig. Danke!

Grinsend stopfe ich das Handy zurück in meine Tasche, bezahle die Dame von der Bäckerei und nehme die Tüte mit den quietschpinken Donuts an mich. Dass der Kerl Asche auf dem Konto hat, war mir klar, als ich seinen Schlitten gesehen habe.

»Danke. Und schönen Tag noch.« Sie erwidert meine Worte mit einem netten, aber skeptischen Lächeln. Ob man erkennt, dass ich eine Perücke trage? Unmöglich! Die hat so viel Asche gekostet wie ein klappriger Gebrauchtwagen!

Mit pochendem Herzen verlasse ich den Bäcker, schirme mir mit der Tüte die Augen vor der Sonne ab und gehe zu meinem Mustang herüber.

Dass der Kerl so naiv war und mir geholfen hat, kann ich bis jetzt nicht verstehen. Jeder Blinde hätte meine Masche durchschaut.

Vielleicht war er auch einfach nur geil und hat das Denken seinem Schwanz überlassen, den er mir gegen den Bauch gepresst hat. Eines muss ich dem Typen allerdings lassen: Er kann wahnsinnig gut küssen.

Allein beim Gedanken daran wird mir noch heißer und ich würde mir am liebsten die Sachen vom Körper reißen.

Kopfschüttelnd vertreibe ich den Gedanken an unsere nackten Leiber und öffne den Wagen, um einzusteigen.

Ich presse meinen Rücken gegen den Sitz, ziehe die Tür ran und öffne die Tüte. Sekunden später beiße ich in den ersten Donut, schmecke die Vanillefüllung auf meiner Zunge und lege seufzend den Kopf in den Nacken.

Ich werde erst aus meiner Traumwelt gerissen, als ich höre, wie sich mein Wagen von selbst verriegelt. Panisch reiße ich die Augen auf und sehe, dass sich neben mir etwas bewegt. Erst jetzt zieht mir dieser herbe Geruch von Ingwer und Grapefruit in die Nase.

»Ist das dein Ernst?« Der Mann, der vor einer halben Stunde seine Zunge in meinem Mund hatte, sitzt neben mir in meinem Wagen!

Und er trägt dieses Mal keine Sonnenbrille, sodass ich einen ersten Blick in seine Augen werfen kann. Sie sind grau, genau wie meine.

Stechend sieht er mich an und ich frage mich, wie ich ihn ausknocken kann, damit ich mich mit seinem Geld aus dem Staub machen kann.

»Was ist mein Ernst?«, frage ich ihn plump. Gott, Lucy! Wieso zur Hölle sitze ich seelenruhig neben ihm, anstatt mir einen Plan zu überlegen? Wie hat er mich überhaupt gefunden? Er muss ziemlich schnell bemerkt haben, dass ich seine Kohle habe, wenn er mich einholen konnte.

»Du hast meine Karte und das Erste, was du dir davon kaufst, sind diese nuttigen Klamotten und Donuts?« Er deutet fahrig auf den Vanilletraum in meiner Hand. Schlagartig ist mir der Appetit vergangen.

»Ich hatte Hunger«, antworte ich ihm ehrlich. Ich könnte ihn verführen … und dann könnte ich ihn vielleicht überwältigen. Lasziv setze ich mich seitlich hin, sodass ich ihm näher bin.

»Vorhin hast du mir besser gefallen. Du siehst aus wie eine Schlampe. Aber eines muss ich dir lassen: Ich hätte dich beinah nicht erkannt«, säuselt er.

Er trägt ein muskelbetontes Shirt, die Sonnenbrille steckt im Kragen. Seine wilden, braunen Haare verleihen ihm etwas Verruchtes, seine Augen tun den Rest.

»Vielleicht bin ich ja eine«, hauche ich, lecke mir den Zuckerguss von den Fingern und beuge mich zu ihm herüber, um seinen erfrischenden Duft zu inhalieren. Meine Hand wandert über seine Brust, die er schnell umgreift und zu seinem Mund führt.

Das Nächste, was ich spüre, sind seine weichen Lippen an meinem Finger, den er sich genüsslich in den Mund steckt, um den Rest des Zuckergusses abzulecken. Danach lässt er meine Hand angewidert fallen und schiebt mich wie eine heiße Kartoffel weg. »Und jetzt gib mir mein Portemonnaie wieder«, knurrt er und sein Blick verdunkelt sich. Alles in mir zieht sich zusammen, weil mir die Art und Weise, wie er mich ansieht, gefällt.

»Wieso sollte ich? Du hast Geld. Ich brauche Geld. Du musst mich schon zwingen«, raune ich und starre ihn unentwegt an. Wenn ich etwas draufhabe, ist es das. Ich gewinne jedes Blickduell, auch wenn der Teufel persönlich vor mir steht.

Ehe ich realisiere, was passiert, hat der Kerl in meine Perücke gegriffen und sie mir vom Kopf gezogen, sodass mein Naturhaar wieder hervorkommt und das Kribbeln darunter aufhört.

Mit der anderen Hand greift er in den Bund seiner Jeans, zückt einen Revolver und hält ihn mir vor die Brust. Ich blicke hinab zum Lauf der Knarre, die er mir gegen die Titten presst und atme stockend ein.

»Gib. Es. Mir.«

Seine Worte sind hart, seine Stimme fordernd. Der Wagen ist immer noch verriegelt, meine Hände krallen sich in meine nackten Oberschenkel.

Eines steht fest: Ich habe auf ganzer Linie versagt. Wieso habe ich Detroit nicht erst hinter mir gelassen, bevor ich mir ein neues Image kaufe?

»Ist ja gut, Alter«, gebe ich mich geschlagen, greife blind in meine Handtasche, taste nach dem Portemonnaie und reiche es ihm schweren Herzens. Der Kerl lädt die Waffe direkt an meiner Brust.

»Nimm dieses Ding da weg, du hast doch, was du willst.« Langsam, aber sicher überkommt mich Panik, weil der Kerl nicht einmal daran denkt, die Knarre wegzunehmen. Stattdessen öffnet er mit der freien Hand das Portemonnaie und checkt den Inhalt. »Da fehlt etwas«, stellt er heiser fest.

»Sieh noch mal nach, da kann nichts fehlen, deine Karten sind drin.« Doch seine Miene klart nicht auf, als er ein zweites Mal hineinblickt. Er stopft sich das Portemonnaie in die Tasche, beugt sich zu mir herüber und wandert mit der Knarre hoch zu meiner Kehle, sodass ich den Kopf in den Nacken legen muss.

Tränen brennen in meinen Augen, weil ich weiß, dass ich versagt habe. Dass mein Plan doch nicht so gut durchdacht war, wie ich glaubte, als ich mich am Morgen aus seinem Bett geschlichen habe. Schon bald wird er bemerken, dass ich weg bin. Dass ich ihm entwischt bin. Und er wird mich finden und ausnehmen wie eine Weihnachtsgans.

»Gib. Es. Mir.«

Man hört ihm an, dass er in diesem Moment bereit wäre, zu töten. Seufzend gebe ich auf, greife in den Bund meines Rockes und zücke das Foto. Ich halte es in die Höhe und ziehe es weg, sobald er danach greifen will.

»Wer ist diese Schönheit?«, frage ich ihn neugierig und werfe noch einen Blick auf die Frau auf dem Foto.

Sie liegt in einem schäbigen Bett, das Haar breitet sich wie ein Fächer auf dem Kissen aus. Sie blickt direkt in die Kamera und lächelt … so warm. So herzlich. So echt.

Seine Kiefer mahlen, als er ein weiteres Mal nach dem Foto greift und es mir schließlich abnimmt. Wortlos stopft er es in seine Jeans.

Wieso ich dieses Foto versteckt hielt, weiß ich nicht. Aber etwas an der Adresse auf der Rückseite und an dem

Datum sagt mir, dass ihm dieses Bild etwas bedeutet. Dass mehr dahintersteckt als nur eine nette Erinnerung an eine heiße Nacht.

»Das geht dich einen Scheiß an«, antwortet er mir giftig und lässt die Knarre endlich sinken, sodass ich frei atmen kann.

»Schönes Leben noch. Vielleicht hast du beim nächsten Mal mehr Glück, Blondie«, sagt er bissig, greift nach der Tür und will den Wagen verlassen, als ich ihn aufhalte. Was zur Hölle tue ich hier? Bin ich verrückt geworden?

»Warte!« Ich greife nach seinem Arm, sodass er innehält und mich ansieht.

»Du suchst die Frau, habe ich recht? Was ist mit ihr passiert?« Es ist nur ein Instinkt, dem ich nachgehe, aber ich scheine richtigzuliegen. Sein verletzter Blick spricht tausend Bände. Er vermisst sie … er trägt das Foto seit Jahren bei sich … wenn ich recht habe, seit drei Jahren.

»Es. Geht. Dich. Einen. Scheiß. An!« Meine Augen wandern hinab zu seiner Hand, die zitternd den Griff umklammert.

»Ich habe einen Vorschlag«, surre ich. Gedanklich male ich mir bereits aus, wie ich mit einem Sonnenhut auf Hawaii liege und Cocktails schlürfe. Wie ich nach Italien fliege und dem Papst seine Unschuld raube.

»Wenn du mir vorschlägst, dass ich dich ficken kann: Vergiss es. Ich bin nicht interessiert.« Seine Abweisung sorgt für einen Stich in meiner Brust, dabei hatte ich nicht einmal vor, mit ihm zu schlafen! »Du suchst die Kleine, ich bin gut im Fährtenlesen. Ich kann dir helfen, sie zu finden«, schlage ich ihm vor und sehe, dass er zurückzuckt. Seine Miene hingegen ist undurchdringlich wie eine Mauer aus Beton.

»Wieso solltest du mir helfen?« Seine Frage ist berechtigt und es gibt nur eine plausible Antwort darauf.

»Du hast viel Geld. Ich habe Leute, die alles herausfinden können … und ich brauche eine finanzielle Spritze«, beichte ich ihm, auch wenn er das eh längst weiß. »Wie du weißt, gibt es nicht viele wohlhabende Menschen hier in Detroit. Und wenn, dann sind es ganz üble Kerle.« Weshalb ich mir so sicher bin, dass er nicht so übel ist, weiß ich nicht. Er trägt eine Waffe bei sich und hat mich bedroht. Trotzdem glaube ich nicht, dass er gefährlich ist.

Ich brauche das Geld und habe ihm schließlich nicht ohne Grund die Brieftasche abgenommen und die Klemme von der Batterie gelöst. Dass ich ausgerechnet auf einen Goldesel treffe, muss Schicksal sein. Ein überaus gut aussehender, verführerischer Esel, mit den stürmischsten Augen, die ich je gesehen habe. Und ich habe viel gesehen … viel zu viel.

»Und du glaubst wirklich, dass ich dir einfach mein Geld überlasse?«, fragt er höhnisch, sodass ich mit den Schultern zucke.

»Nicht einfach so. Erst, wenn wir die Kleine gefunden haben. So lange arbeite ich unentgeltlich für dich.« Nicht, weil ich dumm bin, sondern weil ich seinen Schutz gebrauchen könnte. Wenn er mir erst einmal vertraut, könnte er mich vor ihm retten … so lange, bis ich es geschafft habe, unterzutauchen.

»Wo ist der Haken?«, fragt er mich interessiert und seine Augen blicken mich intensiv an. Alles an ihm schreit vor Neugier … Ich beuge mich vor, sodass meine Lippen beinahe seine streifen, und antworte ihm wispernd: »Du musst mich aushalten.«

Ich schnalze mit der Zunge, genieße das Kribbeln, das seine Nähe in mir wachruft. Wann habe ich mich das letzte Mal so lebendig gefühlt? Es scheint Jahre her zu sein … Der Mann denkt über meinen Vorschlag nach, umgreift ruppig meine Handgelenke und drückt zu. Sein Atem kitzelt mein Gesicht.

»Wenn du mich verarschst, werde ich dich jagen. Wenn du nicht nach meinen Regeln spielst, werde ich dich finden. Und wenn du dann winselnd vor mir liegst und um Gnade bettelst, werde ich dich den Wölfen zum Fraß vorwerfen.« Seine Drohung jagt mir einen Schauer über den Rücken, also nicke ich bloß schwach.

»Okay.« Kaum zu glauben, dass ich mich hierauf einlasse, nur, weil ich ohne seine Hilfe aufgeschmissen bin. Weil ich den Absprung alleine nie schaffen würde.

»Dann haben wir einen Deal, Emma«, säuselt er und betont meinen falschen Namen dabei raunend. Eine Gänsehaut entsteht an der Stelle, an der sein Atem meine Haut berührt und zieht sich über meinen ganzen Körper.

»Mein Name ist Lucia. Aber nenn mich Lucy«, flüstere ich gegen seine Lippen, die meinen immer noch so nah sind, dass wir uns fast küssen.

»Ace«, erwidert er knapp und ich ziehe die Mundwinkel neckisch in die Höhe. Keine Ahnung, wieso, aber der Name passt zu dem Mann, der noch vor ein paar Minuten seine Waffe auf meine Titten gepresst hat.

»Wir nehmen mein Auto, Lucy.« Mit diesem Befehl öffnet er die Tür, steigt aus und geht, ohne sich zu mir umzudrehen, zu seinem Wagen.

Lächelnd steige ich aus und folge ihm. Entweder wird der Mann mit den drei Buchstaben meine Erlösung oder mein Verderben sein. Aber eines ist er schon jetzt: eine Versuchung. Eine viel zu schöne, interessante Versuchung.

ZWEI KUGELN FÜR LUCIA

Kaum zu glauben, dass ich es tatsächlich zugelassen habe und auf ihren Deal eingegangen bin. Nicht einmal Sammy vertraue ich an, was ich vorhabe. Und jetzt? Sitzt die Barbie in meinem Wagen und kramt in meinem Handschuhfach nach einer meiner Sonnenbrillen.

Mit einem prüfenden Blick in den Spiegel nickt sie zufrieden, schließt die Klappe schwungvoll und sieht mich nachdenklich an.

»Wo fahren wir eigentlich hin?«, will sie interessiert wissen und ich drehe das Radio lauter, um mich nicht mit ihr unterhalten zu müssen. Dabei werde ich sie in den nächsten Tagen an den Hacken haben, wenn ich sie wegen ihres vorlauten Mundwerkes nicht vorher im Nirgendwo aussetze.

»Rede mit mir«, murmelt sie, dreht das Radio wieder leiser und stupst mich von der Seite an. Wieder versuche ich, dem Drang, sie anzusehen, standzuhalten. Sie ist in diesen Klamotten und mit dem Make-up kaum wiederzuerkennen. Hätte ich mir ihr Nummernschild nicht gemerkt und ihren Wagen nicht auf dem Parkplatz stehen sehen, wäre sie mir entwischt. »Wir fahren nach Dearborn.« Meine Antwort ist knapp, weil ich ihr noch nicht zu viel über meinen Plan verraten will. Woher sie wohl wusste, dass ich sie suche? Bis zu diesem Tag war ich der Einzige, der wusste, was vor drei Jahren passiert ist.

»Nach Dearborn?« Gedankenversunken fährt sie mit ihren Fingern über das Armaturenbrett meines Wagens. »Was ist denn in Dearborn?«

Normalerweise hätte ich schon längst da sein sollen, damit ich meinen Zeitplan einhalten kann, aber die Kleine kam mir mit ihrer gefaketen Autopanne dazwischen.

»Ich kenne dort jemanden. Er betreibt da ein kleines Motel, in dem wir heute übernachten werden.« Ich löse meinen Blick von der Straße und riskiere einen Abstecher in ihr Gesicht.

Ihr Lippenstift passt perfekt zu dem viel zu kurzen Rock, den sie trägt. Es sollte mir egal sein, was die Kleine anhat, aber irgendetwas an der Sache und ihrem Outfit gefällt mir nicht. Ihre aschblonden Haare sind ordentlich zerzaust, seit ich ihr diese alberne Perücke vom Kopf gerissen habe.

»Brauchst du eigentlich noch etwas?«, frage ich sie, um mich selbst von meinen Gedanken abzulenken. Sie wirft einen Blick auf die Rückbank, auf der ihre Tasche liegt, und schüttelt den Kopf.

»Nein.«

»Du hast also deinen ganzen Krempel dabei?« Neugierig hebe ich eine Augenbraue und sehe mir die Tasche im

Rückspiegel genauer an. Viel kann sie nicht besitzen, wenn das alles sein soll. »Alles, was ich brauche.« Konnte sie den Mund kaum halten, als wir eingestiegen sind, ist sie jetzt auffällig ruhig. Anscheinend habe ich einen wunden Punkt bei ihr getroffen.

»Wenn du mich fragst, sieht es aus, als würdest du fliehen«, stelle ich fest. Sie versteift sich auf dem Sitz neben mir und krallt ihre Finger in das Leder.

Ich will ihr sagen, dass sie meine Karre heile lassen soll, aber etwas an ihrem Blick verrät mir, dass sie dieses Ventil braucht. Gott, wieso habe ich mich nur hierauf eingelassen? Dabei gibt es nur einen plausiblen Grund: Ich hasse es, allein zu sein.

Wenn man allein ist, hat man niemanden, der einen von seinen Gedanken ablenkt. Und meine Gedanken sind dunkler, als ich es ertragen kann.

»Ich fliehe nicht«, widerspricht sie mir scharf. »Ich will einfach nur raus aus Detroit. Wer kann es mir verübeln?« Ihre Frage ist rhetorischer Natur und doch denke ich ernsthaft darüber nach.

Sammys Worte kommen zurück in mein Gedächtnis. Sie würde lieber in Detroit sterben, als woanders glücklich zu werden. Hätte ich früher die Chance gehabt, zu gehen, wäre ich längst am anderen Ende der Welt. *Mit ihr.*

»Ich meine ... unser Leben ist so festgefahren, weißt du? Es gibt nur schwarz und weiß. Gut oder Böse. Das Gute hat schon vor langer Zeit die Flucht ergriffen. Wir haben es verpasst, rechtzeitig auf den Zug aufzuspringen«, sagt sie schulterzuckend und stellt anschließend das Radio wieder lauter, um mir zu verdeutlichen, dass sie nicht weiter darüber reden will. Und dabei gibt es noch so vieles, was ich über sie wissen will. An erster Stelle will ich wissen, wo die blauen Flecken herkommen, die ihre Arme und Beine zieren.

Im Radio wird ein neuer Song von Eminem gespielt, Lucy lehnt sich zurück, schließt die Augen und lächelt in sich hinein.

»Was gibt's da zu grinsen?« Eigentlich will ich nur eines: auch einen Grund haben, glücklich zu sein. Sie schlägt langsam die Augen auf und schielt zu mir herüber. Erst jetzt fällt mir auf, wie klar ihre grauen Augen sind.

»Eminem«, seufzt sie. »Er hat es geschafft. Er ist aus dem Sumpf rausgekommen ... auch wenn sein Weg steinig war.« Sein Elternhaus stand bis vor einigen Jahren noch in Detroit, mittlerweile ist davon nicht mehr viel übrig.

»Wir können das auch schaffen. Jeder hat doch irgendein Talent«, mache ich ihr Mut, obwohl ich weiß, dass sie ein falsches Spiel mit mir spielen kann. Dass sie meinen Plan ruinieren könnte, wenn ich nicht vorsichtig genug bin.

»Ich habe keines. Also kein richtiges. Na ja ... ich singe gern. Aber damit komme ich nicht weit.« Dass sie sofort davon ausgeht, zu scheitern, ist das Traurigste, was ich je gehört habe. Ihre weiche Stimmfarbe gefällt mir, ich bin mir sogar ziemlich sicher, dass sie gut singen kann. Schnell verdränge ich den Gedanken daran, und sobald wir

Dearborn erreichen, peile ich das Motel meines Bekannten an. »Das ist also Dearborn.« Sie rappelt sich auf ihrem Sitz auf, klebt beinahe an der Fensterscheibe und blickt hinaus.

»Wie es leibt und lebt«, verkünde ich feierlich. Auch wenn es hier ruhiger ist als in Detroit, würde ich hier nicht leben wollen. Es ist sicherer. Es ist nicht schwarz, sondern grau. Trotzdem reicht es nicht.

»Da vorn ist es.« Ich zeige auf den braun gestrichenen Bungalow auf der linken Seite, drücke aufs Gaspedal und fahre anschließend auf den Parkplatz. Außer einem weiteren Wagen ist er leer.

»Was ist eigentlich mit deinem Wagen? Du glaubst doch nicht, dass der noch dastehen wird, falls du zurückkommst.« Ihr Blick sollte als Antwort genügen. Sie hat nicht vor, wieder zurückzugehen.

»Gehörte eh nicht mir«, zwinkert sie, greift nach der Tür und steigt schließlich aus. Wieder erschlägt mich die Hitze beinahe. Es ist mittlerweile spät am Nachmittag und doch sind die Temperaturen immer noch unerträglich.

Ich steige ebenfalls aus, hole meine Tasche aus dem Kofferraum und ihre vom Rücksitz, bevor ich den Wagen schließe und den Eingang des Motels ansteuere.

Drinnen empfängt uns eine Mischung aus altem Leder und billigem Raumerfrischer. Lucy rümpft die Nase und geht zum Tresen herüber, über dem ein klappriges Schild mit dem Wort Anmeldung hängt. Sobald die Tür ins Schloss fällt und ein Windzug ins Gebäude dringt, wackelt es quietschend. Ich geselle mich neben sie, stelle die Taschen ab und klopfe schwungvoll auf den Tresen. Lucy zuckt neben mir zurück. Eine Eigenschaft, die ich jetzt schon einige Male an ihr beobachten konnte.

»Moment«, ruft Tom krächzend. Sekunden später kommt er durch den schwarzen Vorhang, der den Empfang von seiner Bude abtrennt.

Er hat das Motel von seinen Eltern übernommen, als sie es aus gesundheitlichen Gründen nicht mehr leiten konnten. Jetzt kümmert er sich um sie.

»Ace Dexton«, sagt er lachend und kommt um den Tresen herum, um mich in eine brüderliche Umarmung zu ziehen. »Wie komme ich zu dieser Ehre?« Ich klopfe ihm auf den Rücken und lächle ihn verschmitzt an.

Nur, dass seine Aufmerksamkeit jetzt voll und ganz auf ihr liegt. Er scheint mich gar nicht mehr zu bemerken, als er mich zur Seite schiebt und Lucy mit einem Kuss auf den Handrücken begrüßt.

»Und was zur Hölle treibt diese Schönheit hierher?« Lucy lässt sich nicht von seinen Avancen beeindrucken, und doch lächelt sie ihn freundlich an.

»Wir werden die Nacht hier verbringen«, sage ich mahnend, damit er nicht auf die Idee kommt, ihr weiterhin schöne Augen zu machen.

Ich mag Tom, aber ich weiß auch, dass er nichts anbrennen lässt und die Frauenwelt nicht sonderlich zu schätzen weiß. Auf keinen Fall kann ich es riskieren, dass wir nicht pünktlich weiterkommen, nur, weil die beiden scharf aufeinander sind. »Was für eine Verschwendung, Kleine. Ace spielt doch gar nicht in deiner Liga.« Als Antwort packe ich ihn am Kragen und schiebe ihn diskret zurück an seinen Arbeitsplatz.

Lucy will ihm schon antworten und ihm sagen, dass sie mich erst seit einigen Stunden kennt, aber ich bringe sie mit einem Blick zum Schweigen.

Mir ist klar, wieso Tom ihr gefällt. Er hat die verschissene Visage von Justin Bieber, nur, dass er erwachsener aussieht. Und weniger … hinüber. Seine blauen Augen haften noch einen Moment an ihr, bevor er sich an mich wendet.

»Also, Ace. Ein Zimmer für zwei. Das kriegen wir hin.« Er schlägt ein schwarzes Buch auf, greift sich einen Stift und kritzelt meinen Namen hinein.

»Und da wäre noch etwas«, murmle ich. Er spitzt die Ohren und sieht mich fragend an.

»Ich muss die alten Geschichten aufleben lassen. Und du bist mir noch einen Gefallen schuldig«, erinnere ich ihn daran, dass ich ihm einmal den Arsch gerettet habe, als er sich mit den falschen Leuten anlegen wollte.

»Ich bin ganz Ohr. Und glaub mir, ich hab nicht vergessen, dass ich in deiner Schuld stehe.« Ich beuge mich über den Tresen, winke ihn zu mir heran und flüstere ihm mein Anliegen zu. »Ich brauche eine Knarre.« Wissend nickt er, hält den Zeigefinger in die Höhe und bittet mich, einen Moment zu warten.

Nachdem er hinter dem Vorhang verschwunden ist, kann ich hören, dass er sich durch die Schränke wühlt. Lucy steht derweil distanziert neben mir und blickt sich im Motel um.

»Reicht die hier?« Er hält die Knarre in die Luft, als er wieder bei uns ist. Lucy versteift sich, als ich nicke und die Waffe an mich nehme.

»Danke.« Dann stopfe ich sie in den Bund meiner Jeans zu der anderen, die ich immer bei mir trage. Lucy folgt meinem Handeln und runzelt die Stirn.

»Also, welches Zimmer ist unseres?«, will ich wissen und klatsche entschlossen in die Hände. Tom kramt in einer Schublade umher, zückt einen Schlüssel und schiebt ihn zu mir herüber.

»Nummer Fünfzehn. Das beste Zimmer, das ich habe.« Ich schnappe mir den Schlüssel, greife mir unsere Taschen und steuere die Zimmer an, nachdem ich mich noch einmal bei ihm bedankt habe.

Sobald wir das Zimmer betreten haben, fällt die Anspannung von Lucys Schultern ab und sie bricht ihr Schweigen. Kaum zu glauben, dass mir ihre permanenten Fragen schon jetzt gefehlt haben.

»Zwei Knarren? Wofür? Willst du auf Nummer sichergehen, weil ich so gefährlich bin?«, neckt sie mich, verschränkt die Arme vor der Brust und versperrt mir den Weg.

Ich lasse die Taschen auf den alten Dielenboden fallen und trete an sie heran, sodass uns kaum eine Handbreite voneinander trennt.

»Die hier-«, ich hole die Waffe von Tom heraus und zeige sie ihr, »ist für dich.« Ihr Mund öffnet und ihre Augen weiten sich. Sie will schon danach greifen, als ich sie wegziehe.

»Noch nicht, Blondie.« Verdutzt sieht sie mich an und will ein zweites Mal nach der Waffe schnappen, aber ich stecke sie hinten in den Bund meiner Jeans, sodass sie nicht rankommt.

»Erst musst du mein Vertrauen gewinnen. Solange behalte ich sie. Also leg dich ins Zeug und komm nicht auf die Idee, mich zu hintergehen«, warne ich sie mit tiefer Stimme und fahre mit dem Blick über ihr verwundertes Gesicht. »Sonst fängst du dir zwei Kugeln ein.«

»Bin ich denn nicht vertrauensvoll?« Ein Schmunzeln umspielt ihre Mundwinkel, das mir wieder zeigt, wie gerissen die Kleine eigentlich ist.

»Du hast eine Panne vorgetäuscht, mich beraubt und bist geflohen. Irgendwie ist mein Vertrauen gebrochen. Das verstehst du sicherlich.« Ohne sie weiter zu beachten, dränge ich mich an ihr vorbei und blicke mich im Zimmer um. Sie tut es mir gleich.

»Das hier ist das beste Zimmer?« Enttäuscht lässt sie die Schultern hängen. »Bei der Kohle auf deinem Konto könntest du dir ganz andere Dinge leisten«, murrt sie. Ich ignoriere ihre Divaallüren und deute auf das Doppelbett vor uns. »Du kannst das Bett haben, ich nehme die Couch.« Sie geht zu dem Bett herüber, setzt sich rauf und testet die Matratze.

»Wir können uns auch das Bett teilen«, säuselt sie und grinst mich frech an. Ein letztes Mal gehe ich zu ihr herüber, bis ich vor ihr stehen bleibe und sie starr ansehe.

»Vergiss es. Ich bin nicht zu haben, schon vergessen?« Ihre Mundwinkel sacken herunter, sodass ihre roten Lippen eine harte Linie bilden. Hatte sie wirklich gehofft, dass da mehr passiert?

»Dein Pech«, sagt sie gleichgültig, steht auf, geht ins Badezimmer und wirft mir noch einen letzten Blick über die Schulter zu.

»Ich gehe duschen.« Mit einem kessen Zwinkern verschwindet sie im Bad, lässt die Tür aber weit offen, als sie beginnt, sich aus den Klamotten zu schälen.

Wie angewurzelt stehe ich hier, sehe ihr dabei zu, wie sie ihre Hüllen fallen lässt. Als sie nur noch in Unterwäsche vor der Dusche steht und sich den Slip abstreifen will, wende ich den Blick ab … Diese Kleine wird mir einiges abverlangen, das steht fest.

DÄMONEN DER VERGANGENHEIT

Eiskaltes Wasser umgibt mich, als ich mich gegen die kalten Fliesen lehne, um die Schmerzen an meiner Wirbelsäule zu kühlen. Ich presse die Augen zusammen, versuche zu verdrängen, wie diese Blessuren an meinem Körper entstanden sind.

Allein beim Gedanken daran, dass er mich finden könnte, erstarre ich. Ich stehe angewurzelt unter dem Wasserstrahl, denke gar nicht daran, die Temperatur zu ändern. Ich brauche diese Kälte. Diese Linderung auf meiner Haut.

Tränen vermischen sich mit dem Wasser, das über mein Gesicht rinnt und ich straffe die Schultern, um nicht zu schluchzen. Viel zu viele Tränen habe ich seinetwegen vergossen – damit muss Schluss sein.

Er weiß nicht, wo ich bin. Selbst wenn er den Wagen auf dem Parkplatz finden sollte, weiß er nicht, dass es mich nach Dearborn verschlagen hat.

Ich bin mir sicher, dass er überall, nur nicht hier nach mir suchen wird. Und wenn er mich doch in die Finger kriegen sollte …

Mit zusammengepressten Lippen schüttle ich diese Bilder aus meinem Kopf, seife mich ein, und zucke zusammen, sobald ich die blauen Flecken streife. Wimmernd spüle ich den Schaum von mir, wasche mir die Haare und trete zitternd aus der Dusche.

Beim Blick in den halb beschlagenen Spiegel erschrecke ich mich. Meine Lippen sind blau unterlaufen, die violetten Schatten unter meinen Augen waren noch nie dunkler. Nackt gehe ich zum Waschbecken und spüle mein Gesicht mit heißem Wasser ab, um es wieder zu durchbluten.

Dass die Tür aufsteht und Ace mich sehen könnte, ist mir egal. Ich weiß ohnehin, dass er mich nicht beobachtet. Dafür ist er zu festgefahren … Er scheint immer noch an dieser Frau festzuhalten.

Nachdem ich mir die Haare mit dem Handtuch grob getrocknet und mir frische Sachen angezogen habe, verlasse ich summend das Bad.

Ace soll nicht wissen, dass ich eben beinah die Kontrolle über mich verloren hätte. Dass ich die Schmerzen für einen Augenblick zugelassen habe, anstatt sie zu verdrängen.

Ich stopfe meine getragenen Sachen zurück in meine Tasche und sehe zu Ace herüber, der auf dem Bett sitzt und einen Laptop auf dem Schoß hat.

Leise schleiche ich mich an ihn heran, krabble auf das Bett herauf und blicke ihm über die Schulter. Er starrt das Foto eines Mannes an.

Das Bild muss von den Überwachungskameras einer Tankstelle in Detroit stammen. »Wer ist das?« Seine Haut ist schokoladenbraun, seine Augen dunkel und gefährlich. Er hat keine Haare mehr auf dem Kopf und eine Narbe ziert seine Glatze.

»Jemand, der lieber nicht zurück in die Stadt gekommen wäre«, sagt er geistesabwesend und betrachtet weiterhin leblos das Foto des Mannes.

Weil ich wissen will, womit ich es hier auf mich nehme, greife ich um ihn herum, stecke meine Finger in seine Jeanstasche und hole das Foto aus seiner Brieftasche heraus. Ace ist zu langsam, um es mir wegzunehmen.

Ich rutsche mitsamt Foto von ihm ab und lege mich rücklings auf das Bett, das weicher ist, als es aussieht. Das Foto wandert durch meine Hände.

»Also, wer ist die hübsche Brünette mit den Rehaugen?« Mein zweiter Versuch, mehr aus ihm herauszukitzeln, gelingt mir besser als der erste.

Ace schließt den Laptop, legt ihn in seine Tasche und dreht sich zu mir um. Wieder liegt dieser Schmerz in seinem Blick, sobald er das Foto in meinen Händen mustert.

»Ist es deine Freundin?«

»Das war sie, ja«, antwortet er schmallippig und lässt mich hellhörig werden. Er scheint nicht vorzuhaben, mir das Bild wegzunehmen, also blicke ich es noch einmal an. Die Frau ist schön. Natürlich schön. Sie braucht kein Make-up, um die Männer um den Verstand zu bringen.

»Was ist dann passiert?« In Gedanken bin ich bei dieser Frau und frage mich, wie dieses Foto entstanden ist. Wer es geschossen hat, ist mir bereits klar …

»Sie ist verschwunden.« Mein Herz zieht sich unsanft zusammen, als er sich mir ein Stück weit öffnet. Kaum zu glauben, dass er sich mir wirklich anvertraut. Dabei kennen wir uns kaum.

»Wann war das?« Ich kenne die Antwort schon und doch will ich sie aus seinem Mund hören. Will nicht, dass er sich wieder verschließt.

»Vor drei Jahren.« Unendliche Qual spiegelt sich auf seinem Gesicht wider, die dafür sorgt, dass ich ihn am liebsten in die Arme nehmen würde. Die Frau muss ihm wichtig gewesen sein, wenn er auch nach drei Jahren nicht abschließen kann.

»Wurde sie entführt?« Meine Mutmaßung lässt einen Schwindel in mir aufkeimen. In Detroit ist es keine Seltenheit, dass Menschen – vor allem Frauen – verschwinden. Meistens werden sie verkauft, vergewaltigt oder gleich umgebracht. Nur die wenigsten kommen ohne seelische Narben davon.

»Das weiß ich nicht. Aber ich bin mir ziemlich sicher, dass es so ist. Dass sie …« Anstatt den Satz auszusprechen, steht er auf und geht zum Badezimmer.

»Wir sollten schlafen gehen, wir müssen uns morgen früh überlegen, wie es weitergeht. Schlaf gut.« Er sieht mich ein letztes Mal an, bevor er im Badezimmer verschwindet. Im Vergleich zu mir schließt er die Tür hinter sich.

Ich betrachte das Foto der Frau noch eine Weile, bevor ich es auf den Nachttisch lege, mich unter die Decke kuschle und mich wie eine Schnecke einrolle. Erschöpft von den Geschehnissen des Tages lausche ich dem Wasser der Dusche und schlafe innerhalb kurzer Zeit ein.

***

»Bitte, es … ich will das so nicht«, wimmere ich, auch wenn ich weiß, dass ich stark sein sollte. Wenn ich wimmere und ihm meine Schwäche zeige, wird es nur schlimmer.

»Das bisschen Blut stört mich nicht«, raunt er an meinem Ohr, wobei mich der Duft seines billigen Kautabaks einhüllt. Ich hasse diesen Duft. Hasse das Gefühl, das er in mir hinterlässt. Und die Erinnerungen.

»Aber mich stört es.« Ich schiebe ihn von mir weg, doch mein Widerstand sorgt nur für eines: dass er wütend wird.

»Und seit wann interessiert es mich, was dich stört? Du gehörst mir, Lucia. Und wenn ich dich ficken will, während du deine ekelhaften Tage hast, ficke ich dich.«

Mit dieser Drohung schiebt er sich zwischen meine Beine, ich verkrampfe mich am ganzen Körper. Schließe die Augen. Weine innerlich. Äußerlich hingegen tue ich so, als wäre es okay. Als wäre es nicht so schlimm für mich, benutzt zu werden wie eine Puppe.

Ein Reißverschluss öffnet sich, gefolgt von einem Kondompäckchen. Stöhnend zieht er es sich über. Ich presse den Kopf in das Kissen, das nach ihm riecht, und schließe die Augen für einen Moment.

Seine rissigen Fingerkuppen greifen zwischen meine Beine, er tastet nach der Schnur meines Tampons und zieht ihn unsanft aus mir heraus. Angewidert sehe ich dabei zu, wie er den blutigen Tampon zu Boden wirft.

»Geht doch, Baby«, flüstert er erregt, spreizt meine versteiften Beine und drängt sich dichter an mich.

»Entspann dich, Lucia. Ich habe keine Lust auf deine Spielchen«, knurrt er wütend, also entspanne ich mich, so gut es geht.

Ohne mich vorher zu befeuchten, stößt er sich heftig in mich, was mir aufgrund der fehlenden Lust wehtut. Doch ich schlucke den Schmerz herunter, weil ich gelernt habe, ihm zu gehorchen. Wenn ich ihm von den Qualen erzähle, wird er noch grober.

»Oh ja, Baby. Siehst du? Das Blut spürst du gar nicht.« Seine Hände greifen unter meinen Po, ziehen mich dichter an sich, während er sich hart in mir bewegt. Ein Wimmern liegt auf meinen Lippen, das ich nur unterdrücken kann, indem ich mir auf die Zunge beiße. Sekunden später schmecke ich mein Blut.

»Sieh mich an!« Als wäre es nicht demütigend genug, dass er mit mir schläft, obwohl ich es nicht will, nein. Ich muss ihm die Genugtuung dabei auch noch ansehen. Weil ich einen Moment zu lang zögere, greift seine Hand nach meiner Kehle. Mit starkem Druck presst er seine Hand gegen meinen Hals, sodass ich kaum noch Luft bekomme. Tränen rinnen über mein Gesicht, und sobald er sie bemerkt, holt er mit der freien Hand aus und schlägt mir hart ins Gesicht.

»Du solltest dich glücklich schätzen, dass ich dich ficke, anstatt zu heulen!« Seine kalte Stimme jagt mir zig Schauer über den Rücken. »Sei verdammt noch mal dankbar!« Wieder trifft seine Hand mein Gesicht, der Druck auf meinen Kehlkopf wird stärker.

»Nein«, wispere ich unter Schmerzen, winde mich unter ihm, während er sich weiter rücksichtslos in mich rammt. Alles schmerzt, alles stirbt. Bis ich das Bewusstsein beinahe verliere …

»Hey, wach auf.« Plötzlich ist da diese andere Stimme. Diese weiche Stimme und diese weichen Worte. Sie nehmen mir die Dunkelheit, geben mir Licht …

***

»Hey, Lucy. Wach auf.« Panisch reiße ich die Augen auf. Mein Körper steht unter Strom, meine Hände umklammern die Decke fest. Ich spüre immer noch seine Hand auf meinem Hals, als ich mich umblicke. Es ist dunkel im Zimmer und ich muss mich einen Moment sammeln, um zu realisieren, wo ich bin.

Das einzige Licht kommt von den flackernden Laternen vor den Fenstern des Motels. Motel. Dearborn. Ace. Erschrocken drehe ich mich um und sehe direkt in seine Augen.

Er hockt an meinem Bett, sieht mich entsetzt an. Seine Hand wandert zu meiner, sodass ich kraftlos die Decke loslasse.

Noch jetzt kann ich die Tränen des Traumes auf meiner Wange spüren. Wie lange er wohl schon da sitzt und mir zusieht? Ob ich im Schlaf gesprochen habe?

»Du bist nicht auf der Flucht, hm?« Seine Frage klingt so todtraurig, dass ich kurz davorstehe, ihm alles zu erzählen. Einem mir Fremden alles anzuvertrauen, mich an seine Brust zu schmiegen und zu weinen. Den Trost zu bekommen, den ich seit Jahren suche.

Weil ich nicht in der Lage bin, ihm zu antworten, genieße ich einfach nur seine Nähe. Genieße es, dass er mit seinem Daumen über meinen Handrücken streicht und mir somit einen Teil der Schmerzen nimmt. Plötzlich kommt mir der Traum unwirklich vor. Als wäre es niemals passiert. Nicht mir. Nicht mit ihm.

Sekunden später hat Ace mit seiner Anwesenheit erreicht, dass ich in einen ruhigen Schlaf falle. Und ich träume … etwas Schönes.

***

Die grelle Sonne weckt mich, als ich am nächsten Morgen meine gereizten Augen öffne. Zuerst bleibe ich steif liegen, doch als ich den Duft von frischem Kaffee inhaliere, strecke ich mich und setze mich auf.

Dampfender Kaffee steht auf dem Schränkchen neben meiner Bettseite, von Ace fehlt jede Spur. Ich schwinge die Beine über den Rand des Bettes, wärme meine Hände an dem Becher und trinke den ersten Schluck, der meine Zunge verbrennt. »Au«, quietsche ich im selben Moment, in dem die Tür geöffnet wird.

»Der Kaffee ist heiß«, warnt er mich und tritt ein. Ich werfe einen Blick hinter mich und sehe Ace, der mit einer Tüte vom Bäcker hereinkommt.

Er trägt ein graues Shirt mit einem Löwen auf der Brust, eine schwarze, tiefsitzende Jeans und seine Sonnenbrille hängt wieder in seinem Kragen.

»Hab ich bemerkt«, antworte ich ihm schmunzelnd. »Was ist das?« Ich deute am Kaffee nippend auf die Tüte. Er wirft sie mir herüber und ich fange sie mit einer Hand.

»Donuts. Anscheinend stehst du ja auf diese Kalorienbomben.« Schalk liegt in seiner Stimme und ich spähe hinein. Die mit der pinken Glasur! Gibt es einen Gott? Wenn ja, hat er meine Gebete erhört.

»Was ist mit dir?« Ich fische einen Donut heraus und beiße seufzend in den weichen Teig. Dieser hier ist mit Erdbeercreme gefüllt und ich lasse den Geschmack auf meiner Zunge zergehen.

»Ich esse morgens nichts. Beeil dich, wir müssen gleich weiter«, erinnert er mich daran, dass wir nicht zum Spaß hier sind.

»Gib mir einen Moment!« Ich schnappe mir Donut, Kaffee, und meine Tasche, um mich ins Bad zu verziehen und mir die erstbesten Sachen anzuziehen.

Als ich nach dem Essen, Zähneputzen und Schminken rauskomme, beäugt Ace mich misstrauisch. Seine grauen Augen wandern an mir hinab.

»Du solltest dir angewöhnen, mehr anzuziehen. Anscheinend hast du keine Ahnung, welche Sorte Mann du damit an dich ziehst.«

Mit der Zunge schnalzend blicke ich an mir hinab. Wenn Ace wüsste, was ich für Menschen in meinem Leben hatte, würde er das nicht sagen. Dann würde er wissen, dass ich die übelste Sorte Mann in- und auswendig kenne.

»Ich merk es mir«, antworte ich ihm dennoch und packe meine sieben Sachen zusammen. Seine Tasche steht bereits gepackt auf dem Bett.

Bevor wir das Zimmer verlassen, werfe ich einen Blick auf mein Handy und erstarre. Mir war klar, dass er mich vermissen würde.

Dass er mich anrufen und mir schreiben würde. Und doch hatte ich tief in mir gehofft, dass es anders wäre. Dass er mich einfach ziehen lassen würde.

Wo zur Hölle steckst du, Lucia? Komm sofort nach Hause oder ich werde dich an deinen Haaren her schleifen, wenn ich dich gefunden habe!

Mein Puls schnellt in die Höhe, meine Beine werden weich und mein Herz rast. Für einen Augenblick versinke ich in meinem Dilemma, will ihm schreiben, dass ich gleich zurück bin. Nur Ace hält mich davon ab, in meine alten Muster zu verfallen und meinen Fortschritt kaputtzumachen. »Kommst du?« Er hält mir die Tür auf, also stopfe ich das Handy, nachdem ich es ausgestellt habe, in meine Tasche und gehe zu ihm.

ERINNERUNGEN

Nachdem wir uns von Tom verabschiedet haben, machen wir uns auf den Weg. Sobald wir den Vorort verlassen haben, fragt Lucy mir wieder Löcher in den Bauch.

»Wohin fahren wir?« Sie trägt eine knappe Shorts, die gerade so ihren Hintern bedeckt und ein bauchfreies Top. Ihre Augen werden wieder durch eine meiner Sonnenbrillen verdeckt.

Dass ich es ernst gemeint habe und sie nicht so freizügig rumlaufen sollte, scheint sie nicht zu interessieren. Dabei weiß ich besser als jeder andere, was Kerle in Detroit mit Mädchen wie ihr machen. Ich will sie fragen, wie alt sie ist, verkneife es mir aber, weil ich nicht vorhabe, mich in etwas hineinzusteigern.

»Erst einmal Richtung Westen, dann sehen wir weiter.« Obwohl ich bereits weiß, welchen Ort ich anpeile, will ich es für mich behalten. Noch habe ich keine Ahnung, inwiefern ich ihr vertrauen kann. Es ist besser, seinen Feind im Blick zu haben, als ihm den Rücken zuzukehren. Sie kaut auf ihrem Kaugummi herum, macht eine große Blase und saugt sie anschließend wieder in ihren Mund ein. Dass ich in der Nacht kaum geschlafen habe, spüre ich am ganzen Körper. Meine Lider sind schwer, meine Glieder schlapp und mein Kreislauf auf dem Tiefstand.

Gerade, als ich endlich eingeschlafen bin, habe ich sie schreien gehört. Lucy hat sich auf ihrem Bett hin und her gewälzt, hat um sich geschlagen und mich angeschrien, dass ich aufhören soll. Zu gern würde ich wissen, was sie erlebt hat. Wer oder was sie derart im Griff hat.

»Und woher willst du wissen, dass deine Freundin überhaupt noch am Leben ist?« Ihre nächste Frage sorgt dafür, dass mein Atem stockt. Meine Hände umklammern das Lenkrad, ich fahre schneller, versuche, das Rauschen meines Blutes zu ignorieren.

»Ich weiß es nicht. Aber ich werde es herausfinden.« In den letzten Jahren ist mir dieser eine Gedanke immer wieder durch den Kopf gegangen. Was, wenn sie längst tot ist? Wenn ich einfach zu spät bin … es sind schließlich drei Jahre vergangen.

»Ich meine, es ist jetzt drei Jahre her. Hast du denn vorher nicht nach ihr gesucht?« Alles in mir zieht sich aufgrund ihrer Frage zusammen. Wo soll man suchen, wenn es keinen Anhaltspunkt gibt?

»Doch, ich habe mit der Polizei zusammengearbeitet, aber wir hatten keine Spur. Die Typen, die sie mitgenommen haben, sind untergetaucht. Sie waren einfach weg … als hätten sie nie existiert. Sag mir, Lucy, wo hätte ich suchen sollen?«

Wut keimt in mir auf, die nicht ihr, sondern mir gilt. Weil ich glaube, dass ich sie zu schnell aufgegeben habe. Weil ich mich auf die Arbeit der Cops verlassen habe, die ihre Mittagspausen lieber damit verbringen, sich Amateurpornos reinzuziehen, anstatt Leben zu retten.

»Keine Ahnung«, murmelt sie geistesabwesend und senkt den Blick. »Wie hast du sie überhaupt kennengelernt?«

Ich schließe flüchtig die Augen, atme tief durch und erinnere mich. Das erste Mal seit ihrem Verschwinden lasse ich es zu, mich zu erinnern … Und ich hasse dieses Gefühl.

***

Es ist Sonntag, ich laufe durch die Straßen und werfe die Zeitungen in die verwilderten Vorgärten der Schabracken. Es ist mir egal, dass die meisten davon ohnehin verrotten werden, weil die Häuser leer stehen. Ich bekomme hierfür Geld, also beschwere ich mich nicht.

Die Sonne steht heiß am Himmel und der Schweiß sammelt sich an meinem Rücken, obwohl es gerade mal sieben Uhr früh ist.

Auf keinen Fall werde ich nachmittags geschweige denn abends die Zeitungen verteilen, da kann ich auch gleich mein Todesurteil unterschreiben.

Man sollte sich am Abend nie in dieser Gegend aufhalten, jedenfalls nicht, wenn einem sein Leben etwas bedeutet. Wenn man sterben will, ist hier der perfekte Ort dafür.

Gerade, als ich an einem der verlassenen Gebäude vorbeigehe und die Zeitung in hohem Bogen über den verrotteten Zaun werfe, ertönt ein Schrei.

Es ist der Schrei eines Mädchens. Ich halte kurz inne und wäge meine Möglichkeiten ab. Als meine Eltern noch am Leben waren, haben sie mir immer befohlen, in solchen Situationen das Weite zu suchen. Doch dieser Schrei …

Ich scheiße auf den Ratschlag meiner Eltern, die mich viel zu früh im Stich gelassen haben, lasse meine Tasche mit den Zeitungen am Bordstein liegen und hüpfe mit Leichtigkeit über den Zaun.

Langsam schleiche ich mich an das graue Gemäuer an, gehe die Treppen vorsichtig hinauf und bleibe an der offenen Tür stehen.

»Hilfe«, japst wieder diese Stimme. Ich sammle all meinen Mut zusammen und trete über die Schwelle. Anfangs muss ich mir die Nase zuhalten, weil mich ein penetranter Geruch empfängt.

Eine Mischung aus Pisse und Blut. Angewidert gehe ich in den leer geräumten Flur, blicke mich suchend um, entdecke aber niemanden.

Das Einzige, was ich sehe, sind die vollgeschmierten Tapeten, der blutbefleckte Teppichboden unter meinen Füßen und verschossene Patronenkugeln, die ich mit der Fußspitze wegschieße.

»Hallo? Ist hier jemand?« Mein Herz rast, meine Beine werden steif und meine Atmung flacht ab. Eines ist klar: Ein sechzehnjähriger Junge sollte sich nicht in diesen Schabracken herumtreiben, das weiß jedes Kleinkind bereits. »Hier oben«, antwortet mir die verzweifelte Stimme. Ich werfe einen Blick zur morschen Treppe, die in die zweite Etage führt.

74

Sobald ich meinen Mut gesammelt habe, betrete ich die Treppe und versuche dabei, mich leichter zu machen, damit sie nicht unter meinem Gewicht zusammenbricht.

Das Knarzen des Holzes unter meinen Fußsohlen sorgt dafür, dass mein Puls anzieht und der Schweiß auf meinem Rücken stärker wird.

Als ich die obere Etage erreicht habe und das Mädchen am anderen Ende des Raumes sehe, das erschöpft an der Wand lehnt, vergesse ich all meine Zweifel und renne zu ihr herüber. Vor ihr schmeiße ich mich auf die Knie und sehe sie einen Moment lang an.

Ihre braunen Haare sind vom Schweiß verklebt und reichen ihr bis zum Bauchnabel. Ihre braunen Augen blicken mich schwach und hoffnungsvoll zugleich an. Tiefe Schatten liegen darunter, man kann die Adern unter ihrer blassen Haut hervorstechen sehen.

»Hey«, wispert sie angeschlagen und senkt erschöpft die Lider. Sie muss schon länger hier sitzen, wenn sie so neben der Spur ist.

»Wie lange schreist du schon?«, frage ich sie und blicke an ihr hinab. Sie hält sich ihren Oberschenkel fest, in dem eine tiefe Glasscherbe steckt. Neben ihr liegen weitere Scherben, vermutlich von dem zerschossenen Fenster hinter ihr.

»Seit einigen Stunden«, wimmert sie und versucht, sich aufzurappeln, aber die Schmerzen übermannen sie.

»Wie ist das passiert?« Ich nehme ihre Hände von der Wunde weg und sehe sie mir genauer an. Man muss kein Arzt sein, um zu sehen, dass sie zu viel Blut verlieren wird, wenn man die Scherbe ohne Weiteres rauszieht. »Ich war in der Gegend unterwegs. Plötzlich wurde ich von einer Gruppe Männern abgefangen und hier her geschleift. Sie wollten ... sie wollten-« Ihre Stimme bricht beim Gedanken an das,

was ihr beinahe passiert wäre, ab. Ich nehme ihre Hand in meine und streichle sie sachte. »Was ist dann passiert?«, will ich stirnrunzelnd wissen. Allein die Tatsache, dass ein hübsches Mädchen wie sie allein nachts in diesen Vierteln unterwegs ist, hätte ihren Tod bedeuten können.

»Sie haben Sirenen gehört, bevor sie mit mir anfangen konnten. Dann haben sie sich aus dem Staub gemacht und mir diese Scherbe in den Schenkel gerammt. Ich kann einfach nicht aufstehen«, schluchzt sie und verzieht ihr Gesicht unter Schmerzen. Blut sickert aus ihrer Wunde und rinnt über ihre helle Haut. Zwischen ihren Beinen hat sich ein roter See gesammelt.

»Ich hole einen Krankenwagen.« Schnell krame ich mein Handy hervor, stehe panisch auf und wähle den Notruf. Nachdem ich ihnen den Fall geschildert habe, gehe ich wieder zu ihr herüber und setze mich so lange neben sie.

Als wären wir keine Fremden, schmiegt sich das Mädchen wortlos an mich und schließt die Augen. Ich lege meinen Arm um sie, ziehe sie dichter an mich und versichere ihr flüsternd, dass alles gut wird.

Dass ich sie nicht mehr aus den Augen lasse. Scheu hebt sie den Blick. Ein Lächeln umspielt ihre aufgerissenen Lippen.

»Ich bin Madeleine.« Wieder pocht mein Herz laut in meiner Brust, als ich mich in dem Braunton ihrer Augen verliere. Selten habe ich ein Mädchen gesehen, das so schön ist.

»Und ich bin Ace.«

***

»Wow, was für ein Beginn einer Liebesgeschichte.« Beinah euphorisch hat Lucy meiner Geschichte zugehört. Während ich ihr von meinem ersten Treffen mit Madeleine erzählt habe, hat sie kein Wort verloren.

»Es gibt schönere Anfänge«, antworte ich matt und fokussiere weiter die Straße vor mir, weil ich nicht will, dass sie sieht, wie verletzt ich bin.

Sie soll nicht wissen, dass ich angreifbar bin. Weder für sie noch für sonst jemanden. In den letzten Jahren bin ich abgestumpft. Es gibt kaum noch etwas, das mich wirklich aus dem Konzept bringt.

Gerade deshalb sollte ich die Barbie neben mir einfach aussetzen, weil sie es schon mehrere Male geschafft hat, mir den Atem zu nehmen. Weil ich ihr Dinge anvertraue, obwohl ich mir geschworen hatte, nicht über sie zu reden.

»Wie lange wart ihr zusammen?«, will sie neugierig wissen, zieht ihre Beine auf den Sitz und dreht sich in meine Richtung.

»Fünf Jahre.«

»Und wie war eure Beziehung?« Ich sehe sie fragend an, kann ihre Frage nicht richtig einschätzen.

»Spielt das eine Rolle?«

Sie nimmt die Sonnenbrille ab, steckt sie in ihren Ausschnitt und nickt sachte. Ihre Augen fokussieren mein Gesicht, als sie mir antwortet. »Ja, ich hatte nie eine gute Beziehung. Wart ihr … glücklich?« Ich lasse diese fünf Jahre gedanklich an mir vorbeiziehen.

Jeden Streit. Jede Versöhnung. Jede Erinnerung. »Ja, das waren wir. Meistens jedenfalls. Aber jeder Mensch hat Dämonen, mit denen er sich herumschlagen muss. Es ist nie einfach.«

Ich presse die Lippen aufeinander und bremse leicht ab, weil ich weiß, dass ich einen Unfall baue, wenn ich die Kontrolle verliere.

»Und dann ist sie verschwunden ...«, stellt Lucy leise fest. Alles, was ich tun kann, ist, das Lenkrad fester zu umklammern.

»Wir waren gerade in der Stadt unterwegs, als sie plötzlich nicht mehr hinter mir war. Wie ein Verrückter habe ich sie gesucht, aber sie war wie vom Erdboden verschluckt.« Ein flüchtiger Blick auf Lucy verrät mir, dass sie etwas Ähnliches auch schon einmal erlebt hat.

»Vielleicht wollte sie einfach nur raus?«, mutmaßt sie und bringt damit alles in mir zum Kochen.

»Sie ist zu diesem Zeitpunkt in die falschen Kreise geraten. Hat sich mit den falschen Leuten abgegeben, vor denen ich sie immer wieder gewarnt habe. Wenn sie hätte gehen wollen, hätte sie mir davon erzählt, da bin ich mir sicher.«

Langsam reguliert sich meine Atmung wieder und ich lockere meinen Griff am Lenkrad. Lucy dreht sich in die andere Richtung und starrt stumm aus dem Fenster.

Eine ganze Weile fahren wir weiter, ohne miteinander zu sprechen. Niemand sagt etwas und ich muss zugeben, dass ich diese Stille hasse.

Dass ich mich lieber in ihr Kreuzverhör begebe, als mich mit meinen Gedanken auseinandersetzen zu müssen. Erst nach einer guten Viertelstunde bricht Lucy das Schweigen.

»Ich habe Hunger. Können wir irgendwo anhalten?« Sie legt sich die Hand vor ihren flachen Bauch und Sekunden später ertönt ein tiefes Knurren.

Mein erster Instinkt rät mir, ihre Bitte auszuschlagen, weil wir keine Zeit verlieren dürfen. Doch als sich mein Magen ebenfalls zu Wort meldet, schmeiße ich meine Prinzipien über den Haufen und lasse es zu, dass Blondie meinen Plan durchkreuzt.

»Bei der nächsten Gelegenheit fahre ich ran. Danach müssen wir aber weiter«, warne ich sie und kann mir ein Schmunzeln nicht verkneifen, als sie zu strahlen beginnt.

»Wo genau geht es denn jetzt hin?« Es ist mittlerweile das gefühlt einhundertste Mal, dass sie mich das fragt, also gebe ich mich geschlagen und seufze in mich hinein.

»Nach Chicago.«

Lucy rappelt sich auf dem Sitz auf und starrt mich mit offenem Mund an, während ich die nächste Abfahrt nehme, um an einer Tankstelle anzuhalten.

»Chicago? Wow! Da wollte ich immer mal hin!« Ich fahre auf den Parkplatz, stelle den Wagen in der hintersten Ecke ab und beuge mich zu ihr herüber.

»Das hier ist kein Urlaub, das weißt du, oder?« Augenblicklich verschleiert sich ihr Blick und das Strahlen ist aus ihrem Gesicht verschwunden. Enttäuscht öffnet sie die Tür und lässt mich wortlos im Wagen zurück, während sie die Tankstelle ansteuert, ohne sich nach mir umzudrehen.

SILENT DEATH

Nachdem wir noch einige Stunden Richtung Westen gefahren sind und beinah jede Stunde anhalten mussten, weil ich pinkeln wollte, hat Ace beschlossen, für heute zu stoppen.

Jetzt sitzt er wieder auf dem Bett des Hotels, während ich mich im Bad frisch mache und mich aus den klebrigen Klamotten schäle.

Sobald ich ein langes Shirt anhabe, das mir bis zur Mitte meiner Oberschenkel reicht, verlasse ich das Bad und setze mich neben ihn.

War ich bis eben noch recht entspannt, kann ich jetzt meinen Augen kaum trauen. Ich entreiße ihm den Laptop und starre auf die beiden Worte, die er in die Suchmaschine eingegeben hat.

»Silent Death«, wispere ich und verspüre allein beim Aussprechen dieses Namens eine Gänsehaut. »Sag mir nicht, dass das die Typen sind, nach denen du suchst!« Weil Ace keinerlei Anstalten macht, mich anzusehen, zerre ich an seinem Shirt, bis er mich anblickt. Entschlossenheit liegt in seinem Blick, die mir weitere Stromschläge durch den

Körper jagt. »Bitte. Sag. Mir. Nicht. Dass. Du. Diese. Monster. Meinst«, knurre ich, sichtlich aus dem Konzept gerissen. Ich dachte, er wäre lediglich auf der Suche nach einigen Kleinverbrechern, aber das hier ändert alles. Das hier macht das Spiel mit dem Feuer zu einem Spiel mit dem Tod.

»Und wenn schon? Was spielt das für eine Rolle?« Mit diesen Worten entreißt er mir den Laptop wieder und scrollt sich durch die letzten Beiträge zu dieser Gang.

Schon als ich noch ein kleines Mädchen war, hat mich meine Großmutter immer vor diesen Menschen gewarnt. Hat mir gesagt, dass ich rennen soll, wenn ich einem von ihnen begegne.

»Was das für eine Rolle spielt? Hast du vergessen, dass diese Männer unsere ganze Stadt in Angst und Schrecken versetzt haben?«

Ich bin nie auf sie getroffen, aber ich weiß, dass sie der ganz üblen Sorte angehören. Dass ihnen ein Menschenleben nichts wert ist und sie es lieben, damit zu pokern. Ich schüttle fassungslos den Kopf. Worauf habe ich mich hier nur eingelassen?

»Ich habe nichts vergessen«, zischt er angewidert und feuert den Laptop achtlos auf den Nachttisch, der folgende Krach lässt mich zusammenfahren.

»Sich mit denen anzulegen, gleicht Selbstmord!«, stelle ich ernüchtert fest, denn Ace scheint sich davon nicht beeindrucken zu lassen.

Vor knapp drei Jahren hat die Schreckensserie der Silent Death aufgehört und die Menschen in Detroit konnten zumindest zum Teil aufatmen. Kaum zu glauben, dass Ace so lebensmüde ist und sich freiwillig in ihre Schusslinie begibt.

»In Chicago ist die Mordrate im letzten Jahr von 653 auf 859 angestiegen. Das muss etwas zu bedeuten haben.«

»Ja, und genau deshalb wäre es die schlauste Entscheidung, sie in Frieden zu lassen. Sonst enden wir beide auf dem Scheiterhaufen und können nicht mal mehr um Hilfe schreien!«, klage ich ihn an und kann immer noch nicht fassen, dass er das hier ernst meint. Doch sein Blick verrät mir, dass er sich nicht abhalten lässt. Dass er sich tatsächlich auf diesen Selbstmordtrip begibt.

»Wenn es dir zu viel wird«, er sieht mich starr an, »dann solltest du gehen.« Einen Moment lang denke ich ernsthaft darüber nach, meine sieben Sachen zu packen und zu verschwinden. Ihn einfach hier zurückzulassen und loszurennen.

Da ich weder ein Auto noch Kohle habe, werde ich nicht weit kommen, ohne auf der Rückbank eines perversen Truckers zu landen.

Ich presse die Lippen zusammen und ignoriere, dass ich gerade einen Deal mit dem Teufel eingehe und mich auf direktem Weg in die Hölle befinde.

»Ich wüsste nicht, wohin.« Eine ernüchternde und bittere Erkenntnis zugleich.

»Dann lass mich das durchziehen.« Mein Herz schlägt mir bis zum Hals, als ich an die vielen Leichen denke, die diese Menschen auf ihre Kappe nehmen müssen. Wie viele Herzen sie gebrochen haben. Wie viele Knochen folgten.

»Hast du gar keine Angst?«, frage ich ihn leise. Ace sieht mich leblos an, keine Regung liegt auf seinem Gesicht.

»Wenn man schon alles verloren hat, ist dein Leben ohnehin wertlos.« Seine Erklärung trifft mich tief.

»Sag mir, hast du Angst?« Ace deutet auf die blauen Flecken an meinen Armen, die ich eilig mit meinen Händen verdecke. Seit ich am Morgen seine Nachricht erhalten habe, habe ich mein Handy nicht mehr angerührt. Aus Angst. Weil ich gar nicht wissen will, ob er mir schon auf den Fersen ist.

»Vor wem?«, setzt er noch hinterher, weil die pure Panik in meinem Gesicht geschrieben steht. Anstatt ihm zu antworten, wende ich den Blick ab.

»Es spielt keine Rolle. Jetzt nicht mehr.« Die Tränen in meinen Augen ignoriere ich, stattdessen suche ich umso drängender seine Nähe.

Ohne ihn um Erlaubnis zu bitten, rutsche ich zu Ace herüber und lehne meinen Kopf an seine Brust. Er zögert, bevor er seinen Arm um mich legt und mich hält, wie ich seit Jahren nicht mehr gehalten wurde. Wenn ich ehrlich bin, erinnere ich mich nicht daran, je von einem Mann so gehalten worden zu sein. Eine ganze Weile sitzen wir dicht an dicht auf dem Bett, starren an die graue Wand und sagen nichts. Ich genieße seine Wärme, kuschle mich dichter an ihn und spüre ein Verlangen in mir aufkommen, das ich unterdrücken muss. Und doch verlassen Sekunden später Worte meinen Mund, die ich nicht aussprechen sollte.

»Hattest du in den letzten Jahren Sex? Seit sie … verschwunden ist, meine ich?« Diese Frage brennt mir schon auf der Zunge, seit ich von ihr erfahren habe. Sein Körper verspannt sich, sein Herz poltert donnernd in seiner Brust und seine Atmung stoppt.

Ich rapple mich auf, meine Hand liegt auf seinem Oberschenkel und ich blicke zu ihm auf. Anfangs weicht er meinem Blick aus, doch als er mich ebenfalls ansieht, scheint sein Eis zu tauen.

»Nein.« Seine Antwort reißt mich völlig aus dem Konzept. Nach unserem Kuss hatte ich das Gefühl, er würde das ständig tun. Würde ständig Frauen in seinem Bett haben und ihre Welten mit seinen grauen Augen erschüttern.

»Wie hältst du das aus?«, frage ich ihn schluckend und ignoriere, so gut es geht, die aufkommende Nässe zwischen meinen Beinen. Seine Augen fahren über mein Gesicht und bleiben an meinen Lippen hängen. »Ich habe mich in Arbeit gestürzt, um sie zu vergessen.« Seine Erklärung klingt wie eine schwache Ausrede, doch ich frage nicht weiter nach, weil ich nicht will, dass er wieder dichtmacht.

Meine Hand wandert auf seinem Oberschenkel weiter nach oben, und anstatt es zu stoppen, lässt Ace es zu. Sein Gesicht ist meinem so nah, dass ich wieder diese herbe

Mischung aus Grapefruit und Ingwer inhaliere. Selten hat ein Mann so aufregend gerochen wie er. »Nur manchmal«, räuspert er sich und umfasst meine Hüfte stärker, »verliere ich die Kontrolle.« Seine Augen glühen beinah, ich kann sehen, dass er kurz davorsteht, seine Kontrolle an mir zu verlieren.

Und auch ich kann mich nicht mehr lange davon abhalten, einen Schritt weiterzugehen. Das, was in den letzten Jahren in meiner Beziehung passiert ist, hätte mich prägen sollen.

Doch anstatt auf Abstand zu gehen, will ich mehr. Ich will wissen, wie es ist, wenn man nicht dazu gezwungen wird, es zu tun. Wenn man es aus freien Stücken macht. Wenn man sich dabei fallen lassen kann …

Ich ignoriere die Warnzeichen in meinem Inneren, schwinge mein Bein über seine und setze mich auf seinen Schoß. Da ich nur das Shirt und einen Slip trage, spüre ich ein Kribbeln in meinem Unterleib, als sich seine Härte unter seiner Jeans abzeichnet und gegen meine Mitte presst.

Entschlossen greife ich in sein Haar, ziehe ihn an mich heran und dringe mit meiner Zunge in seinen Mund ein. Ace lässt es einfach geschehen, beteiligt sich kaum an dem Kuss. Seine Hände liegen auf meinen Hüften und er lässt mich die Führung übernehmen. Ich dränge mich dichter an ihn heran, knabbere an seiner Lippe und umspiele seine Zunge mit meiner.

Erst mit der Zeit scheint sich seine Starre aufzulösen und er intensiviert den Kuss, als hätte ich ihn soeben aus dem Winterschlaf gerissen.

Seine Hände wandern von meinen Hüften hoch zu meiner Taille. Sekunden später presst er mich dichter gegen seinen Schritt, was mich leise in seinen Mund keuchen lässt.

Es ist falsch. Es ist vollkommen verwerflich ... und doch würde ich mich ihm in diesem Moment nur zu gern hingeben. Einmal austesten, wie es sich mit ihm anfühlt. Einmal kosten, wie ein freier Wille schmeckt.

Meine Hände wandern hinab zu seinem Nacken, den ich fest umschlinge, während seine Hände weiter nach oben gleiten. Sekunden später vergräbt er sie in meinem Haar, unsere Zungen liefern sich ein heißes Duell ab.

Immer mehr Nässe entsteht zwischen meinen Beinen, meine Haut kribbelt, und selbst als er seine Hände auf meine nackten Schenkel legt und meine Blessuren streift, spüre ich keine Schmerzen.

Bestimmend fährt er bis zu meinem Slip herauf, schiebt mein langes Shirt nach oben und streift es mir über den Kopf.

Wortlos schleudert er es hinter sich, sodass ich nur noch im Slip vor ihm sitze. Er sieht mich nicht an, schließt stattdessen seine Augen und senkt seine Lippen auf meine erregten Brustwarzen. Ich weiß, dass er sich vermutlich gerade ein anderes Gesicht in Gedanken vorstellt. Einen anderen Körper. Dass ich nur die zweite Wahl bin. Und doch denke ich nicht daran, mich von ihm zu lösen. Seine Zunge fährt über meinen Nippel und ich lege den Kopf stöhnend in den Nacken. Seine Hände liegen wieder an meiner Taille, während er mich mit seinem Mund liebkost.

Gerade, als ich nach dem Saum seines Shirts greifen und es ihm ausziehen will, löst er sich von mir. Mit einem Satz hat er mich von seinem Schoß gehoben und sachte aufs Bett gesetzt.

»Wo willst du hin?« Ich ziehe die Beine an und sehe Ace dabei zu, wie er sich kommentarlos von mir abwendet.

Ohne eine Erklärung wirft er mir mein Shirt zu, geht zu dem Einzelbett am anderen Ende des Zimmers herüber und legt sich hin.

Ich hingegen bleibe versteinert auf dem Bett sitzen, fühle mich beschmutzt, obwohl noch gar nichts passiert ist. Das erste Mal seit langer Zeit wünsche ich mir, dass ein Mann bei mir weitergeht, obwohl ich ihn nicht einmal kenne ...

Schluchzend presse ich mir das Shirt gegen die nackte Brust, krabble unter die Decke und rolle mich ein. Selten habe ich mich so verstoßen gefühlt wie in diesem Augenblick.

INDIANAPOLIS

Ich liege seit Stunden wach, starre abwechselnd von ihrem Bett zur Decke über mir und versuche, dem Drang zu widerstehen, mich zu ihr zu legen. Wie bereits in der vergangenen Nacht zittert sie am ganzen Leib, tritt um sich und wimmert leise. So leise, dass ich es beinah nicht hören kann.

Es war richtig, sie zu stoppen, bevor ich weitergehen konnte. Bevor ich die Willenskraft der letzten drei Jahre an einem Abend über den Haufen schmeißen konnte.

Die Kleine ist es nicht wert. Niemand ist das. Niemand wird mir das geben können, was sie mir gab. Und deshalb werde ich niemanden an mich heranlassen, bis ich sie wiederhabe. Es würde sich wie Verrat anfühlen, wenn ich sie zu nah an mich heranlasse.

Ich ignoriere die Bilder von Lucy – halb nackt auf mir – und greife nach meinem Handy. Als ich eine Nachricht von meinem Kumpel Bob darauf entdecke, erstarre ich.

Bob kenne ich schon, seit sie verschwunden ist, er arbeitet bei den Cops in Detroit und hat mir, nachdem die Ermittlungen auf Eis gelegt wurden, geholfen, die Nerven zu bewahren. Er war auch derjenige, der mich auf seine Spur gebracht hat, nachdem ich ihn an der Tanke gesehen habe.

Bob: Ich weiß, es ist spät, aber ich wollte dir nur Bescheid geben, dass dein Mann nicht in Chicago ist.

Ich rapple mich auf, schwinge die Beine über den Rand des Bettes und antworte ihm.

Ace: Wo ist er sonst?

Bob: Indianapolis. Keine Ahnung, was der Kerl für ein Ziel hat, aber Richtung Westen ist der richtige Weg.

Ich stopfe das Handy in meine Jeans, bette mein Gesicht in die Hände und atme tief durch. Bob hilft mir, obwohl er weiß, dass ich mehrmals gegen das Gesetz verstoßen habe und ein weiteres Mal dagegen verstoßen werde, wenn ich diesen Kerl in meine Finger kriege.

Auch wenn ich weiß, dass es keinen Sinn hat, mitten in der Nacht weiterzuziehen, muss ich es tun. Jetzt hier tatenlos rumzuliegen, obwohl ich ohnehin kein Auge zubekomme, ist noch sinnloser.

Entschlossen gehe ich zu Lucy herüber, rüttle sanft an ihrer Schulter und warte, bis sie ihre Lider mühevoll aufschlägt. Sofort stoppen auch das Zittern und ihre wimmernden Geräusche.

»Wie spät ist es?«, murmelt sie schlaftrunken. Ich greife mir meine Tasche und deute auf die Tür.

»Drei Uhr nachts. Hör zu, wir müssen jetzt weiter.« Lucy rappelt sich auf, streckt sich und sieht mich an, als hätte ich nicht mehr alle Tassen im Schrank. Sie glaubt mir nicht, dass ich es ernst meine!

»Hör auf, mich zu verarschen«, ermahnt sie mich und reibt sich den Schlaf aus den Augen. Anscheinend weiß sie nicht einmal, dass sie eben gerade gezittert und gewimmert hat. Dass sie nach Hilfe geschrien hat … Und ich Wichser habe es zugelassen, anstatt sie früher zu wecken.

»Das ist kein Scherz, Lucia. Steh auf, zieh dir was an und dann komm. Du kannst im Auto schlafen«, antworte ich ihr mürrisch, schnappe mir meine Tasche, schultere sie auf und gehe zur Tür.

Ohne auf ihren Protest einzugehen oder auf sie zu warten, reiße ich sie auf. Ein letztes Mal werfe ich einen Blick über die Schulter und stelle schmunzelnd fest, dass sie bereits ihre Sachen zusammensucht.

»Ich warte im Auto auf dich.«

***

»Stimmungsschwankungen hast du nicht, oder?« Lucy steigt grummelnd auf dem Beifahrersitz ein und zieht die Tür leise hinter sich zu. Umgehend starte ich den Motor und verlasse den Parkplatz des Motels, in dem ich eigentlich Kraft tanken sollte. Stattdessen habe ich meinen Gedanken nachgehangen. *Super, Ace.* »Nicht, dass ich wüsste.«

»Soweit ich mich recht erinnere, meintest du vorhin, dass wir ausgeschlafen sein müssen.« Sie ruft mir in Erinnerung, dass ich meine eigenen Prinzipien außer Kraft setze, als ich den Freeway Richtung Westen anpeile.

»Im Moment ist es nur wichtig, ihn zu finden«, erwidere ich knapp und stelle das Radio an. Sekunden später bietet Rihanna mir an, unter ihren Regenschirm zu kommen und ich zappe weiter, weil ich ihre Stimme nicht ertragen kann.

»Und das fällt dir mitten in der Nacht ein?« Sie spitzt neugierig ihren Mund und sieht mich abwartend an. Ein Moment der Schwäche überkommt mich und ich lasse es zu, sie anzusehen.

Ihre Haare sind noch vom Schlaf zerzaust, ihre Wangen rot wie die eines Kleinkindes, das gerade seinen Mittagsschlaf hatte.

»Ich konnte nicht schlafen.« Meine Augen fahren über ihr Gesicht, das sich schlagartig aufhellt, als sie meine Anspielung versteht. Wissend nickt sie und wendet anschließend den Blick ab.

»Und was wirst du tun, wenn du den Kerl in die Finger kriegst?« Eigentlich will ich ihr sagen, dass sie besser abhaut, wenn sie es nicht weiß. Doch der größere Teil in mir will die Gedanken herauslassen, weil ich es satthabe, alles wie ein Müllschlucker in mich hineinzufressen.

»Ihn bluten lassen. Bis er mir sagt, was er weiß. Bis er wimmernd vor mir am Boden liegt und mich zu ihr oder seinem Boss bringt. Das ist der Plan.« Verschmitzt lächle ich sie an. Andere Frauen würden an dieser Stelle den Wagen verlassen und das Weite suchen. Nicht aber Lucia.

Abenteuerlustig strahlt sie mich an, auch wenn sie keinerlei Ahnung hat, wie schlimm es noch werden kann. Die Angst, die sie hatte, als sie erfuhr, wen wir verfolgen, scheint verschwunden zu sein.

»Hast du gar keine Angst vor mir?«, frage ich sie ehrlich, weil ich immer noch nicht fassen kann, dass sie hier neben mir sitzt.

Dass sie das ganze Theater überhaupt mitmacht, ohne zu wissen, wofür. Sie kennt den Grund zwar, aber sie kennt Madeleine nicht ... Lucia dreht sich in meine Richtung, ihre Hand fährt langsam über meinen Unterarm.

»Ich glaube eher, dass du Angst vor mir hast«, raunt sie mit verführerischer Stimme und bringt meinen Atem damit zum Stocken. Ein Blick in ihr Gesicht genügt, um zu wissen, worauf sie anspielt.

Dass sie mich an meinen Beinahe-Kontrollverlust vorhin im Motel erinnern will. Kaum zu glauben, dass ich es geschafft habe, ihr zu widerstehen, obwohl mein Körper förmlich nach Erlösung schreit. Er reagiert viel zu impulsiv auf die Blondine neben mir und ich weiß nicht, wie ich es abstellen soll.

»Es gibt nichts mehr, das mir Angst macht.« Meine Antwort kommt scharf und lässt sie kurz mit der Wimper zurückzucken. Siegessicher wende ich mich der Straße zu, werfe einen Blick auf das grüne Hinweisschild und spüre mein Herz rasen. Indianapolis ... Ich habe keine Ahnung, was mich erwarten wird und doch glaube ich, dass ich auf der richtigen Spur bin.

***

Es ist bereits halb fünf am Morgen, die Sonne ist noch nicht aufgegangen, als ich das nächste Mal tanken muss. Lucia hat bereits geschlafen, als ich das Auto verlassen habe. Jetzt bezahle ich schnell meine Rechnung und verlasse die Tankstelle, damit wir weiterfahren können.

Doch als ich meinen Wagen ansteuern will, ist die Tanksäule leer. Panisch blicke ich mich um und entspanne mich erst, als ich den Chrysler abseits der Tanksäulen entdecke. Stirnrunzelnd gehe ich zum Wagen und spähe hinein, doch Lucy sitzt weder auf dem Fahrer- noch auf dem Beifahrersitz. Erneut überkommt mich diese Panik und schnürt mir die Kehle zu.

»Hier vorne«, ertönt plötzlich ihre müde Stimme. Ich schließe den Wagen wieder und gehe nach vorn zur Motorhaube, auf der Lucy ausgebreitet liegt und in den Himmel starrt.

»Wer hat dir erlaubt, meinen Wagen zu fahren?« Das ist meine erste Frage, auch wenn eine ganz andere auf meiner Zunge brennt. Hatte ich gerade ernsthaft Angst um sie? Wieso? Wieso interessiert es mich überhaupt? Die Kleine ist nur hier, um ihren Arsch zu retten. Vor wem oder was auch immer …

»Komm her«, bittet sie mich, rutscht ein Stück zurück und klopft auf den freien Platz neben sich. Anstatt sie zu bitten, einfach wieder einzusteigen, stopfe ich das Portemonnaie in meine Jeans und setze mich neben sie auf die Motorhaube.

»Wir müssen weiter«, erinnere ich sie daran, dass wir eine Mission haben. Dass ich keine Zeit habe, hier unter den Sternen mit einer Frau zu liegen, die ich immer noch nicht richtig einschätzen kann.

In den meisten Momenten wirkt sie tough, doch dann schimmert immer wieder ihre andere Seite durch. Die zerbrochene Seite, die nachts im Bett liegt und zitternd um Hilfe schreit. Von den blauen Flecken mal abgesehen.

»Nur kurz«, versichert sie mir, also entspanne ich mich und lehne mich gegen die Frontscheibe meines Wagens. Lucia rutscht ebenfalls hoch, sodass ihre Beine nicht mehr gänzlich über die Motorhaube ragen.

»Wo hast du eigentlich die ganze Kohle her?« Ihre Frage trifft mich unverhofft, also antworte ich nicht sofort. Stattdessen überlege ich, wie viel ich ihr anvertrauen sollte.

Ob ich einfach dichtmachen und sie anlügen sollte. Dennoch entscheide ich mich für die Wahrheit, weil ich zu kraftlos zum Lügen bin. Sie würde mich ohne Probleme durchschauen.

»Von meinem Großvater geerbt. Er war schlauer als meine Eltern und hat Detroit verlassen, als er es noch konnte«, schwelge ich in Erinnerungen an den alten, weisen Mann, der er war. Auch wenn wir uns kaum zu Gesicht bekommen haben, habe ich immer zu ihm aufgeblickt.

»Und deine Eltern ... was ist mit ihnen?« Ihr Oberschenkel ist meinem so nah, dass ich die Wärme ihrer Haut spüren kann.

»Sind bei einem Brand ums Leben gekommen, als ich fünfzehn war.« Ich erlaube es mir nicht mehr, um sie zu trauern. Mir ein Leben zu wünschen, in dem sie noch hier sind.

Ich weiß, dass es sinnlos wäre, also verschwende ich meine Kräfte nicht daran, einem Wunschleben hinterherzujagen. Mein Haus ist abgebrannt und ich blieb zurück. Man sollte meinen, dass es jemanden gab, der mich danach betreut hat, aber ich war auf mich allein gestellt.

»Und wieso bist du dann noch in Detroit geblieben?« Sie hebt ihre Hand und zeichnet mit ihren Fingern die Form des Mondes am Himmel nach. Ich bin ihr dankbar, dass sie mir nicht sagt, wie leid es ihr doch tut. Das würde nichts ändern, das tut es nie. Mitleid ist etwas, das niemanden weiterbringt.

»Ich meine … wenn dein Großvater den Sprung geschafft hat und deine Eltern nicht mehr … da sind. Dann hättest du doch zu ihm gehen können.« Ihre Hand verharrt einen Moment in der Luft, bevor sie sie kraftlos sinken lässt. Dabei streifen ihre Finger meine, als sie ihren Arm auf die Motorhaube legt.

»Ich war gerade in einer schwierigen Phase und kurz danach habe ich dann meine Freundin kennengelernt. Ich wäre lieber in Detroit mit ihr geblieben, als ein besseres Leben außerhalb zu haben.« Mir ist klar, dass ich diese Entscheidung bereuen sollte, aber das tue ich nicht. Ich bereue keine Sekunde mit ihr. Bereue es nicht, ihr geholfen zu haben.

»Immer, wenn ich in den Himmel sehe, spüre ich Freiheit«, sagt sie plötzlich aus dem Zusammenhang gerissen und starrt mit geöffnetem Mund auf die Sterne über uns. Ich wende den Blick von ihr ab und sehe ebenfalls nach oben.

Ihre warmen Fingerspitzen streifen meine erneut, fahren über meinen Handrücken und wieder zurück zu meinen Fingerkuppen. Letztendlich gebe ich dem Drang in meinem Inneren nach und umschließe ihre Hand mit meiner.

Ein warmes Zucken durchfährt mich, als sie meine Hand fest an ihre drückt. Ich kann hören, dass ihr Atem stockt, ebenso wie meiner. Keiner von uns sagt mehr etwas. Keiner von uns regt sich. Wieso zum Teufel lasse ich es zu? Wieso komme ich ihr zum wiederholten Male näher, obwohl es so falsch ist? Eines steht fest: Ich sollte sie von mir stoßen, so wie ich es bei all den anderen Frauen in den letzten Jahren getan habe, die mir näherkommen wollten. Die mich kennenlernen wollten.

Mit ineinander verschränkten Händen blicken wir in den Himmel, der heute sternenklar ist. Als ich das nächste Mal zu ihr sehe, sind ihre Lider geschlossen und ihre Atmung geht flach und gleichmäßig. Sie schläft so friedlich, dass man kaum bemerkt, welche Dämonen sie innerlich plagen.

Langsam rutsche ich von der Motorhaube herunter, lege meine Arme behutsam unter sie und hebe sie hoch. Lucia öffnet ihre Augen nicht, während ich sie zur Rückbank trage und ins Auto lege.

Sie kuschelt sich gegen das Leder, zieht ihre Beine an ihren Bauch und lächelt, während ich um den Wagen herumgehe, einsteige, und mir erlaube, ebenfalls die Augen zu schließen.

TOTE AUGEN LÜGEN NICHT

Warme Sonnenstrahlen perlen auf meiner Haut ab und hüllen mich ein. Das grelle Licht durchflutet die Dunkelheit, gefolgt von leisen Bässen, die mein Innerstes erreichen. Ed Sheeran … Schmunzelnd halte ich die Augen geschlossen, höre dem Briten mit der Engelsstimme zu und krame in meinem Gedächtnis umher. Wo ich wohl bin?

Das Letzte, an das ich mich erinnere, ist der Himmel über und Ace neben mir. Seine Hand in meiner … Sein Duft, der mich umgibt. Die Nacht, die Fahrt, die Tankstelle, die Motorhaube, der Mond, die Sterne … Erschrocken reiße ich die Augen auf.

Es dauert einen Moment, bis ich realisiere, dass ich auf der Rückbank seines Wagens liege. Mit schweren Gliedern setze ich mich auf, komme nur langsam zu mir.

»Guten Morgen, Schlafmütze.« Seine warme Stimme lässt mich innerlich zusammenzucken, als ich seinen Augen im Rückspiegel begegne. Kleine Fältchen umgeben sie, die mir zeigen, dass er lächelt, auch wenn ich seine Lippen von hier aus nicht sehen kann.

»Wie lange habe ich geschlafen?«, frage ich ihn immer noch neben der Spur und blicke aus dem Fenster, wo mich die strahlende Sonne des Morgens am Horizont empfängt.

Ich streife mir die Schuhe von den Füßen, lasse sie am Boden des Wagens liegen und krabble gekonnt über die Mittelkonsole zum Beifahrersitz.

»Nicht lange«, antwortet er mir und endlich kann ich das Lächeln auf seinen Lippen auch sehen, anstatt es nur zu erahnen.

Ein Grübchen entsteht auf seiner Wange, die von einigen Bartstoppeln übersät ist. Mein Herz tanzt in meiner Brust, als ich mich in seinem Anblick verliere.

»Gut. Wo sind wir?« Ich setze mich auf, binde mir meine Haare zu einem kleinen Pferdeschwanz zusammen und versuche anhand der Straßenschilder ausfindig zu machen, wo wir uns befinden.

»Gleich in Indianapolis«, bringt er Licht ins Dunkle. Ich frage mich immer noch, wieso wir mitten in der Nacht weiterfahren mussten, aber der Ausdruck auf seinem Gesicht ist zu glücklich, als dass ich ihn durch meine Fragerei zerstören will. Immerhin habe ich mich bewusst dafür entschieden, ihm blind zu folgen, auch wenn es der Fehler meines Lebens sein sollte.

Meine Kleider kleben dank der teils ungemütlichen Nacht an meinem Körper, genau wie meine Haare, die mir zum Teil in der Stirn hängen. Alles in allem fühle ich mich einfach nur ekelhaft und verschwitzt.

»Eine Dusche wäre nicht schlecht«, werfe ich in den Raum und hoffe, dass er meinen Vorschlag nicht ohne Weiteres wieder verwirft, weil er keine Zeit hat. Anscheinend hat Ace einen anderen Plan, denn sein verschmitztes Lächeln beruhigt mich umgehend.

»Ich habe eine Idee.«

***

Erstaunt blicke ich auf die glitzernde Wasseroberfläche und steige aus, ohne auf Ace zu warten. Weiches Gras schmiegt sich an meine nackten Fußsohlen, die Sonne küsst mein Gesicht und ein leichter Windstoß erfrischt meine Haut.

»Du bist verrückt!«, stelle ich lachend fest, schmeiße die Tür hinter mir zu und beginne, mich aus meinen Klamotten zu schälen.

Als ich nur noch einen Slip und meinen BH trage, tritt Ace neben mich und streift sich ebenfalls das Shirt vom Körper. Nur schwer halte ich mich davon ab, ihn anzugaffen und ihm den Rest auch noch auszuziehen.

»Verrückt? Wieso? Weil ich gern schwimmen gehe?« Er hebt fragend eine Augenbraue, während er sich auch die Jeans abstreift.

Mein Herz poltert freudig in meiner Brust, als ich das Ufer des Sees ansteuere und mich plötzlich frei fühle. Frei und … sorglos.

Hier verfolgt mich niemand, der mir das Leben zur Hölle machen will. Hier bin ich für mich, kann meinen Gedanken freien Lauf lassen und mir ein Leben außerhalb seiner Ketten vorstellen. Zumindest für diesen Augenblick.

Ich achte nicht mehr auf Ace, tapse mit beiden Füßen ins Wasser und tauche unter, sobald es tief genug ist. Die Nässe umgibt mich, nimmt mir den letzten Schlaf aus den Knochen und macht mich mit einem Schlag hellwach.

Ich greife unter Wasser nach meinem Zopfgummi und löse ihn, sodass mein Bob sich in der Nässe wie ein Fächer ausbreitet. Als ich keine Luft mehr bekomme, tauche ich schließlich auf und streiche mir die Haare zurück.

Grinsend blicke ich zum Ufer und sehe Ace dabei zu, wie er langsam ins Wasser tritt und auf mich zukommt. Das Wasser spritzt gegen seine Shorts und seinen Bauch, sodass sich der Stoff eng um seinen Körper legt und jede Stelle betont. Räuspernd wende ich den Blick von seinen Shorts ab und sehe ihm stattdessen ins Gesicht.

Die Sonne in meinem Rücken trocknet meine Schultern rasch, sodass ich bis zum Kinn abtauche und mich wieder die Kälte umgibt.

Das Wasser ist nicht sonderlich warm, aber genau das ist es, was ich jetzt brauche. Etwas, das mich abkühlt und mir die Gedanken an Ace' Körper vertreibt. Ohne weiter auf ihn zu achten, drehe ich mich um und schwimme los. Strecke die Arme aus, ziehe meine Bahnen und genieße das Gefühl des Wassers auf meiner klebrigen Haut.

Genieße es, dass es meine Blessuren kühlt und mir die Schmerzen nimmt. Hier unter Wasser kann mir niemand etwas anhaben. Hier bin ich sicher ... Selbst vor meinen inneren Dämonen.

»Und? Gefällt es dir?« Mit diesen Worten hat Ace mich eingeholt und schwimmt nun neben mir. Seine dunklen Haare hängen ihm nass in die Stirn und lassen ihn glatt fünf Jahre jünger wirken. Sein Bart wird von Tag zu Tag dichter und ich muss zugeben, dass mir dieser verruchte Look an ihm durchaus gefällt.

»Viel besser als eine langweilige Dusche«, sage ich aufgeregt und schlucke dabei Wasser. Weil ich immer noch nicht in Form bin und mein Körper von den letzten Wochen schwach ist, entschließe ich, umzudrehen, um zurückzuschwimmen.

Sobald ich wieder die Sonne im Rücken spüre, schließe ich die Augen und steuere das Ufer an. Dass Ace mir auf den Fersen ist, kann ich spüren. Die Luft scheint jedes Mal zu vibrieren, wenn er in meiner Nähe ist. So war es schon, als ich ihn mit meiner Autopanne in Detroit um den Finger gewickelt habe.

Bevor ich das Ufer erreiche, tauche ich ein letztes Mal ab, um das Gefühl noch einmal in mir aufzusaugen. Glück durchströmt mich, das in den letzten Monaten Mangelware in meinem Leben war. Ich öffne die Augen und kann kaum glauben, wie klar das Wasser ist.

Man kann sicher einige Meter weit sehen! Euphorisch drehe ich mich um meine eigene Achse und erstarre, als ich eine Hand vor meinem Gesicht entdecke.

Erst will ich danach greifen und Ace mit mir in die Tiefe ziehen, doch als ich ihn in einigen Metern Entfernung erst ankommen sehe, schrecke ich zurück. Prompt lasse ich die Hand vor mir los, die jedem, nur nicht Ace gehört, und suche nach dem passenden Menschen dazu.

Meine Augen blicken sich suchend um, und als ich schließlich in das Gesicht eines Mannes sehe, erstarre ich. Meine Lunge schmerzt, weil ich keine Luft mehr bekomme, doch ich kann nicht auftauchen.

Alles, was ich sehe, sind die leblos geöffneten Augen des Mannes, der hier unter Wasser neben mir treibt. Ich winke mit der Hand vor seinem Gesicht, doch er rührt sich nicht.

Erst als ich bemerke, dass das Wasser nicht mehr hellblau, sondern rot eingefärbt ist, verstehe ich, was hier gerade vor sich geht.

Tränen brennen in meinen Augen, weil ich immer noch Schmerzen in der Brust habe. Ich öffne den Mund, will seinen Namen schreien, will, dass er mich rettet und aus diesem Albtraum aufweckt.

Mehr ist es doch nicht, oder? Nur ein schrecklicher Albtraum, wie ich sie schon damals als kleines Mädchen immer hatte … Durch meine geöffneten Lippen schwappt das Wasser in meinen Mund und ich schließe gequält die Augen. Der metallische Geschmack von Blut breitet sich auf meiner Zunge aus und lässt mich würgen. Gerade, als ich mich darauf vorbereiten will, in die Bewusstlosigkeit zu sinken, zerrt mich jemand an die Wasseroberfläche. Ich tauche japsend auf und klammere mich an Ace' Nacken fest.

»Was zur Hölle sollte das? Bist du lebensmüde?« Seine Hände liegen in meinem Rücken, die mich stützen. Ohne sie würde ich sofort wieder unter Wasser gleiten, da bin ich mir sicher. Ich vergrabe mein Gesicht an seinem Hals und schluchze auf, kann die Bilder vor meinem inneren Auge nicht vergessen.

»Hey, Lucy, was ist los?« Ich zeige auf die Stelle, an der ich das Gesicht des Mannes gesehen habe, kann aber kaum sprechen, weil meine Lunge immer noch schmerzt und mir die Luft zum Atmen nimmt.

»Da … ein Mann«, wispere ich angeschlagen und spüre heiße Tränen über meine Wangen rinnen, die mich verbrennen.

»Ein Mann? Wovon redest du?«, will er wissen, doch ich bin nicht in der Lage, ihm zu antworten. Ich zittere derweil am ganzen Körper, spüre meine Glieder nicht mehr und will nur noch eines: weg hier. Weg von diesem See im Nirgendwo. Weg von allem.

Ace scheint zu wissen, dass ich gerade kurz vor einem Zusammenbruch stehe, denn er schwingt mich auf seinen Rücken und bringt mich sicher ans Ufer. Im Gras sinke ich zusammen und ziehe die Knie wimmernd an meine Brust. Langsam wiege ich mich vor und zurück wie ein kleines

Kind, das einen Albtraum hatte, während Ace zurück ins Wasser geht und an die Stelle schwimmt, die wir soeben verlassen haben. Schluchzend sehe ich ihm dabei zu, wie er in einigen Metern Entfernung abtaucht …

Alles in mir ist zum Zerreißen angespannt, immer wieder sehe ich diese toten Augen vor mir und wünschte mir, nie nach einer Dusche gefragt zu haben.

Ich weiß, dass wir in einem Land leben, in dem das hier zu unserem Alltag gehört. Dass Menschen sterben, Menschen töten. Und doch weiß ich, dass ich mit diesem Bild in meinem Kopf nicht zurechtkomme.

Ich bin so in meinen Gedanken versunken, dass ich kaum bemerke, wie Ace das Wasser wieder verlässt. Mit aller Kraft hievt er den Mann ans Ufer und fällt erschöpft neben mir ins Gras. Mein Instinkt rät mir, nicht hinzusehen, aber meine Augen verselbstständigen sich und entscheiden sich anders.

Die Haut des Mannes ist blau angelaufen, seine Lippen ebenfalls. Ich sehe ihm in das versteinerte Gesicht und krabble schluchzend nach hinten, um ihm nicht so nah sein zu müssen.

»Ruf die Polizei, Lucy!« Es ist Ace, der mich davon abhält, bewusstlos nach hinten zu kippen. Ich kämpfe mich hoch, renne mit wackeligen Beinen zurück zum Auto, reiße es auf und krame mein Handy hervor, das ich seit gestern nicht mehr anhatte.

Sobald ich die PIN eingegeben habe, poppen zig Nachrichten von ihm auf, doch all das gerät in den Hintergrund. Alles, was ich im Kopf habe, ist die Leiche hinter mir. Der Mann, der mir viel zu nah war.

Mit zitternden Fingern wähle ich den Notruf, sage dem Deputy am Telefon alles, was ich weiß, und schmeiße das Handy achtlos zurück ins Auto. Auch wenn sich mein Innerstes dagegen wehrt, zurück zu Ace zu gehen, verselbstständigen sich meine Schritte.

»Was ... was ist mit ihm passiert?«, frage ich zitternd und lasse meinen Blick noch einmal über ihn schweifen. Er trägt einen schwarzen Anzug, ein weißes Hemd und eine schwarze Krawatte, an der jetzt Algen kleben. Erst auf den zweiten Blick fällt mir die Wunde in seinem Bauch auf, die das Hemd blutrot färbt. Insgeheim hatte ich gehofft, dass es eine andere Erklärung dafür gibt.

Dass der Mann auf natürliche Weise ums Leben gekommen ist. Doch Ace' Blick holt mich prompt zurück auf den Boden der Tatsachen.

»Das werden die Cops hoffentlich herausfinden. Ich ... es tut mir leid, dass du das sehen musstest. Es war eine dumme Idee, herzukommen.«

Ace lässt sich erschöpft ins Gras fallen und zieht mich an sich. Ich schließe die Augen, bette meinen Kopf an seine Schulter und hoffe auf die alles erlösende Sirene ...

***

»Brian, komm her!« Die Polizei- und Krankenwagen kamen nach einer gefühlten Ewigkeit am See an. Jetzt sitze ich in frische Klamotten und in ein Handtuch eingehüllt neben Ace im Gras und sehe den Cops dabei zu, wie sie den toten Mann begutachten.

Der Breitgebaute der beiden tritt an seinen Kollegen heran und kniet sich ebenfalls hin. Sie nehmen den Leichnam stirnrunzelnd in Augenschein.

»Siehst du das? Ihm wurde die Zunge abgetrennt«, sagt der Blonde angewidert und lässt von dem toten Mann ab. Ace spannt sich neben mir an, genau wie ich.

»Die Zunge abgetrennt?«, flüstere ich schockiert und versuche, mir das Ganze nicht bildlich vorzustellen. Wie kann man einem Menschen so etwas antun? Und vor allem: Wer zur Hölle tut so etwas?

»Das kann doch nicht …« Ace rappelt sich auf, versucht, einen Blick auf die Leiche zu ergattern und sinkt schließlich versteinert zurück ins Gras.

»Was ist los?« Ich lege ihm meine Hand auf die Schulter, will ihm die Härte nehmen, aber er entspannt sich nicht. Wer kann es ihm auch verübeln? Nach allem, was wir hier durchgemacht haben?

Wir wissen beide, dass es mehr als genug Unheil auf der Welt gibt. Dass Menschen täglich auf die brutalsten Weisen sterben. Es mit eigenen Augen zu sehen, ist eine andere

Hausnummer. Jedenfalls für mich. »Du weißt doch, wen wir suchen, richtig?«, fragt er mich und sieht mich aus seinen grauen Augen stürmisch an. War er bis eben noch neben der Spur, scheint er jetzt wieder bei vollem Verstand zu sein.

»Ja. Aber was haben die damit zu tun?« Ahnungslos sehe ich ihn an und warte darauf, dass er mir endlich erklärt, was er weiß. Dass er mich in seine Gedanken einweiht …

»Das ist ihre Masche. Sie heißen nicht ohne Grund Silent Death, Lucy. Sie schneiden ihren Opfern die Zunge heraus. Als Symbol.« Ich verkrampfe mich, mein Puls schnellt in die Höhe und ich spüre einen Schwindel in mir aufkommen. Während ich ein Ziehen in meiner Brust verspüre, weil ich jetzt mit eigenen Augen sehen kann, wozu diese Menschen in der Lage sind, klart Ace' Miene weiter auf.

»Wir sind ihnen auf der Spur, Lucy. Komm.« Er steht entschlossen auf, reicht mir seine Hand und hilft mir auf. Da wir unsere Aussagen bereits abgegeben haben und wir nicht im Visier der Bullen stecken, lassen sie uns eine halbe Stunde später gehen.

»Und was zur Hölle hast du jetzt vor, Ace? Willst du diese Typen wirklich finden? Nach allem, was wir gesehen haben?«, wispere ich, als ich ihm zum Wagen folge. Er antwortet mir nicht, steigt stattdessen wortlos auf der Fahrerseite ein und startet den Motor. Noch immer neben der Spur steige ich ebenfalls ein, schnalle mich an und starre stur aus dem Fenster. Die Sanitäter hieven den Leichnam auf die Trage und bringen ihn schließlich von hier weg.

»Jetzt erst recht.« Seine knappe Antwort sorgt dafür, dass sich neue Tränen in meinen Augen bilden, die ich nicht verdrängen kann.

Ein fester Knoten bildet sich in meinem Hals, der sich nicht vertreiben lässt. Etwas sagt mir, dass ich besser die Flucht ergreifen sollte, bevor ich in etwas versinke, das mich töten könnte …

Und doch folge ich Ace wortlos. Wo auch immer unser Weg enden sollte … Bin ich lebensmüde? *Was zum Teufel stimmt nicht mit dir, Lucia?*

HAPPY BIRTHDAY

Seit wir den See verlassen haben, herrscht Schweigen zwischen uns. Lucia ist blass, ihre Augen müde und ihre Brust hebt und senkt sich schlagartig.

»Es war deine Erste, habe ich recht?« Selbsthass steigt in mir auf, weil ich es zugelassen habe, dass sie das sehen musste. Weil sie meinetwegen wie ein Häufchen Elend neben mir sitzt, anstatt einen Spruch nach dem anderen zu klopfen.

»Meine erste was?«, fragt sie abwesend und fährt mit ihren Fingerspitzen zitternd über das Armaturenbrett meines Wagens. Sie presst ihre Beine in den kurzen Shorts dicht zusammen und wahrt Abstand zu mir. So viel Abstand, wie es der Wagen zulässt.

»Leiche. Es war das erste Mal, dass du eine gesehen hast.« Auch wenn ich mir wünschte, dass ich dasselbe von mir behaupten könnte, kann ich es nicht.

Ich habe nicht nur die verbrannten Leichen meiner Eltern gesehen, sondern so viel mehr. Viel mehr Unheil. Viel mehr Leid. Viel mehr Tote. Ich habe alles gesehen. Dinge, die ein Kind in meinem Alter nie hätte sehen sollen. Wunden, Stiche, geschlossene Augen, geöffnete Lippen.

Alles.

Alles hat sich in mein Gedächtnis gebrannt und mich innerlich verätzt. Egal, wie oft ich probiert habe, die Bilder im Alkohol zu ertränken, es hat nie funktioniert. Sie gehören zu mir und werden mich nicht mehr loslassen, da bin ich mir sicher.

»Ja.« Ihre Stimme gleicht einem leisen Wispern und als ich einen Blick in ihr Gesicht werfe, kann ich sehen, dass sie weint. Ihre Hand krallt sich im Türgriff fest und ihre Augen sind starr auf die Straße gerichtet.

»Was haben sie nur vor?« Um sie auf andere Gedanken zu bringen, wechsle ich das Thema und fokussiere mich auf das, was wirklich zählt: Diese Monster zu finden. Und sie bluten zu lassen. Ihnen das wegzunehmen, was sie mir vor drei Jahren entrissen haben.

»Wieso tauchen sie drei Jahre lang unter und kommen jetzt wieder zurück? Wieso ausgerechnet jetzt?« Meine Gedanken galten immer ihr, aber in den letzten Monaten habe ich es geschafft, mir ein Leben aufzubauen.

Ich habe gerade von dem Geld meines Großvaters erfahren, wollte mich aus der Scheiße ziehen und den Bundesstaat verlassen. Doch dann habe ich ihn gesehen und wusste, dass es noch nicht an der Zeit ist, zu gehen. Dass ich ihm auf der Spur bleiben muss, wenn ich je Gewissheit haben will. *Wenn ich sie finden will.*

»Vielleicht wollten sie irgendwo neu anfangen«, vermutet Lucy geistesabwesend. Ihre Antwort lässt mich sarkastisch auflachen. Bei den meisten Menschen besteht ein Neuanfang aus einem Umzug. Einer neuen Liebe. Einem neuen Job. Einer verschissenen neuen Frisur.

Nicht aus einem Blutbad entlang der Küste. Etwas muss dahinterstecken und es liegt jetzt an mir, herauszufinden, was es ist. Was diese Menschen verbergen und wo sie Madeleine gefangen halten.

Ich mag mir gar nicht ausmalen, wofür sie sie benutzen. Was sie mit ihr angestellt haben, als sie einfach verschwunden ist. Sie war immer ein lebensfrohes Mädchen, auch wenn sie mehr Scheiße in ihrem Leben durchmachen musste, als andere in achtzig Jahren Lebenszeit. Sie war stark. Sie war mutig. Sie war anders. Und genau das war es, was mich in ihren Bann gezogen und nicht mehr losgelassen hat.

»Können wir kurz anhalten?« Plötzlich klingt sie panisch und sieht mich aus aufgerissenen Augen an. Ohne zu zögern, halte ich am Straßenrand an, schalte den Motor ab und sehe ihr dabei zu, wie sie den Wagen aufreißt und rausstürmt.

Auf dem steinigen Boden fällt sie auf die Knie und das Nächste, was ich höre, ist ein Würgen. Sie kotzt sich die Seele aus dem Leib und ich Vollidiot sitze in meiner Karre und unternehme nichts, um ihr zu helfen. Ihre Schultern beben heftig, als sie ein erneutes Würgen heimsucht und sie sich im flachen Gras übergibt. Eigentlich hatte ich erwartet, dass sie viel früher zusammenbricht. Schon als sie aufgetaucht ist und sich an mir festgekrallt hat, wusste ich, dass sie das hier nicht schaffen würde.

Dass sie die falsche Frau ist. Sie weiß nicht, womit sie es aufgenommen hat, als sie sich entschloss, mich zu begleiten und mir zu helfen. Trotzdem will ich sie bei mir haben, damit ich nicht allein meinen zerstörenden Gedanken nachhängen muss.

Damit ich sie nicht weiterhin wie ein Feigling beobachte, krame ich meine Brieftasche hervor, öffne sie und starre das Foto an, das mich all die Jahre am Leben hielt. Ich sehe ihr in die braunen Augen und spüre wieder dieses machtlose Stechen in meiner Brust.

Machtlosigkeit. Das ist es, was mich auszeichnet. Ich habe keine Ahnung, wo sie ist, geschweige denn, wie ich sie retten soll.

Mit dem Daumen fahre ich sanft über das Polaroidfoto und wünsche mich in diese Nacht zurück. Eine Nacht, in der noch alles perfekt war.

Ich bin so in meiner Traumwelt versunken, dass ich nicht mitbekomme, wie Lucia wieder einsteigt und mich beschämt ansieht. Sachte wischt sie sich über den Mund und starrt auf das Foto in meinen Händen. »Liebst du sie?« Ihre Stimme ist weich, leise, und zur selben Zeit so erdrückend, dass ich die Brieftasche schnell schließe und auf die Rückbank feuere.

Einen Moment überlege ich, was ich ihr antworten soll. Vor einigen Wochen hätte ich, ohne zu zögern, mit Ja geantwortet. Madeleine war mein Leben, selbst als sie kein Bestandteil mehr davon war. Jetzt weiß ich nicht mehr, was ich fühle.

Ob ich überhaupt noch etwas fühle. Vielleicht bin ich auch einfach nur abgestumpft. Kann weder lieben noch hassen. Weder glücklich noch traurig sein. Ich existiere einfach nur. Atme ein und aus. Fühle aber nichts mehr dabei. Ich arbeite wie ein Laufwerk, nicht wie ein Mensch.

»Kann man einen Geist lieben?«, will ich von ihr wissen und sehe sie fragend an. Waren ihre Augen bis eben noch leblos, tragen sie jetzt wieder diesen Glanz in sich.

Die Blässe ist von ihr gewichen, ebenso wie die Übelkeit. Lucia hat sich gefangen und in dieser Sekunde glaube ich, dass sie doch stärker ist, als ich es vermutet hatte.

»Ich will dich nur darauf vorbereiten, dass du enttäuscht werden kannst, Ace. Es bringt nichts, sich an jemanden zu klammern, von dem man nicht einmal weiß, ob er noch lebt.« Ihre Worte sorgen dafür, dass ich die letzten drei Jahre Revue passieren lasse.

Drei Jahre voller Selbsthass, Zweifel, Enttäuschungen und Sehnsüchten. Lucia hat recht. Ich darf mich nicht an den Wunsch krallen, dass ich sie heile da rausbekomme. Trotz allem will und kann ich die Hoffnung noch nicht aufgeben.

»Ich weiß«, antworte ich matt. »Lass uns weiterfahren.«
Ich starte den Motor und will bereits auf den Highway
fahren, als Lucia sich seufzend in den Sitz presst.

Meine Augen wandern ein weiteres Mal zu ihr herüber
und die Enttäuschung in ihrem Gesicht ist beinah greifbar.

»Ich hatte mir meinen Geburtstag irgendwie anders
vorgestellt.« Traurigkeit liegt in ihrer Stimme und ich
verkrampfe mich am ganzen Körper.

Sie hat Geburtstag? Fuck! Einen Moment lang überlege
ich und kämpfe mit mir selbst. Kein Mensch sollte seinen
Geburtstag auf diese Weise erleben. Niemand sollte mit
einer Leiche geweckt werden …

Schmunzelnd lege ich den Gang ein, fahre zurück auf die
Straße und steuere den nächsten Punkt auf meiner Liste an.
Lucia stellt das Radio laut, lauscht den Klängen von
Disturbed und folgt mir schweigend in die Ungewissheit.

ZERBROCHEN

»Was ist das?« Neugierig blicke ich in die Tüte, die Ace mir reicht, als er wieder in den Wagen einsteigt. Wir sind in einem kleinen Städtchen in der Nähe von Indianapolis und parken in einer dicht belaufenen Straße. Kleine Boutiquen reihen sich aneinander, die der Gasse einen ganz besonderen Charme verleihen. Zu gern würde ich einfach unser Ziel aus den Augen verlieren, aussteigen und durch die Läden schlendern. Mich mit Sonnenbrille bewaffnet in ein Café setzen und das Wetter genießen.

»Zieh das an, sobald wir im Motel sind«, befiehlt er mir und ich greife hinein. Weicher Stoff schmiegt sich an meine Fingerkuppen und ich lächle sanft in mich hinein. Kaum zu glauben, dass der Tag, der derart schrecklich begonnen hat, so enden soll.

»Aber wofür?«, flüstere ich und genieße die Weichheit an meiner Haut. Doch anstatt mir zu antworten, legt Ace den ersten Gang ein und fährt los, ohne dass ich die Chance habe, eine Erklärung zu erhalten. Nach einigen Minuten und überfüllten Straßen parken wir schließlich vor einem kleinen Motel. Der beige Anstrich muss gerade erneuert worden sein, denn die Farbe strahlt regelrecht im Vergleich zum Rest des Gebäudes. Die Türen sind alt, die Fenster zum Teil mit Brettern zugenagelt.

»Sag meinen Namen am Empfang und dann zieh dich um. Ich warte solange im Auto.« Ein Lächeln umspielt seine Mundwinkel, das mein Innerstes zum Pochen bringt. Weil seine Blicke keine Widerrede zulassen, nicke ich schwach, reiße die Tür auf und hüpfe aus dem Wagen.

Die warme Sonne des frühen Abends empfängt mich und plötzlich spüre ich, wie unwohl ich mich eigentlich in meiner Haut fühle. Als würde das Blut der Leiche immer noch an meiner Haut haften. Noch jetzt kann ich den metallischen Geschmack des Blutes gepaart mit meinem Erbrochenen auf meiner Zunge spüren.

Entschlossen steuere ich das Motel an, melde mich bei der netten Dame am Empfang und gehe schnurstracks ins Badezimmer, um mich aus meinen Klamotten zu schälen.

Erleichtert steige ich in die Badewanne, ziehe den Duschvorhang zu und lasse das Wasser seinen Job machen. Mit jeder verstreichenden Sekunde fühle ich mich lebendiger, als würde das Wasser die Bilder der Leiche von mir waschen. So lange, bis ich bloß noch eine vage Erinnerung daran habe, was heute Morgen passiert ist.

Ich schäume mich ein, genieße die Kälte auf meiner Haut und muss mich regelrecht zwingen, die Badewanne wieder zu verlassen, damit Ace nicht zu lange im Wagen warten muss.

Eilig trockne ich mich ab und sehe mich im Spiegel an. In den letzten Tagen hat sich die Farbe der blauen Flecken verändert. Sie sind nun gelb, sodass man sie von Weitem gar nicht sehen kann.

Dabei weiß ich ganz genau, wie jeder einzelne entstanden ist. Manchmal glaube ich, dass ich es nicht anders verdient habe. Das hier ist das Leben, in das ich hineingeworfen wurde, als wäre es meine Bestimmung. Entweder hält man durch oder man flieht. Jahrelang habe ich durchgehalten, jetzt habe ich das Handtuch geworfen.

Mein Gesicht ist blass, meine Haare ein wildes Durcheinander, das ich mit einfachen Handgriffen wieder in Form bringe. Ein weiteres Mal fährt mein Blick über meinen nackten Körper, bevor ich mir ein Set aus schwarzer Unterwäsche schnappe und überziehe.

Ich hole neugierig den Stoff aus der Tüte und öffne luftschnappend den Mund, als ich das Kleid vor mir entfalte.

Es ist schwarz wie die Nacht, reicht mir vermutlich bis zu den Knien und ist am oberen Rand mit silbernen Steinchen verziert, die sich über den einzigen Träger ziehen, der das Kleid am Körper hält.

Alles in allem ist dieses Kleid das schönste, das ich je in der Hand hatte. Euphorisch steige ich hinein, verschließe es an der Seite und sehe mich stolz im Spiegel an.

Nachdem ich mir die Zähne geputzt, einen rotbraunen Lippenstift aufgelegt und mir die Wimpern getuscht habe, nicke ich mir zufrieden zu.

Ich weiß, dass ich meine Reize habe. Weiß, dass ich nicht hässlich bin und weiß, wie man einen Mann um den Finger wickeln kann.

Doch jedes Mal, wenn ich mich ansehe, sehe ich diesen einen anderen Teil in mir hervorblitzen. Einen hässlichen. Dunklen. Zweifel, Hass, Narben. Äußerlich mag ich für viele schön sein, doch innerlich fühle ich mich hässlich und leer.

Ich schnappe mir meine Handtasche, steige in ein Paar Pumps und verlasse erst das Badezimmer und anschließend das Motel. Sobald mich draußen die Wärme der abendlichen Sonne umgibt, atme ich erleichtert auf.

Entschlossen gehe ich zu seinem Wagen herüber, und obwohl ich ihn durch die getönten Scheiben nicht sehen kann, weiß ich, dass er mich ansieht.

Ich spüre seine Blicke auf mir wie eine zweite Haut. Ace sieht mich an. Und das erste Mal, seit wir uns begegnet sind, denkt er dabei nicht an *sie*, sondern an mich.

***

»Darf ich bitten?« Ace öffnet mir eine halbe Stunde später die Tür und hilft mir aus dem Wagen. Wir befinden uns nicht mehr in der überfüllten Innenstadt, sondern in einem abgelegenen, schönen Viertel am Rand mit angrenzendem Park.

Das Lokal trägt den Namen *La Bellezza*, und auch wenn meine Sprachkenntnisse nicht sonderlich gut sind, weiß ich, dass *Bellezza* Schönheit bedeutet. Eine Lichterkette wirft warmes Licht auf die Buchstaben des Schildes, das über der Eingangstür hängt.

Ace führt mich über den Parkplatz zum Restaurant und ich sehe ihn grinsend an. Ich habe keine Ahnung, wo er sich umgezogen hat, aber er trägt jetzt ein schwarzes Hemd, das seine grauen Augen noch stechender wirken lässt und den Kontrast verstärkt.

»Wirst du mir verraten, was das hier soll?«, frage ich ihn neugierig, als er die Tür öffnet und mir den Vortritt lässt. Der Geruch von Pasta steigt mir in die Nase und lässt mir das Wasser im Mund zusammenlaufen.

Dass ich den ganzen Tag über nichts herunterbekommen habe, macht sich jetzt mit voller Kraft bemerkbar, denn mein Magen beginnt sofort, zu knurren.

Ace legt seine Hand in meinen Rücken und führt mich durch den Flur direkt zu einem abgelegenen Tisch in der Ecke des Restaurants, als hätte er all das hier schon seit Tagen geplant. Dabei wusste er bis vor einigen Stunden gar nicht, dass ich heute Geburtstag habe. Er zieht mir einen Stuhl hervor, sodass ich mich setzen kann, und nimmt anschließend gegenüber von mir Platz.

»Wir können einen Tag pausieren.« Seine Antwort sorgt dafür, dass mein Herz in meiner Brust Saltos schlägt und sich die Härchen an meinen Armen aufstellen. Ich rutsche nervös auf dem Stuhl hin und her, weil ich seine Blicke auf mir spüre. »Aber wieso? Nur, weil ich Geburtstag habe? Das ist nichts Besonderes«, flüstere ich ihm zu und sehe einen traurigen Ausdruck in seinem Gesicht aufkeimen. Dabei ist es die Wahrheit.

Die letzten Geburtstage habe ich meistens weinend in meinem Bett verbracht. Ich habe an die graue Wand gestarrt und mir ein anderes Leben gewünscht.

Einen anderen Mann an meiner Seite. Eine Familie, die mich beschützt. Außerdem wollte ich nicht, dass die Menschen meine Blessuren sehen.

Meine Narben. Meinen Schmerz. Mein Leben. Also habe ich mich versteckt und mich meinem Elend allein hingegeben. Wenn ich ehrlich bin, waren die Geburtstage immer die schlimmsten Tage.

»Wie alt bist du geworden?«, will Ace interessiert wissen und lehnt sich auf seinem Stuhl zurück. Noch bevor ich ihm antworten kann, kommt ein gut gebauter Kellner mit karamellfarbener Haut und dunklen Augen an den Tisch. Er überreicht uns die Speisekarten und wartet, bis wir uns für einen Wein entschieden haben.

Sobald er wieder weg ist, atme ich erleichtert auf und sehe Ace entschlossen an. Ich könnte ihn anlügen, könnte mich weiterhin vor ihm schützen. Doch Sekunden später verlässt bereits die Wahrheit meinen Mund, weil ich es satthabe, ihm etwas vorzuspielen.

»Dreiundzwanzig.« Meine Stimme zittert, obwohl ich gern stark wäre. Ich will nicht, dass er meine Zerrissenheit sieht, das hat er in kürzester Zeit schon viel zu oft. Seine Iriden blicken mich tief und intensiv an, sodass es mir unerwarteter Weise schwerfällt, seinen Augen standzuhalten.

»Interessant. Ich hatte dich älter eingeschätzt«, sagt er gedankenversunken und denkt gar nicht daran, den Blick von mir zu nehmen. Ich fühle mich nackt. Fühle mich ihm ausgeliefert. Und entgegen meiner Erwartung gefällt es mir viel zu gut.

»Und wieso das?«, frage ich ihn interessiert.

»Als du vor deinem Wagen standest, hättest du glatt als Sechzehnjährige durchgehen können. Aber jetzt, da ich dein wahres Ich kenne, ist es anders.« Er schluckt schwer. »Du wirkst reifer.« Weil mich die Intensität seines Blickes durcheinanderbringt, lenke ich schnell von mir ab. »Und wie alt bist du?« Schon seit ich ihm das erste Mal begegnet bin, frage ich mich, wer hinter diesem Mann steckt. Wer er wirklich ist. Wieso er auf meinen Deal eingegangen ist, obwohl er mich nicht kennt. Und was er sich davon erhofft, diese Kerle zu finden.

»Vierundzwanzig.« Schmallippig antwortet er mir, während mein Blick über ihn gleitet. Vorbei an seinem edlen Hemd, hinauf zu seinem stoppeligen Kinn und den kantigen Gesichtszügen.

Schließlich bleibe ich am Grau seiner Augen hängen und verharre einen Moment. Verliere mich in dem kleinen, blauen Stern, der um seine Pupillen herum verläuft und erst am Rand ins Grau übergeht.

Alles in allem hätte ich ihn glatt fünf Jahre älter eingeschätzt. Kaum zu glauben, dass dieser Mann gerade mal ein Jahr älter als ich sein soll. Vermutlich wirkt er älter, weil er viel mehr erlebt hat als ich. Viel mehr mit ansehen musste. Weil er nicht nur in seinem Chaos gelebt hat, sondern in dem Chaos aller.

Bevor ich ihm weitere Fragen stellen kann, tritt der Kellner an den Tisch, gießt uns den teuren Wein ein und verbeugt sich vor uns.

Ace schwenkt die rote Flüssigkeit hin und her, bevor er das Glas in die Höhe hält, um mit mir anzustoßen. Auf meinen Geburtstag, auf diesen Abend, auf diese Nacht.

Ich halte seinem Blick stand, als ich den ersten Schluck des Weines auf meiner Zunge zergehen lasse. Ein herber Film breitet sich in meinem Mund aus und macht mich wieder stark.

»Du wolltest wissen, wieso ich dich hergebracht habe.« Sein Themenwechsel lässt mich innerlich zusammenfahren, weil ich nur zu gern wüsste, was seine Meinung geändert hat. Wieso er sein Vorhaben hintangestellt hat, um mich zum Essen auszuführen.

»Ja«, wispere ich krächzend. »Wir haben doch keine Zeit«, erinnere ich ihn daran, dass wir eine Aufgabe haben. Dass wir nicht zum Spaß in diesem teuren Restaurant sitzen.

Ich erinnere den Mann, der mir seit Tagen den Kopf verdreht, daran, dass wir die Liebe seines Lebens suchen … Und ich hasse es, dass ich die Eifersucht in mir aufkommen spüre.

Noch immer sieht er mich ungeniert und intensiv zugleich an. Seine Antwort lässt mich Höhenflüge erleben und mich im selben Moment unendlich machtlos fühlen. Ich fliege und falle, lebe und sterbe. Fliege und falle in seine Arme. Lebe und sterbe durch seine Hand.

»Was macht ein Tag schon im Vergleich zu drei endlosen Jahren aus?«

***

»Hat es dir geschmeckt?« Den ganzen Abend über haben wir uns über Gott und die Welt unterhalten. Haben darüber geredet, was wir als Kinder werden wollten und wie sich alles stattdessen entwickelt hat.

Ich weiß jetzt, dass Ace' Eltern nie Zeit für ihn hatten, weil es ihnen wichtiger war, den nächsten Kick zu bekommen. Dass er für eine sehr lange Zeit auf sich allein gestellt war, und dass Madeleine diejenige war, die ihn gerettet hat, bevor er genau wie seine Eltern untergehen konnte.

Dass sie dafür gesorgt hat, dass er nicht aufgibt. Und dass seine Welt zusammenbrach, als sie spurlos verschwunden ist. Ich hingegen habe mich ihm nur minimal geöffnet. Er weiß immer noch nicht, wer mir das hier angetan hat. Wem ich die Narben zu verdanken habe.

Wer mich Nacht für Nacht gebrochen hat. Ace soll nicht wissen, wie gebrandmarkt ich bin, er soll nicht sehen, wie hässlich meine Seele ist.

»Es war der Wahnsinn!«, versichere ich ihm, schiebe den leeren Teller von mir weg und trinke den letzten Schluck meines Weines aus.

Das Kleid sitzt mir immer noch wie angegossen, und das, obwohl ich mich zehn Kilogramm schwerer fühle. Meine Hände liegen unter dem Tisch auf meinem Schoß und ich spüre, dass ich zittere.

Etwas an seinem Blick verrät mir, dass wir gleich gehen müssen. Dass wir dann wieder auf der Suche nach seiner Liebe sind und ich dabei auf der Strecke bleibe. Dennoch bleibe ich stark und ignoriere das Ziehen in meiner Brust.

Ich bin eine Schauspielerin, bin gut darin, etwas vorzugeben. Jemand zu sein, der ich eigentlich nicht bin. Selbst wenn ich eine starke Frau bin, gibt es immer noch Dämonen in mir, die stärker sind. Die mich innerhalb weniger Sekunden zu Fall bringen können.

»Ich habe noch etwas für dich«, verkündet Ace raunend und sorgt dafür, dass ich die Zweifel einfach verdränge. Neugierig sehe ich zu ihm auf und halte den Atem an, als er ein kleines Päckchen zu mir herüberschiebt. Es ist dunkelblau und eine helle Schleife ziert den Karton. Ich bekomme nie Geschenke. Das Einzige, was ich jedes Jahr von *ihm* bekommen habe, war sein Schwanz.

Er hat sich in mich gerammt, als müsste ich es als Ehre empfinden. Er wollte immer, dass ich dankbarer bin. Dass ich es als Privileg ansehe, von ihm genommen zu werden.

»Das wäre nicht nötig gewesen.« Ein Kloß entsteht in meinem Hals, als ich die Schleife langsam öffne. Zitternd hebe ich den Deckel vom Karton und erstarre, als ich dessen Inhalt entdecke. Eilig schließe ich das Päckchen wieder und blicke mich ertappt im Lokal um.

»Die wirst du brauchen, wenn wir in Chicago sind«, erklärt Ace mir mit kalter Stimme. Ich schiele noch einmal zu der Knarre auf meinem Schoß hinunter und presse den Karton fest gegen meine Oberschenkel. Es ist keine Kette, kein Ring, kein Liebesbeweis.

Und trotz dessen kribbelt alles in meinem Bauch vor Aufregung. Ace meinte, dass ich sein Vertrauen erst einmal gewinnen muss, bevor er sie mir gibt.

»Danke.« Ich senke den Blick, hebe den Deckel noch einmal hoch und entdecke einen kleinen Zettel unter dem kalten Schaft der Waffe. Ich ziehe ihn hervor und lese seine Worte. »Die Patronen folgen«, lese ich leise vor und kann nicht verhindern, dass ich lächle. Dass ich die Gedanken an meine letzten Geburtstage einfach vergesse, als hätten sie nie existiert.

»Bald«, versichert er mir und bringt meinen Puls damit zum Rasen. Nicht, weil ich die Geste schätze, sondern weil ich diese Waffe brauche. Ich brauche sie, um mich selbst zu schützen, wenn Ace es nicht kann. Sie könnte mir helfen, mit ihm fertigzuwerden, wenn er mich hier finden sollte.

»Ich werde dich nicht enttäuschen.« Dass Ace mir vertraut, sorgt dafür, dass sich ein warmes Gefühl in meinem Magen sammelt, das durch meinen ganzen Körper fährt.

Der Wein verstärkt die Hitze in meinem Inneren nur noch. Anstatt zu antworten, steht Ace auf und beugt sich zu mir herüber. Sein Atem streift dabei mein Gesicht und lässt Erdbeben durch meine Venen ziehen.

»Geh doch schon mal zum Wagen. Ich komme gleich nach.« Ohne zu zögern, nicke ich, kralle mich an meinem Geschenk fest und stehe mit wackeligen Beinen auf.

Nachdem Ace sich von mir verabschiedet hat, ist er aus meinem Blickfeld in Richtung Toilette verschwunden. Damit ich keine Aufmerksamkeit auf mich ziehe, gehe ich mit schnellen Schritten zum Ausgang und lehne mich mit dem nackten Rücken gegen die kühle Wand des Lokals. Eines steht fest: Das hier ist der schönste Geburtstag meines Lebens. *Danke, Ace.*

***

Ich stehe noch einige Minuten vor dem Restaurant und blicke in den sternenklaren Himmel über mir. Ace müsste längst zurück sein und doch fehlt von ihm immer noch jede Spur.

Ein eisiger Schauer umgibt meinen Körper und ich schlinge die Arme um mich. Mein Geschenk liegt in meiner Handtasche und ich kann mir ein Lächeln nicht verkneifen.

Als ich Ace in Detroit getroffen und beraubt habe, war er lediglich ein Griff in die Goldgrube. Jemand, der mir helfen konnte, den Absprung zu schaffen.

Jetzt – einige Tage später – ist er bereits so viel mehr. Er bewahrt mich davor, mir die schlimmsten Szenarien auszumalen. Durch ihn fühle ich mich lebendig, obwohl ich nur eine leere Hülle auf der Flucht bin.

Ich lehne den Kopf zurück, schließe die Augen und atme die abgekühlte Luft des Abends ein. Als ich dunkle und schnelle Schritte vernehme, erstarre ich.

In dieser Sekunde fühle ich mich in die Vergangenheit zurückversetzt. Ich kenne diese energischen Schritte, kenne den Duft, der jetzt in der Luft hängt und sie verpestet. Tränen sammeln sich automatisch in meinen Augen, weil ich zurück in all die Nächte geschickt werde, in denen er mich gebrochen hat.

»Da bist du ja endlich.« Seine Stimme ist so warm, so herzlich, dass ich meine Angst vertreibe und die Augen öffne.

Der Mann, der mich jahrelang als seinen Besitz ansah, tritt auf mich zu und sieht mich liebevoll an. Hier und jetzt könnte niemand vermuten, wie hässlich sein Innerstes ist. Wie zur Hölle konnte er mich hier finden? Wie habe ich mich verraten?

»Komm her«, raunt er und zieht mich ruckartig an sich heran. Der herbe Duft nach Moschus und Kautabak steigt mir in die Nase und lässt mich innerlich würgen. Ich kenne diesen Duft viel zu gut. Besser, als ich ihn kennen will.

Niklaus greift bestimmend in mein Haar und zieht meinen Kopf in den Nacken, sodass ich ihm in die dunklen Augen sehen muss. Rote Adern durchziehen sie und zeigen mir, dass er nicht bei klarem Verstand ist. Dass er nicht nur Alkohol intus hat.

Seine dunklen Locken kleben fettig an seiner Kopfhaut, er muss sich seit Tagen nicht rasiert haben. Weil er auf der Suche nach mir war … Vermutlich war er uns die ganze Zeit auf den Fersen.

»Es tut mir leid«, wispere ich unter Tränen und hoffe, dass Ace in diesem Moment nicht herkommt. Niklaus würde ihn töten, da bin ich mir sicher.

Mir war von Beginn an klar, dass er mich eines Tages finden würde. Dass ich hier in den Staaten nie vor ihm sicher sein würde. Die Frage war nie, ob er mich finden würde, sondern nur, wann. Nur hatte ich gehofft, dass ich bis dahin über alle Berge sein würde.

»Das sollte es auch, du kleine Schlampe.« War er bis eben noch froh, mich zu sehen, steht sein Körper jetzt unter Strom. Seine Hand packt meinen Arm so stark, dass ich die nächsten blauen Flecken bereits spüren kann.

»Lass mich los«, wimmere ich und will mich aus seiner Umarmung befreien, bin aber zu schwach. Niklaus denkt nicht daran, von mir abzulassen, stattdessen zerrt er mich mit sich von dem Restaurant weg und steuert den dunklen Park an, der sich links neben uns befindet. Seine Hand greift fest in mein Haar, wobei er mir den Ohrring herauszerrt, der auf dem Beton landet.

Ich weiß bereits, was jetzt passiert. Weiß, dass er mir mein Geschenk auf seine Weise geben will, auch wenn ich mich dagegen sträube. Auch wenn ich lieber sterben würde, als ihn noch einmal in mir zu spüren.

»Was dachtest du dir dabei, Lucia? Erst stiehlst du meinen Wagen, verpisst dich einfach und machst dir dann ein schönes Leben mit diesem Wichser?«

Er weiß es. Mein Herz setzt aus, meine Beine werden schwach. Er weiß von Ace … Und ich weiß, dass ich diesen Abend nicht überleben werde.

»Ich musste nur mal raus, ich wollte zu dir zurückkommen, Klaus, bitte glaube mir.« Es ist ein erbärmlicher Versuch, mich vor meiner Bestrafung zu retten. Ein Versuch, der scheitert, als Niklaus mich mit sich in den Park zerrt und mich kraftvoll zu Boden stößt. Ein pochender Schmerz entsteht in meinem Knöchel und zieht sich durch mein ganzes Bein. Ich presse die Augen zusammen, um ihn nicht ansehen zu müssen, während er mich bricht. Ich war gerade mal sechzehn, als ich ihn kennengelernt habe.

Als ich in die falschen Kreise geriet und mich einem Mann verschrieben habe, der Liebe mit Besitz verwechselt. Anfangs fand ich diesen Mann aufregend, er war älter als ich, erfahrener, reifer.

Er hat mich auf Händen getragen. Jedenfalls hatte ich das beste Leben, das ich in Detroit hätte haben können. Bis er sich verändert hat. In den letzten Tagen hatte ich gehofft, dass er mich ziehen lassen würde. Wie naiv ich doch war …

Meine Handtasche liegt neben mir am Boden, doch ich bin nicht in der Lage, nach ihr zu greifen. Ich bin wie paralysiert, fühle mich taub und kraftlos. Bin ihm ausgeliefert wie ein Tier dem Schlächter vor seinem Tod.

»Das nächste Mal, wenn du dich aus dem Staub machst, solltest du dein Handy auslassen«, warnt er mich und greift nach seinem Gürtel, der mehr als einmal auf meiner Haut für Wunden gesorgt hat.

Ich bin mir sogar sicher, dass mein getrocknetes Blut noch an ihm klebt. Niklaus zieht den Gürtel aus den Schlaufen und Sekunden später rauscht das kalte Leder zum ersten Mal seit Tagen auf meine Haut hinab. Er trifft mich an meinem Dekolleté und ich ertrage die Schmerzen mit zusammengepressten Zähnen.

»Bitte, Niklaus, lass uns einfach nach Hause gehen, ja?«
Es ist ein sinnloser Versuch, Schlimmeres zu verhindern, das
weiß ich. Ich habe ihn betrogen, habe seinen Wagen
gestohlen und versucht, das Land zu verlassen.

Er wird sich nicht mit einem Schlag zufriedengeben. Das
tut er nie. Es folgen noch mindestens drei, wenn nicht sogar
vier oder fünf, bis ich bewusstlos werde.

»Wir gehen, wenn ich es sage!« Seine kalten Augen fahren
über mein Kleid, das ich bis eben noch liebte und jetzt hasse.
Es wird mir nur weitere Schmerzen einbringen.

»Sag mir, was soll dieser Aufzug, du kleine Fotze?«
Niklaus fällt vor mir auf die Knie und instinktiv presse ich
die Schenkel zusammen. Ich presse den Kopf auf den
Boden und schließe stumm die Augen.

»Was dachtest du? Dass du mir einfach davonkommst
und dich von einem anderen ficken lassen kannst?« Ein
weiteres Mal trifft mich der Gürtel, dieses Mal an meinen
nackten Schenkeln.

Blut sammelt sich an der Stelle, an der meine Haut
aufgrund der Wucht seines Schlages aufreißt. Ein leises
Wimmern entflieht mir, obwohl ich mir vorgenommen
hatte, stark zu sein.

Ich wollte ihm keine Schwäche mehr zeigen. Wollte ihm
zeigen, dass ich stärker geworden bin, dass ich nicht mehr
seine Marionette bin, die er nehmen kann, wann und wie er
es will. Dass ich meine eigenen Entscheidungen treffe.

»Happy Birthday, meine Liebe«, knurrt er und schon rauscht der Gürtel ein weiteres Mal auf meine Haut hinab und verätzt mich mit bitterem Schmerz.

Die Tränen laufen über meine Wangen und vermischen sich am Boden mit der Erde. Ich will schreien, will, dass mich jemand rettet, aber ich bin zu schwach.

Alles, was meinen Lippen entflieht, ist ein Krächzen, das niemand hören wird. Selbst wenn Ace mich bereits sucht, wird er mich nicht finden. Das hier ist es also.

Mein Ende. Das Ende meines erbärmlichen Versuches, ein neues Leben aufzubauen.

»Dachtest du, dass du mir so einfach davonkommst und anderes Sperma schlucken kannst?« Seine Worte schneiden sich wie ein Messer in meine Haut, als Niklaus den Reißverschluss seiner Hose öffnet und sie nach unten zieht.

Ich will die Augen schließen, will nicht sehen, was er jetzt macht, aber ich bin zu schwach, um meine Lider zu senken. Im Augenwinkel kann ich sehen, dass er seinen Schwanz in die Hand nimmt und schnell auf und ab fährt.

Dass er sich daran ergötzt, mich zu demütigen. Ich kenne das Spiel bereits und doch zerbricht es jedes Mal etwas in mir. Irgendwann werden die Scherben Überhand gewinnen und mir das letzte Licht nehmen.

»Antworte mir, Lucia!« Seine Stimme ist kühl, leblos, scharf. Doch ich kann ihm nicht antworten. »Dachtest du wirklich, dass ich dich anderes Sperma schlucken lasse?« Ein leises Keuchen entflieht ihm, weil er kurz vor seinem

Orgasmus steht. Angewidert presse ich die Lippen zusammen und schluchze innerlich auf. »Dein Körper gehört mir. Du gehörst mir. Und du solltest dankbar sein, das habe ich dir immer und immer wieder gesagt«, knurrt er erregt und ich kann sein Stöhnen beinah auf meiner Zunge schmecken.

Ich schließe die Augen und schlage sie erschöpft wieder auf, suche nach einem Ausweg aus dieser Hölle, und als ich meine Handtasche sehe, greife ich danach.

Mit zitternden Fingern habe ich die Pistole von Ace aus dem Karton befreit. Wimmernd ziele ich auf Niklaus, der nicht einmal daran denkt, seine Hand von seinem Schwanz zu nehmen.

»Lass mich gehen«, fordere ich ihn flüsternd auf und spüre wieder diese Enge an meinem Hals und in meiner Brust. Der Revolver zittert wie Espenlaub, genau wie mein ganzer Körper.

Kälte breitet sich in meinen Venen aus, die mir die Wärme des Tages nimmt. Aus Leben wird Tod. Aus Liebe Hass. Eines Tages wird aus jeder Liebe Hass, das habe ich in den letzten Jahren gelernt.

»Sonst was? Knallst du mich ab?« Höhnisch lacht er, während er sich weiterhin mit der Hand befriedigt. Ich weiß, dass die Waffe nicht geladen ist und doch drücke ich ab. Niklaus weitet seine Augen, entreißt mir mit der freien Hand die Waffe und schleudert sie von mir weg.

»Ich sage es dir ein letztes Mal.« Seine Hand fährt weiterhin auf und ab, sodass er den Kopf zufrieden in den Nacken legt.

»Du wirst nur mein Sperma schlucken.« Und mit diesem Satz findet er seinen Höhepunkt. Ich presse sowohl Augen als auch Lippen zusammen und lasse es über mich ergehen. Im nächsten Augenblick trifft mich sein warmes Sperma im Gesicht.

Die Flüssigkeit rinnt von meiner Wange hinab zu meinem Kinn und ich werfe den Kopf angewidert hin und her. Demütigung durchzuckt mich, ich traue mich nicht, die Lippen zu öffnen, weil ich ihn nicht schmecken will.

Nicht mehr. Schwarze Punkte tanzen vor meinen Augen, doch ich sehe gedanklich nur eines: graue Augen. Seine grauen Augen. *Ace. Wo zur Hölle bist du? Wieso rettest du mich nicht, bevor ich sterbe?* Und das werde ich, wenn er mich nicht findet.

Niklaus zerrt mir das Kleid über den Bauch, sodass der Stoff unter seinen Händen zerreißt und ich halbnackt vor ihm liege.

Seine warmen Hände fassen unter meinen Po, den er dicht an sich zieht. Er wird mich nehmen. Er wird mich ficken, wird mich brechen und mich dann umbringen. Weil ich mich ihm widersetzt habe.

Weil ich das erste Mal nicht geschluckt habe. Wimmernd falle ich in eine Starre, der ich nicht entkommen kann. Meine Kraft lässt nach, mein Herzschlag fährt herunter und meine

Beine sind schwach. Ruppig spreizt er meine Schenkel, um sich zwischen mich zu schieben. Er wird mich ficken, bis ich bewusstlos bin.

Ace ... wieso rettest du mich nicht? Ich will nicht sterben. Nicht so. Nicht hier. Nicht durch seine Hand. *Wenn ich sterben will, will ich es durch deine Hand, Ace ... Wieso bist du dann nicht hier?*

ZWISCHEN ZWEI FRAUEN

»Lucia?« Ich stehe auf dem Parkplatz und blicke mich panisch um. Fuck, ich war nur wenige Minuten nach ihr draußen und jetzt fehlt von ihr jede Spur. Mein Wagen ist abgeschlossen, sie scheint ihn nie erreicht zu haben.

Hilflos tigere ich zurück zum Restaurant, blicke durch die Scheiben des Lokals, aber der Tisch, an dem wir saßen, ist bereits neu besetzt.

Von ihr fehlt jede Spur. Sie ist eine eigenständige Frau, sie braucht meine Hilfe nicht, das ist mir klar, und doch will ich mir nicht ausmalen, was passieren kann. Wenn eine Frau wie sie an die falschen Typen gerät, könnte das ihr Ende sein.

Ich gehe noch einmal zurück zu meinem Wagen, rufe ihren Namen erst leise, dann immer lauter. Der Krach von den vorbeifahrenden Autos übertönt ohnehin alles. Schnaubend fahre ich mir durch die Haare und halte inne, als ich etwas auf dem Boden glitzern sehe. Eilig hocke ich mich hin und hebe den silbernen Ohrring auf, von dem ich mir sicher bin, dass er Lucy gehört. Als ich sehe, dass Blut an ihm klebt, spanne ich mich an und knirsche mit den

Zähnen. Außer mir stehe ich auf, sehe mich noch einmal prüfend um, und dann höre ich etwas. Es sind nur gedämpfte Stimmen, die mich erreichen, und doch weiß ich, dass sie in Schwierigkeiten ist. Dass eine der Stimmen ihr gehört.

Ohne nachzudenken oder zu zögern, gehe ich in die Richtung, aus der die Stimmen kommen, und lande schließlich in dem Park, der an das Lokal grenzt.

»Hör auf, dich zu wehren! Du gehörst mir!« Die Stimme eines Mannes ertönt und ich werde automatisch schneller. Gehe schneller, atme schneller. Und doch habe ich das Gefühl, nicht schnell genug zu sein. Da es stockdunkel im Park ist, dauert es einen Moment, bis ich mich orientieren kann.

»Wieso zur Hölle flennst du?« Wieder diese dunkle Stimme. Leises Wimmern ertönt und ich verliere beinahe die Fassung. Ich blicke mich im Park um, und als ich eine Bewegung hinter einem der Büsche vernehme, zögere ich nicht und zücke meine Waffe.

Hinter dem Busch kann ich einen Kerl sehen, der am Boden kniet. Sein Arsch ist nackt, seine Hose hängt ihm in den Kniekehlen, ein Gürtel liegt neben ihm am Boden, genau wie *ihre* Handtasche.

»Lucia«, wispere ich. Durch die Dunkelheit kann ich nicht viel erkennen, nur, dass sie halb nackt unter ihm liegt. Der Kerl mit dem breiten Kreuz will ihr gerade den Slip ausziehen, als ich endlich meiner Starre entkomme. Ich ziehe keine andere Möglichkeit in Betracht, lade die Knarre und schieße dem Wichser von hinten in den Knöchel.

»Fuck.« Der Kerl lässt winselnd von ihr ab, schlägt wie ein fetter Wal am Boden auf und schreit seinen Schmerz in die Welt hinaus.

Wütend trete ich auf ihn zu, presse ihm meinen Stiefel gegen den Mund, damit er seine Klappe hält und sehe Lucia verzweifelt an.

Sie liegt zusammengekauert am Boden, wimmert leise vor sich hin. Blut rinnt über ihren Schenkel und sie zieht ihre Beine eng an ihren Bauch. Ich will sie fragen, ob sie es schafft, aufzustehen, aber erst einmal muss ich den Hass in mir loswerden. Muss diesen Wichser unter mir büßen lassen. Wie konnte ich sie nur aus den Augen lassen? Jeder weiß, dass es für eine Frau wie sie gefährlich ist, allein zu sein.

»Fass sie noch einmal an«, warne ich dieses Monster unter mir und presse meine Sohle noch dichter gegen seine hässliche Visage, sodass er panisch die Augen aufreißt. In diesem Moment hätte ich die Kraft, ihm den Schädel zu zertrümmern.

»… mir«, murmelt er, und damit ich ihn verstehen kann, nehme ich den Fuß von seinem Maul. Blut klebt an seinen Mundwinkeln.

»Sie gehört mir«, zischt er und will sich schon aufsetzen, als ich ihn mit einem Tritt gegen den Kehlkopf wieder zu Boden ringe.

Keuchend versucht er, Luft zu holen, was ihm nicht richtig gelingt. Röchelnd geht sein Atem und ich ziele mit der Knarre zwischen seine hässlichen roten Augen.

»Sie gehört mir, sie ist mein Mädchen!« Ich falle einige Schritte zurück, runzle die Stirn und überlege, ob ich ihn einfach umbringen soll. Stimmt das? Kennen sich die beiden? Ist er derjenige, vor dem sie flieht?

Ich baue mich vor ihm auf, sammle die Spucke in meinem Mund und rotze sie ihm ins Gesicht. Angewidert schüttelt er den Kopf. Nur im Augenwinkel kann ich sehen, dass Lucia immer noch am ganzen Leib zittert.

»Komm ihr noch einmal zu nahe und ich werde nicht nur deinen verfickten Knöchel treffen.« Ich ziele auf seine Brust, an der Stelle, an der normale Menschen ihr Herz tragen, und lade die Waffe nach.

Die pure Angst steht dem Kerl ins Gesicht geschrieben, die ich verstärke, als ich hinab zu seinem Schritt wandere. Er ist immer noch halb nackt, sodass ich seinen schlaffen Schwanz sehen kann.

Es ist eine Gratwanderung. Ein Teil in mir will ihn auf der Stelle aus dem Weg räumen, der andere Teil bringt es nicht übers Herz, jemandem das Leben zu nehmen. Letztendlich gewinnt der zweite Teil und ich verstaue die Knarre stattdessen im Bund meiner Jeans.

»Sag es«, knurre ich und verpasse ihm einen tiefen Tritt zwischen die Rippen, der ihn jammern lässt. »Was soll ich sagen?«, flüstert er unter Schmerzen.

»Dass du sie in Ruhe lassen wirst. Kommst du ihr noch einmal zu nahe, sorge ich dafür, dass du deinen erbärmlichen Schwanz nie wieder benutzen kannst.« Aggressionen bäumen sich in mir zu einem Sturm auf, den ich am liebsten freilassen würde. Ich fahre mit meinem Fuß weiter hinab zu seinem Schritt und presse die Schuhsohle gegen seinen schlaffen Schwanz.

»Ich verspreche es«, sagt er wie ein gehetztes Tier auf der Jagd, doch das reicht mir nicht.

»Sprich es ganz aus!« Ich weiß, dass ich den Pisser einfach in seinem eigenen Blut zurücklassen sollte, um Lucia von hier wegzubringen, doch die böse Ader in mir hält mich davon ab, einfach zu gehen. Nicht, ohne ihm klargemacht zu haben, dass er seine dreckigen Finger von ihr lassen soll.

»Ich werde sie in Ruhe lassen.« Rote Spucke rinnt aus seinen Mundwinkeln, als ich von ihm ablasse, ihm einen letzten Tritt in die Fresse gebe und mich Lucia widme.

Sie liegt immer noch zitternd am Boden, schluchzt nicht einmal mehr, als wäre sie mittlerweile selbst dafür zu schwach.

Nachdem ich ihre Handtasche mitsamt Revolver aufgehoben habe, greife ich unter ihren Rücken, verdecke ihren nackten Unterkörper mit dem Rest des Kleides und stemme sie hoch. Wortlos lasse ich den Kerl am Boden liegen und konzentriere mich auf das, was wirklich wichtig ist: Sie von hier wegzubringen.

Am Auto angekommen, öffne ich die hintere Tür und lege sie behutsam auf die Rückbank. Ich habe sie schon einmal auf diese Art und Weise ins Auto getragen, nur ist der Grund dieses Mal ein völlig anderer. Und es bringt mich um, dass ich sie nicht davor bewahren konnte.

Leise schließe ich die Tür hinter ihr, gehe zur Fahrerseite, steige ein und fahre los. Ein Stechen breitet sich in meiner Brust aus, als ich das Radio anstelle, damit ich ihr leises Wimmern nicht mehr hören muss …

***

Im Motel angekommen, trage ich sie sofort ins Badezimmer und setze sie in die Badewanne. Lucia hat die Augen offen, sieht mich aber nicht an. Als wäre sie nicht ganz bei sich, sondern in einer anderen Welt gefangen.

Langsam greife ich unter den Stoff ihres Kleides und streife es ihr ab. Erst jetzt fällt mir auf, dass sie auch an ihrem Dekolleté blutet.

Ich sehe ihr ins Gesicht und entdecke das bereits getrocknete Sperma dieses Wichsers auf ihren Wangen. Ihren BH lasse ich an, als ich aufstehe, das Wasser anstelle und ihr diesen Scheiß vom Körper wasche.

Schluchzend sitzt sie in der Badewanne, ihre Knie an den Bauch gezogen und die Arme um die Schienbeine geschlungen. Ihr Blick haftet an den Fliesen der gegenüberliegenden Wand, während ich mich neben sie

143

hocke und ihr den Rest seines Spermas abwasche. Ihre Haare kleben ihr im Gesicht, ihre Lippen zittern und das Blut an ihrem Busen vermischt sich mit dem klaren Wasser.

Sie so zerbrochen zu sehen, lässt wieder diesen Hass in mir aufkeimen. Nur schwer halte ich mich davon ab, zurück zum Lokal zu fahren. Ihn aufzusuchen und meine Drohung wahrzumachen. Dieser Kerl hat nur eines verdient: eine Kugel direkt zwischen die Augen.

Kaum zu glauben, dass sie die ganze Zeit vor diesem Mann geflüchtet sein soll und dabei so tough wirkte. Plötzlich erinnere ich mich wieder an die erste Nacht, in der sie um sich geschlagen und geschrien hat.

Mir hätte von Beginn an klar sein müssen, dass sie Hilfe braucht. Nicht nur finanzielle. Dass sie jemanden braucht, der sie vor diesem Scheusal beschützt. Hätte sie mir doch nur gesagt, wovor sie flieht!

Noch immer wiegt sie sich leblos in der Wanne vor und zurück, während das warme Wasser über ihre Schultern rinnt. Ich greife mir das Shampoo, schäume sie sanft ein und spare die Stellen aus, an denen sie offene Wunden hat. Ich bin kein Arzt, aber jeder Laie würde sehen, dass er sie schwer verwundet hat.

Nachdem ich sie eingeseift habe, spüle ich ihr den Schaum vom Körper und stelle das Wasser ab. Kommentarlos beuge ich mich über die Badewanne und hebe sie hoch, wobei ihre Nässe meine Klamotten durchweicht.

Rasch stelle ich sie am Boden ab und wickle sie in ein Handtuch. Weil sie immer noch schwach ist, sackt sie fast zusammen, also schiebe ich sie an den Schultern zur Wand, damit sie eine Stütze im Rücken hat.

Sie krallt sich an dem Handtuch fest, schlingt es sich um die Schultern und schließt die Augen, während ich ein zweites zur Hilfe nehme, um sie abzutrocknen.

Sachte fahre ich mit dem Handtuch über ihren nassen Bauch, vorbei an ihrem Becken und schließlich hinab zu ihren zitternden Schenkeln. Als ich ihre Wunde streife zuckt sie heftig zusammen und verliert beinah ihr Gleichgewicht.

Sie steht nackt vor mir und man kann ihrem gepeinigten Gesichtsausdruck ansehen, dass sie sich gedemütigt fühlt. Dass es ihr peinlich ist, so hilflos und entblößt vor mir zu stehen.

Sobald sie trocken ist, verarzte ich ihre Wunden mit den einzigen Mitteln, die ich in meiner Tasche finden kann, ziehe sie von der Wand weg und bitte sie, ihre Arme nach oben zu strecken. Stumm folgt sie meiner Bitte, sodass ich ihr eines meiner Shirts überziehen kann.

Tränen brennen in meinen Augen, als sie ihre Lider aufschlägt und ich nichts als Leere in ihnen sehe. Ich ziehe sie an mich, bette ihren Kopf an meiner Schulter und streiche ihr sachte durch das nasse Haar. Als würde eine Last von ihr fallen, beginnt sie, zu weinen, ihre Schultern beben, ihr Herz rast an meiner Brust.

»Alles wird wieder gut«, versichere ich ihr, auch wenn es albern ist. Für sie wird nichts wieder gut. Niemand wird ihr die Erinnerungen an das, was im Park passiert ist, nehmen können.

Und insgeheim habe ich Angst davor, zu erfahren, wie oft sie das schon mit sich machen lassen musste. Wie viel dieser Mann in ihr kaputtgemacht hat. Ich greife unter ihre Oberschenkel und hebe sie hoch.

Lucia krallt sich an meinem Hemd fest, während ich sie zum Nebenzimmer trage und ins Bett lege. Nachdem ich sie zugedeckt habe, streiche ich ihr sachte über die Wange und stehe auf. Prompt hat sie mein Handgelenk ergriffen und mich am Gehen gehindert.

»Bleib. Bitte«, flüstert sie angeschlagen und ich spüre einen dichten Knoten in meinem Hals, der mir die Luft abschnürt.

Ich runzle die Stirn, sehe sie ernst an und nicke schließlich schwach. Als ich mir die Schuhe von den Füßen gestreift habe, lege ich mich hinter sie, nehme sie fest in die Arme und wiege sie sachte hin und her. Noch immer zittert sie am ganzen Leib, egal, wie fest ich sie halte.

Schon nach wenigen Minuten schläft Lucia ein und fällt in einen mehr als unruhigen Schlaf. Immer wieder schreit sie um Hilfe und lässt sich nicht von mir beruhigen.

»Ich werde dich hier wegbringen.« Ich flüstere ihr dieses Versprechen ins Ohr, obwohl ich weiß, dass sie mich in ihrem Dilemma nicht hören kann.

Ob sie überhaupt bemerkt, dass ich noch bei ihr bin? Sie windet sich unter meiner Umarmung und schluchzt laut auf. Mit einem Stechen in meiner Brust umarme ich sie fester, lehne meine Stirn gegen ihren Nacken und beruhige sie.

»Sobald wir sie gefunden haben, werde ich dich wegbringen.« Mein Herz poltert laut in meiner Brust. Währenddessen befreien sich die ersten Tränen aus meinen Augen und treffen auf ihre Haut.

Ich muss Madeleine finden. *Ich muss Lucia retten und von hier wegbringen.* Ich stehe zwischen zwei Frauen, weiß, dass ich mich bald entscheiden muss.

Doch ich kann es nicht. Ich kann keine von beiden gehen lassen … also bleibt mir nur eines: die Hoffnung, dass ich Madeleine schnell finde und es für Lucia bis dahin nicht schon längst zu spät ist …

VERGESSEN

Seit dem Vorfall an meinem Geburtstag sind drei Tage vergangen. Ace hat darauf bestanden, dass wir noch hierbleiben, auch wenn ich in seinen Augen sehen kann, dass er eigentlich etwas ganz anderes will. Er will zu ihr. Er will sie finden. Und ich stehe ihm nur im Weg. Ich bin eine Last, die ihn davon abhält, sein Mädchen zu finden.

Nacht für Nacht plagen mich Albträume, und obwohl diese Nächte nichts Neues für mich sind, rauben sie mir alles. Ich träume von seinem erregten Gesichtsausdruck. Von seinem Körper über meinem, der Erde unter und dem Schmerz in mir.

Kann seine Gürtelhiebe auf meiner Haut spüren, obwohl die Wunden gut verheilen. Kann sein Sperma in meinem Gesicht spüren und auf meiner Zunge schmecken, obwohl es längst weg ist.

Ace versucht jeden Tag, mit mir darüber zu reden. Er will mir helfen, will, dass ich mich öffne, aber ich kann es nicht.

Allein die Tatsache, dass er mich in dieser Verfassung gefunden hat, demütigt mich. Er soll nicht dieses Elend vor Augen haben, wenn er an mich denkt.

Ich komme irgendwie mit dem Schmerz klar, aber etwas in seinem Blick verrät mir, dass er in mir nicht mehr dieselbe Frau wie zuvor sieht.

Niklaus hat mich mehr als einmal zerbrochen, aber dieses Mal hat er es geschafft, dass die Risse bleiben. Das, was er immer wollte. Jeder sollte sehen, dass ich ihm gehöre. Er hat mich mit seinem Zeichen versehen, sodass jeder sehen kann, zu wem ich gehöre.

»Wie geht es dir?« Ace liegt wie in jeder Nacht hinter mir und hält mich. Mittlerweile fühlt es sich so vertraut an, von ihm gehalten zu werden, dabei kennen wir uns noch immer kaum.

Ich weiß vielleicht einiges über ihn, aber er weiß nichts über mich. Nichts, was ich ihm aus freien Stücken erzählt habe.

Egal, wie oft ich es probiert habe, in letzter Sekunde habe ich nie den Mut aufbringen können. Also habe ich mich immer wieder in mein Schneckenhaus zurückgezogen und ihn von mir gestoßen.

»Ich bin müde«, antworte ich ihm leise und genieße es, dass er mit seinem Daumen Kreise über meinen Handrücken zieht. Wir sind uns seit Tagen so nah, wie sich nur Menschen sind, die einander lieben. Er hält mich, er küsst mich. Zwar nicht auf die Lippen, aber auf die Stirn.

Weiß er nicht, wie viel es einer Frau bedeutet, auf die Stirn geküsst zu werden? Es ist wie ein unsichtbares Versprechen. Sicherheit. Geborgenheit. Und auch wenn er jetzt für mich da ist, weiß ich nicht, was passiert, wenn wir Madeleine finden. Was wird aus mir, wenn sie noch leben sollte?

Wenn wir sie retten können? Allein der Gedanke daran bringt mich zusätzlich um den Schlaf, der ohnehin knapp bemessen ist. Tiefe Schatten brennen sich in meine Haut, Wunden in mein Herz. Wunden, die das erste Mal seit Jahren nicht auf seine Rechnung gehen.

»Du solltest weiterfahren«, platzt es plötzlich aus mir heraus, auch wenn mein Herz etwas ganz anderes sagen will. Es will ihn anflehen, bei mir zu bleiben, bis ich geheilt bin. Innerlich und äußerlich. Doch mein Verstand sagt mir, dass es nur schlimmer wird, wenn er mich dann zurücklässt, um bei ihr zu sein. Wenn er mich weiterhin Nacht für Nacht in seinen Armen hält, als wäre es der Ort, an den ich gehöre.

Sein Griff verstärkt sich, sodass ich mich noch verbundener mit ihm fühle. Ich trage noch immer sein Shirt und einen Slip, sonst nichts.

Die Schmerzen sind in Vergessenheit geraten, als er sich in dieser Nacht neben mich gelegt hat. Seitdem lässt er mich kaum aus den Augen und beschützt mich wie man jemanden beschützt, der einem wichtig ist.

Bin ich das? Bedeute ich ihm etwas? Die Antwort liegt auf der Hand und doch kann ich sie nicht glauben. Wäre ich ihm egal, wäre er längst ohne mich weitergezogen.

»Ich fahre nicht ohne dich«, weist er mich ab und man hört ihm an, dass sein Entschluss feststeht. Er wird nicht ohne mich fahren. Aber was bringt es mir? Soll ich etwa dabei zusehen, wie er mich gegen eine andere Frau austauscht? In den letzten Tagen ist es mir immer schwerer gefallen, mich ihm nicht zu öffnen.

Er weiß, dass Niklaus und ich zusammengewohnt haben, mehr nicht. Dabei will ich ihm alles erzählen. Jeden Schmerz, jede Narbe. Ich will jedes Detail erzählen, damit er mir versichern kann, dass ich heilen werde. Eines Tages. Mit seiner Hilfe.

Ace flüstert mir ins Ohr, dass ich mich umdrehen soll, also tue ich ihm den Gefallen und sehe ihn an. Unter seinen Augen liegen tiefe Schatten, weil er aufgrund meiner Albträume ebenfalls kaum Schlaf findet.

»Ich. Werde. Dich. Nicht. Zurücklassen.« Seine Augen durchbrechen die dicke Mauer, die ich um mich gezogen habe. Sekunden später fallen die ersten Steine und meine Wand bekommt Risse.

»Wieso nicht?« Ich muss einfach wissen, wie er zu mir steht. Muss wissen, ob er sich nur um mich kümmert, weil er sich schuldig fühlt.

Oder ob es doch einen Teil in ihm gibt, der mich mag. Der meine Nähe genießt. Ace nimmt meine Hand in seine und presst sie sich dicht gegen die nackte Brust. Sekunden später kann ich seinen rasenden Herzschlag spüren.

»Weil du das mit mir machst«, erklärt er mir leise, verzieht aber keine Miene dabei. Kein Lächeln, keine Verzweiflung, nichts. Mein Herz stockt, mein Puls rast in die Höhe und ich spüre ein Kribbeln in meinem Bauch, das ich nicht zulassen sollte.

Ich weiß, dass er mich nicht liebt. In diesem Moment mit ihm in diesem Bett weiß ich nicht, ob ich dasselbe von mir behaupten kann. Ace hat mich gerettet. Auf seine Weise. Und er hat nie etwas infrage gestellt.

Mein Verstand sträubt sich dagegen, doch mein Herz gewinnt das Duell und so küsse ich ihn Sekunden später. Es ist der erste Kuss seit dem Vorfall an meinem Geburtstag. Innerlich habe ich panische Angst davor, dass er mich von sich stoßen könnte, doch Ace lässt den Kuss zu.

Als er seinen Mund öffnet und seine Zunge in meinen gleitet, seufze ich leise auf und rolle mich auf ihn. Der Schmerz in meinem Oberschenkel wird ausgeblendet, weil ich es nicht verkraften würde, jetzt von ihm abzulassen.

Seit Tagen sehne ich mich nach der Nähe zu diesem Mann. Dass wir uns tatsächlich küssen, kann nur ein Traum sein, alles andere ergäbe keinen Sinn.

Seine Hände wandern zu meinen Hüften, auf denen sie verweilen, während ich mich in seinem Haar festkralle und seine Küsse gierig aufsauge.

Es ist, als könnten seine Küsse die Wunden in mir heilen. Jeder Schnitt, jeder blaue Fleck, jede Narbe verblasst, weil er mich hält und mir nah ist. Ich habe verlernt, wie es ist, sich einem Mann aus freien Stücken hinzugeben. Jetzt ist es, als würde ich wieder zum Leben erwachen. Seine Hände wandern zu meinem Po und senden damit Stromschläge durch meinen Körper.

Jede Pore meines Daseins steht unter eintausend Volt, als ich mich dichter gegen ihn presse und seine Härte an meinem Becken spüre. Ace trägt lediglich seine Boxershorts und plötzlich habe ich das Gefühl, unter meiner Kleidung zu ersticken.

Eilig habe ich mir das Shirt ausgezogen und achtlos weggeworfen, sodass ich mit meiner nackten Brust auf seine sinke.

»Schlaf mit mir«, flüstere ich, bevor unsere Lippen wieder zu eins verschmelzen können. Ace hält inne und zerstört meine Hoffnung in Windeseile.

Mein Herz verwandelt sich von einem menschlichen Organ zu einem Betonklotz, der mich mit sich in die Tiefe zieht. Wenn er mich jetzt von sich stößt, werde ich untergehen. Allein. Mit all meinen Schmerzen.

Die Dunkelheit wird mich verschlucken und nie wieder freilassen. Weil Ace immer noch nichts sagt, sammeln sich Tränen in meinen Augen, die sich befreien und auf seine nackte Brust tropfen.

Gerade, als ich von ihm runterkrabbeln und die Flucht ergreifen will, zieht er mich zurück an sich und sieht mich intensiv an. Seine warme Hand liegt auf meiner Wange und er streicht sachte darüber.

»Ich kann … nicht«, stammelt er und macht damit alles nur noch schlimmer. Meine größte Angst wird wahr: Er kann mich nicht anfassen, weil ich beschmutzt bin. Weil ich nur noch Mangelware bin.

»Wieso nicht?«, frage ich ihn mit zitternder Stimme und presse dann die Lippen fest zusammen. Blut sammelt sich in meinem Mund, weil ich mir auf die Zunge beiße.

»Ich will dir nicht wehtun«, sagt er matt und wendet den Blick von mir ab. Weitere Tränen rollen über meine Wangen und landen dieses Mal direkt in seinem Gesicht.

»Sieh mich an und sag mir, dass du das hier nicht willst.« Es ist keine Bitte, es ist ein Befehl. Zu meinem Glück sieht er mich wirklich an.

»Ich will es, aber ich will, dass du dir sicher bist. Du sollst nicht mit mir schlafen, um ihn aus dem Kopf zu bekommen.« Seine Worte treffen mich wie ein Messer und klingen vermutlich härter, als er es beabsichtigt. Noch immer bin ich über ihm, kann seine Härte an mir spüren und will mehr. Will ihn. Ganz und gar. Für mich. Ich will, dass er diese andere Frau für einige Stunden hinter sich lässt und vergisst. Ich will, dass er die Vergangenheit loslässt und sich für eine Nacht der Gegenwart hingibt.

»Ich will mit dir schlafen, seit ich dich das erste Mal gesehen habe«, gestehe ich ihm und werde nicht einmal rot dabei. Ace runzelt die Stirn, schließt die Augen und atmet tief durch.

»Ich will, dass du mit mir schläfst. Du sollst nicht mit mir ficken, du sollst mit mir schlafen. Ich will …« Ein Schluchzen überkommt mich, »… ich muss wissen, dass es noch einen Unterschied gibt. Dass es nicht immer so sein muss. Dass es nicht immer wehtut.«

Ich flehe ihn regelrecht an, mir diese eine Nacht zu schenken. Dieses eine Mal. Einmal ohne Schmerzen. Mich einem Mann hinzugeben, der mir nicht wehtut. Ace ringt mit seinem Gewissen, man kann den Konflikt in seinen grauen Augen sehen. Er will es. Er traut sich nur nicht.

»Du musst mich stoppen, wenn es dir zu viel wird.« Ich nicke schwach, ohne zu realisieren, was er mir damit eigentlich sagen will. Noch bevor ich verstehe, was hier passiert, hat er sich über mich gerollt und mich in die Matratze gepresst.

Sein warmer Körper auf meinem, seine Hände, die meine Handgelenke umfassen. Ich schließe die Augen, versuche, die aufkommenden Bilder von Niklaus zu verdrängen. Und tatsächlich: Sekunden später sind seine Schatten weg und ich sehe nur noch Ace und sein Licht, das auf mich abfärbt.

Seine Lippen streifen meinen Hals, er wandert über meinen Kehlkopf hinab zu meiner fast verheilten Wunde an meinem Dekolleté.

Einen Moment hält er inne, bevor er weiter hinabwandert und meine Brustwarze streift. Seine Zunge fährt die Form meiner Warzen nach, sorgt dafür, dass sie sich ihm genüsslich entgegenstrecken.

Nässe sammelt sich zwischen meinen Beinen, die ich eng aneinanderpresse, weil ich das Verlangen stillen will. Ich greife in sein Haar, presse ihn dichter gegen mich und keuche leise auf, als er meinen Nippel zwischen seine Zähne nimmt.

»Bitte, Ace.«

Er weiß, dass ich keine Geduld habe. Weiß, dass ich ihn jetzt brauche. Nah bei mir. In mir. Dass ich seine Nähe brauche, um zu heilen.

Seine Hand wandert hinab zu meinem Slip, den er sachte nach unten zieht. Er reißt nicht daran, zerrt ihn nicht auseinander, wie *er* es immer getan hat, wenn er mich nahm. Jede Berührung von ihm streichelt mich und meine Seele.

Sein Atem geht stockend, als er ein Kondom aus seiner Brieftasche holt und es aufreißt. Ich halte derweil die Augen geschlossen, will mir die Illusion nicht kaputtmachen lassen, dass uns nichts mehr trennt. Kein Stoff, keine Luft, kein Kondom. Ich stelle mir vor, dass da nichts ist. Nur wir.

Niklaus hat nie Acht darauf gegeben, sich zu schützen. Wenn er mich wollte, hat er mich genommen. Egal, wo. Egal, wann. Ihm war es egal, ob es mir gut oder schlecht ging. Ob ich feucht oder trocken war.

Bei Ace ist es anders.

Ace ist anders.

Seine warmen Hände fahren über meinen flachen Bauch, hoch zu meiner Taille, die er sanft umschließt. Ich kann seinen Atem hören, spüre, dass er genauso verunsichert ist, wie ich mich fühle.

Wird er nur ein einziges Mal mit mir schlafen, um mir einen Gefallen zu tun? Wird er mich danach zurücklassen und sein Versprechen brechen?

Wortlos zieht er mein Becken an seines und Sekunden später spüre ich seine Länge an meiner Mitte. Ich sollte Angst vor diesem Schritt haben.

Angst davor, dass es mir Schmerzen bereiten könnte. Doch ich habe keine Angst. Selten war ich von solcher Entschlossenheit gepackt wie hier mit ihm.

Sekunden später gleitet Ace in mich, füllt mich aus und entlockt mir ein Keuchen. Er hält inne, und als ich die Augen öffne, sehe ich, dass er Angst hat. Dass er glaubt, mir wehzutun.

Ich beuge mich vor und küsse ihm die Zweifel weg. Langsam bewegt er sich in mir, findet ein Tempo, das mich in den Wahnsinn treibt. Noch nie wurde ich so zärtlich von einem Mann berührt. Noch nie hat es sich so intim und richtig angefühlt.

Ace zieht sich zurück, gleitet wieder in mich und raubt mir die letzten schlechten Gedanken an das, was vor einigen Tagen passiert ist.

Die Bilder von Niklaus verschwimmen, an dessen Stelle rücken Bilder von ihm. Über und in mir. Zärtlich. Einfühlsam. Echt. Keine Zwänge, keine Zweifel.

»Soll ich aufhören?« Ace beweist mir, dass er im Vergleich zu mir immer noch mit diesen Zweifeln kämpft. Ich schüttle den Kopf.

»Nie.« Wenn ich könnte, würde ich ihm immer so nah und verbunden sein wollen. Das hier ist ein Leben, das es wert sein könnte. Das hier könnte meine Dämonen in den Griff kriegen.

Ace schläft mit mir, zeigt mir, dass jeder Schatten nur durch Licht entsteht. Er berührt mich, wie ich nie zuvor berührt wurde. Küsst mich leidenschaftlich, genauso, wie ich es brauche.

Er zeigt mir, dass es nicht nur Schmerzen gibt, sondern viel mehr. Gefühle. Zärtlichkeit. Liebe? Liebe ich ihn? Ich kenne ihn bereits nach einer Woche besser als sonst jemanden, aber kann ich ihn wirklich schon lieben? Ich weiß es nicht und diese Unwissenheit bringt mich um den Verstand.

Ich kralle mich entschlossen in seinen Rücken und lege den Kopf stöhnend zurück, als Ace schneller wird. Er stößt sich in mir vor, dehnt mich, ich umgebe ihn. Er erfüllt mich. Je stärker er loslässt, desto tiefer lasse auch ich mich fallen.

Seine Berührungen werden derber, sein Tempo immer schneller. Sekunden später spüre ich Tropfen auf meiner Haut. Erschrocken schlage ich die Lider auf und sehe, dass er seine geschlossen hält.

Tränen rinnen über sein Gesicht und landen auf meiner Haut. Ich will ihn stoppen, will, dass er aufhört, aber mein Körper spricht eine andere Sprache.

Stattdessen nehme ich sein Gesicht in meine Hände und küsse ihm die Tränen einzeln weg. Ein Lächeln entsteht auf seinen Lippen, das gequält und glücklich zugleich aussieht.

Unsere Zungen finden einander, während wir gemeinsam auf den Höhepunkt zusteuern. Je intimer und ekstatischer wir werden, desto feuchter werde ich.

Ich ignoriere, dass er vermutlich gerade ein anderes Bild vor Augen hat. Dass er nach drei Jahren, in denen er die Kontrolle gewahrt hat, an mir gescheitert ist.

Ich bin mir ziemlich sicher, dass er sich ihr Gesicht vorstellt. Dass er weint, weil er zwei Frauen in diesem Moment das Herz bricht, während er in mir ist. Er will bei ihr sein und ist stattdessen hier bei mir.

Er will sie küssen und küsst stattdessen mich. Er will in ihr sein und nicht in mir. Dennoch erlaube ich es mir, Sekunden später unter seinen Berührungen und Bewegungen zu kommen.

Ich kralle meine Nägel fester in seine Haut und erzittere am ganzen Körper, als mich der Höhepunkt wie ein Tsunami erreicht.

Ace folgt mir schweigend und ergießt sich pulsierend in den Schutz. Sein Körper sackt auf meinen hinab, sein Gesicht verbirgt er in meinem Haar.

Keiner von uns sagt etwas, keiner wagt es, das hier zu benennen. Nach einer gefühlten Ewigkeit rollt Ace sich von mir herunter und zieht mich in seine Arme. Ich kuschle mich an seine Brust, schließe die Augen und schlafe schließlich erschöpft ein.

IN DUNKLEN NÄCHTEN

Es ist mitten in der Nacht. Lucia liegt in meinen Armen und schläft, während ich keine Ruhe finde. Der Sex war wundervoll. Er war ... echt. Und doch fühle ich mich wie ein Verräter, weil ich Madeleine betrogen - indem ich Lucia glücklich gemacht - habe.

Ich blicke in ihr seliges Gesicht und es fällt mir schwer, sie jetzt zurückzulassen. Dennoch schiebe ich sie sachte von mir und stehe auf.

Sobald ich meine Klamotten angezogen und die Knarre in meinem Hosenbund versteckt habe, verlasse ich leise das Zimmer. Ich brauche Abstand. Abstand zu ihr. Zu dem, was eben passiert ist. Abstand zu allem.

Drei Jahre lang habe ich es geschafft, mich zu kontrollieren. Habe niemanden an mich herangelassen. Nur, damit ich an ihr scheitern kann ...

Was bin ich für ein Schlappschwanz? Was hat diese Frau nur an sich? Ich wollte nicht mit ihr schlafen. Nicht nach dem, was vor drei Tagen passiert ist. Wütend steige ich schließlich in meinen Wagen ein und fahre los in die Dunkelheit. Ohne zu wissen, wohin es mich bringt.

***

Ich habe mein Zeitgefühl verloren und weiß nicht, wie lange ich schon im Kreis fahre. Meine Augen fallen beinah zu, meine Glieder sind schwer und eigentlich will ich nur noch ins Bett.

Aber das kann ich nicht. Denn da liegt sie … und ich habe Angst davor, ihr zu begegnen, so albern es auch klingt. Ich stelle das Radio lauter, um die tosenden Gedanken an sie zu verdrängen und drücke auf das Gaspedal.

Eigentlich hätten wir schon längst in Chicago sein sollen. Das alles hier hätte längst vorbei sein können. Und doch weiß ich, dass Lucia diese Zeit braucht. Dass ich warten muss, wenn ich will, dass sie weiterhin bei mir bleibt. Aber will ich das überhaupt?

In dieser Sekunde weiß ich nicht, was ich will. Weiß nicht, ob es sinnvoller wäre, allein weiterzufahren und sie zurückzulassen. Ein Teil in mir sagt mir, dass ich es nicht übers Herz bringe, sie hier zu lassen.

Seit ich weiß, dass uns dieser Wichser gefolgt ist, will ich sie nicht aus den Augen lassen. Umso bescheuerter ist es, dass ich jetzt hier und nicht bei ihr bin.

Wer weiß, was passiert, wenn er uns noch immer auf den Fersen ist und sie findet. Wenn ich nicht da bin, um ihr zu helfen.

Ich befahre eine abgelegene Straße. Meilenweit bin ich allein, sehe kein anderes Auto geschweige denn andere Menschen. Und diese Stille tut mir gut. Die Einsamkeit. Sie bringt mir Zeit zum Nachdenken.

Meine Stille währt jedoch nur so lange, bis ich am Straßenrand einen Wagen stehen sehe. Seine Lichter sind an, die Fahrertür steht offen. Ich bremse ab, als ich mich dem Auto nähere.

Normalerweise würde ich vorbeifahren, vor allem nach der Aktion mit Lucia in Detroit. Aber etwas in mir sagt mir, dass ich genauer hinsehen sollte … Also blicke ich genauer hin. Alles gerät in Vergessenheit, als ich das Kennzeichen entdecke und zurück in die Vergangenheit geschleudert werde.

»Das kann nicht sein«, murmle ich mir selbst zu. Eines steht fest: Ich sollte weiterfahren, sollte nichts riskieren. Anstatt meinem Instinkt zu folgen, fahre ich an den Straßenrand und parke hinter dem Chevrolet.

Ich kenne das Kennzeichen in- und auswendig. Weiß, dass es zu dem Mann gehört, den ich seit Tagen suche. Weiß, dass es der Wagen ist, den ich an der Tankstelle entdeckt habe. Die eine Spur, nach der ich drei Jahre lang gesucht habe.

Mein Herz springt mir beinahe aus der Brust, als ich aussteige und zu dem Wagen herübergehe. Es ist lebensmüde, mitten in der Nacht auf einen von ihnen zu treffen.

Ich unterschreibe hiermit meinen sicheren Tod, und doch denke ich nicht daran, umzudrehen und zu Lucia zu fahren.

Ein leises Pfeifen ertönt und dann erscheint ein Kerl in meinem Blickfeld. Er hat genau wie seine anderen Kollegen knallweiße Augen, die aufgrund seiner dunklen Haut gefährlich hervorstechen.

Das hier ist nicht der Mann, den ich suche. Und doch ist mir klar, dass er zu ihnen gehört. Dass er wissen könnte, wo Madeleine ist.

»Wer bist du?«, will der Schwarze wissen und nimmt einen tiefen Zug seiner Kippe, während er den Reißverschluss seiner Hose schließt. Anschließend macht er sich an seinem Gürtel zu schaffen. Ich stehe bewegungsunfähig vor ihm, will so vieles sagen, bin aber nicht in der Lage dazu.

»Wo ist sie?«, ist alles, was meinen Lippen entflieht. Tausend Fragen rauschen durch meinen Schädel, aber nur diese eine zählt. Nur diese eine ist von Bedeutung. Der Schwarze nimmt einen weiteren Zug seiner Kippe, die er danach zu Boden wirft und mit seinem Stiefel ausdrückt. Ich muss nicht an ihm hinabsehen, um zu wissen, dass er eine Waffe bei sich trägt. Diese Kerle gehen nie ohne Lebensversicherung aus dem Haus.

»Wo ist wer?« Er wahrt Abstand zu mir, genau wie ich die Distanz zu ihm beibehalte. Diese Kerle sind nicht sauber und ich kann es nicht riskieren, ihm zu nah zu kommen.

»Madeleine. Wo ist sie?« Ich knurre ihn unmenschlich an, meine Kehle ist staubtrocken, meine Beine schwach. Es macht sich bemerkbar, dass ich am Arsch bin. Dass ich kaum geschlafen habe, seit dieser Pisser über Lucia hergefallen ist.

»Ich kenne keine Madeleine«, weist er mich ab, doch ich glaube ihm kein Wort. Sein schelmisches Lachen und der spitze Blick sprechen eine andere Sprache. Er weiß ganz genau, von wem ich spreche.

»Du lügst.« Zischend werfe ich mein Vorhaben über den Haufen und gehe auf ihn zu. Mit einer Hand packe ich ihn am Kragen, mit der anderen zücke ich meine Waffe, die ich ihm gegen den Bauch presse. Der Kerl lässt sich weder von mir noch von dem Lauf des Revolvers beeindrucken.

»Sag mir, wo sie ist«, fordere ich und presse ihn dicht gegen seinen Wagen. Meine Hand liegt mittlerweile an seiner Kehle, sodass er nach Luft japst.

»Suchst du nach drei Jahren immer noch nach ihr?«, fragt er mich krächzend und sorgt dafür, dass sich mein Körper verspannt.

»Du kennst mich«, stelle ich nüchtern fest. Auch wenn ich diesen Kerl noch nie gesehen habe, scheint er zu wissen, wer ich bin.

Und wenn er mich kennt, kennt er auch Madeleine. Ich verstärke den Druck an seiner Kehle und fahre mit dem Lauf der Waffe hinauf zu seiner Brust.

»Jeder kennt dich. Du bist der Wichser, der uns seit Tagen verfolgt. Was erhoffst du dir davon? Selbst wenn wir sie hätten, würden wir sie dir nie überlassen.«

Galle kocht in mir auf, weil er von der Liebe meines Lebens spricht, als wäre sie ein Gegenstand. Kein Mensch. Nur materiell. Als würde ihr Leben keinen Wert besitzen.

»Lebt sie noch?« Die Aggressionen der letzten Tage bäumen sich in mir auf und ich weiß, dass ich mich nicht mehr halten kann, wenn er mich weiter provoziert.

Wenn er mir nicht sofort sagt, wo sie ist, werde ich ihm eine Kugel in den Kopf jagen, ohne mit der Wimper zu zucken. Diese Männer haben es verdient, zu bluten. Die Leiche am Morgen im See sollte Beweis genug sein.

»Selbst, wenn sie noch lebt, willst du sie nicht zurückhaben. Die ganze Crew war auf ihr drauf, Alter«, lacht er zwischen zusammengebissenen Zähnen. Seine Worte verstärken die Wut, die in mir kocht. Der Lauf der Waffe wandert hoch zu seiner Kehle, die ich immer noch fest umschließe.

»Wag es nicht, so über sie zu sprechen«, warne ich ihn, doch der Pisser vor mir scheint meine Drohung nicht ernst zu nehmen. Schon damals haben diese Wichser nie viel von ihrem Leben gehalten, ihnen war es egal, wenn sie starben. Der Kerl vor mir scheint sein Leben für diese Gang geben zu wollen. Ich lade die Waffe nach und drücke ihn noch fester gegen seine Dreckskarre.

»Wie denn? Als wäre sie eine Schlampe?« Er lacht erneut aus tiefer Kehle. »Wenn du mich umbringst, wirst du nie erfahren, ob deine kleine Fotze noch lebt.« Er provoziert mich absichtlich, das weiß ich. Ich sollte auf diese Scheiße nicht eingehen, aber ich bin machtlos.

Die Bilder der letzten Tage kochen in mir auf. Dieser Wichser, der Lucia beinahe vergewaltigt hätte. Ihre Schreie. Ihr Wimmern. Ihre Albträume. Dass ich die Kontrolle verloren und Madeleine damit betrogen habe.

Ohne über die Konsequenzen nachzudenken, drücke ich ab. Es ist nicht das erste Mal und doch zerbricht in dieser Sekunde etwas in mir. Der Teil in mir, der gut war, stirbt ab und hinterlässt nichts als Schwärze in mir.

»Ich denke, dass ich genau das tun muss«, flüstere ich gelähmt, als der Kerl vor mir zu Boden geht. Sein fetter Körper schlägt am Boden auf und Blut sammelt sich vor meinen Füßen.

Ich stelle auf Autopilot, als ich die Knarre zurück in den Bund meiner Jeans schiebe, den Fetten hochhieve und zu meinem Wagen schleife. Ich werde sie finden. Koste es, was es wolle …

BLUT AN DEINEN HÄNDEN

Es muss mitten in der Nacht sein, als ich die Augen aufschlage. Normalerweise würde ich mich jetzt an seine Brust schmiegen, um mich sicher zu fühlen. Doch etwas ist anders. Dort, wo ich sonst seine Nähe gespürt habe, herrscht jetzt Leere. Kälte. Einsamkeit. Die Wärme der letzten Nächte ist verschwunden. Meine Angst hingegen ist wieder präsenter denn je.

»Ace?«, wispere ich in die Dunkelheit, erhalte aber wie erwartet keine Antwort. Panisch schrecke ich hoch und sehe mich um.

Das einzige Licht hier drin kommt von den Fenstern und dem Mond, der voll am Himmel steht und alles in ein weiches Silber taucht.

Ace ist nicht hier. Ich bin allein. Wo zur Hölle ist er?

Ich falle zurück in die Kissen und starre an die Decke. Meine Hand wandert zu meinen Lippen, die immer noch geschwollen sind. In diesem Moment lebe ich in einer Traumblase. Ich erinnere mich an das, was vorhin passiert ist, und lächle.

Auch wenn ich keinen Grund zum Lächeln habe, erfüllt mich der Gedanke an ihn. Dabei ist er nicht mehr hier bei mir. Ob er es schon bereut, mit mir geschlafen zu haben? Immerhin habe ich ihn beinahe angebettelt, es zu tun. Das alles ging nie von ihm aus. Nur von mir.

Würde er nichts davon bereuen, wäre er jetzt hier bei mir. Stattdessen liege ich allein in der Dunkelheit und frage mich, ob es ein Fehler war, ihn so nah an mich heranzulassen.

Ob es falsch war, mit ihm zu schlafen. Insgeheim weiß ich, dass es nie so weit hätte kommen dürfen. Er liebt sie. Er liebt diese Frau mit den braunen Augen und dem braunen Haar. Ich hingegen weiß nicht einmal, was Liebe ist. Das, was ich für Niklaus empfunden habe, war nie Liebe.

Es war Unterwürfigkeit. Unterordnung. Hass. Es gab nie Zärtlichkeit, nie Glück, nur Pech.

Gerade, als ich mich auf den Weg ins Bad machen will, wird die Tür des Motels aufgerissen. Durch die Laternen draußen kann ich nur seine Umrisse sehen. Ace steht versteinert im Türrahmen und regt sich nicht.

»Ace?« Vorsichtig hake ich nach, doch als keine Antwort kommt, beuge ich mich zum Nachttisch herüber und schalte die kleine Stehlampe darauf an. Der Raum wird erleuchtet, und als ich das nächste Mal zu ihm herübersehe, wird mir schlecht. Ace steht noch immer regungslos da, starrt in die Leere und scheint mich gar nicht zu bemerken. Mein Blick wandert hinab zu seiner angespannten Brust und letztendlich bleibe ich mit den Augen an seinen Händen hängen. Hände voller Blut. Die rote Flüssigkeit klebt an seinen Fingern und zieht sich bis hoch zu seinen Ellbogen. Mein Herzschlag setzt aus und dann drohend wieder ein, als ich realisiere, was ich sehe.

»Ace, wo warst du?«, frage ich ihn zitternd und stehe auf. Dass meine Beine immer noch schwach sind, ignoriere ich, als ich unsicher auf ihn zugehe. Sobald ich vor ihm stehe und den metallischen Geruch von Blut inhaliere, wird mir übel. Erinnerungen kommen in mir auf, die ich verdrängen will. Bilder des toten Mannes im See. Der Geschmack von Blut. Wieder spüre ich Magensäure in mir aufsteigen, die sich letztendlich in meinem Mund verteilt wie ein ätzender Film.

»Ace, *wo warst du?*«, setze ich mit Nachdruck hinterher. Endlich scheint er aus seiner Starre zu erwachen, schmeißt die Tür hinter sich zu und geht an mir vorbei ins Badezimmer.

Dabei sieht er mich nicht einmal an. Stumm folge ich ihm und sehe ihm dabei zu, wie er sich das Blut von den Händen wäscht. Das Wasser färbt sich rosa und ich muss den Blick von ihm abwenden, um mich nicht zu übergeben. Ich muss diese Übelkeit loswerden. Ein für alle Mal.

»Wessen Blut ist das?« Auch wenn er nicht mit mir reden will, brauche ich Antworten von ihm. Ich muss einfach wissen, was er getan hat. Wem er das angetan hat … Und wieso. Wieso zur Hölle schläft er mit mir, macht sich dann mitten in der Nacht aus dem Staub und tut so etwas?

»Der Typ hatte es verdient«, antwortet er und reißt mich damit aus dem Konzept. Ungläubig sehe ich ihm dabei zu, wie er auch die letzten Rückstände von seiner Haut wäscht. Das Hemd, das er trägt, ist an den Ärmeln ebenfalls in Blut getränkt, also knöpft er es sich auf und wirft es achtlos in die Badewanne.

»Welcher Typ? Ace, rede mit mir!« Langsam verliere ich die Geduld und schreie ihn an. Als wäre unser Leben nicht schon verkorkst genug.

Er stößt sich vom Waschbecken ab und kommt auf mich zu. Doch anstatt vor mir stehen zu bleiben und mir zu antworten, drängt er sich an mir vorbei, als wäre ich gar nicht hier. Seine nackte Haut streift dabei meine und ich zucke innerlich zurück.

»Einer von ihnen. Ich habe ihn gesehen und … habe es beendet.« Er spricht diese Worte so ruhig aus, als wäre es nichts Besonderes.

Als wäre es nichts Weltbewegendes, dass er gerade mitten in der Nacht einen Mann getötet hat. Er hat es nicht ausgesprochen, aber sein Blick spricht Bände. Er hat es beendet.

»Wieso? Wieso hast du das getan? Sie werden … Gott, Ace, sie werden sich an dir rächen wollen! Sie werden dich suchen und sie werden dich finden!«

Erst nach und nach sickert die Wahrheit zu mir durch. Das ganze Ausmaß dieser Aktion. Ace setzt sich auf den Rand des Bettes, holt die Knarre aus seiner Jeans und feuert sie in die Kissen. Danach sitzt er regungslos da und starrt zu Boden. Seine stählernen Brustmuskeln beben förmlich, weil er so schnell atmet.

»Hast du mir zugehört? Sie werden dich finden. Uns finden«, versuche ich, ihm klarzumachen, doch er zuckt lediglich mit den Schultern. Ich baue mich vor ihm auf, doch er weicht meinem Blick gekonnt aus.

»Das ist es, was du willst, habe ich recht? Du willst, dass sie dich finden«, stelle ich panisch fest. Erst jetzt wird mir klar, dass er genau das erreichen will.

»Du glaubst, dass du nur so an sie herankommst.« Meine Stimme gleicht einem Flüstern, weil mich die Wahrheit übermannt. Wie zur Hölle kann er mir so etwas antun?

»Rede mit mir, verdammt!« Ich schreie ihn an, und als er sich weiterhin nicht regt, falle ich vor ihm auf die Knie und zwinge ihn, mich anzusehen. Seine grauen Augen sind leer und kalt. Wie die eines Mörders. Eines Mannes, dem das Leben anderer egal ist. Tief in mir weiß ich aber, dass das nicht stimmt. Er hätte mich nie vor Niklaus gerettet, wenn ich ihm egal wäre. Mich hat er gerettet. Ich kann ihm nicht egal sein.

»Wenn sie wissen, dass ich ihn auf dem Gewissen habe, werden sie mich finden. Und dann werden sie mich mitnehmen und mich zu ihr bringen«, erklärt er sich mit zusammengepressten Zähnen. Ungläubig schüttle ich den Kopf. »Hast du dabei auch einmal an mich gedacht?«, schluchze ich leise auf und spüre die Tränen in meine Augen steigen. Sein Blick sollte als Antwort genügen. Er hat hierbei nur an sie gedacht. Daran, sie zu finden. Egal, wer dabei sterben könnte.

»Ich bin ein Egoist, Lucia. Ich denke nur an mich und an das, was ich will«, knurrt er als Antwort und ich sinke zurück auf meine Fersen. Schluchzend sitze ich vor ihm und kann gar nicht fassen, was er mir damit sagen will.

»Das stimmt nicht. An sie denkst du auch.« Gekränkt sehe ich zu ihm auf, will, dass er mich ansieht, aber er schließt einfach nur die Augen und erwidert nichts. Weil mich die Wahrheit wie ein Panzer überrollt, stehe ich auf, ziehe mir die erstbesten Sachen über, renne zur Tür und stürme hinaus.

Ace lasse ich auf dem Bett zurück. Ich muss einfach nur raus hier. Raus aus diesem Zimmer und weg von dieser Wendung in meiner Geschichte. Weinend renne ich zu seinem Wagen und breche am Boden zusammen, bevor ich ihn erreichen kann. Wenn sie uns finden, werden wir beide sterben. Wie kann ihm das egal sein?

GIB MIR MUNITION UND ICH TÖTE DICH

Fuck! Lucia ist vor einigen Minuten aus dem Zimmer gestürmt und ich sitze immer noch wie ein Häufchen Elend auf dem Bett und rege mich nicht. Denke nicht daran, ihr hinterherzugehen.

Dabei sollte ich genau das tun. Es ist nicht sicher für sie. Wenn sie mir bereits auf den Fersen sind, werden sie sie zuerst finden.

Und allein der Gedanke an das, was sie mit ihr tun würden, bringt mich um. Sollten sie herausfinden, dass sie mir etwas bedeutet, könnten sie sie als Druckmittel gegen mich einsetzen.

Ich wollte nie, dass ihr etwas passiert. Was mit mir geschieht, ist mir egal, aber sie ist mir nicht egal! Ich balle meine Hand zur Faust und kralle meine Nägel fest in mein Fleisch.

Es gibt nur eine Möglichkeit, ihr Leben zu retten: indem ich sie zurücklasse. Sie von hier wegbringe und den Rest der Reise allein hinter mich bringe. Schon von Beginn an war es gefährlich für sie. Selbsthass keimt in mir auf, den ich nicht unterdrücken kann, so gern ich ihn auch unterdrücken würde. Mein Blick wandert zu der Uhr am anderen Ende des Raumes. Ich beobachte die Zeigerschläge, sehe der Zeit dabei zu, wie sie mir aus der Hand rinnt.

Erst nach einer geschlagenen Ewigkeit entschließe ich mich, sie zu suchen. Entschließe mich, für das geradezustehen, was ich getan habe.

Rasch habe ich mir ein Shirt übergezogen und das Motel verlassen. Draußen empfängt mich wieder dieser kühle Wind, der meine Gedanken aufklaren sollte. Doch das tut er nicht. Ich sollte es bereuen, ihm eine Kugel verpasst zu haben, sollte mich elend fühlen. Stattdessen fühle ich mich frei. Machtvoll. Überlegen.

Prüfend sehe ich mich auf dem Parkplatz um, bis ich Lucia schließlich auf der Motorhaube meines Wagens entdecke und erleichtert aufatme.

Sie starrt nach oben in den Himmel und bemerkt mich nicht einmal, als ich mich neben sie lege. Wortlos liegen wir nebeneinander und starren in die Sterne, keiner von uns sagt etwas, keiner von uns regt sich.

Ich muss sie nicht ansehen, um zu bemerken, dass sie weint. Ob sie jetzt Angst vor mir hat? Auch wenn ich ihr nie etwas antun würde, kann ich es ihr nicht verübeln.

»Wie fühlst du dich?«, fragt sie plötzlich und beendet unser Schweigen. Ihre Stimme bricht beim letzten Wort ab und ich verspüre den Drang, sie an mich zu ziehen. Aber ich tue es nicht.

Will nicht, dass ich wieder meine Kontrolle verliere und sie dichter an mich heranlasse, als ich es sollte. Wenn Madeleine noch am Leben ist, darf ich Lucia nicht in mein Leben und mein Herz lassen.

Die leise Stimme in mir flüstert mir zu, dass es dafür längst zu spät ist. Immerhin habe ich mit ihr geschlafen. Ich habe sie nicht gefickt. Das könnte ich irgendwie noch verkraften. Nein, ich habe mich ihr hingegeben, wie man sich nur einem Menschen hingibt, den man liebt.

»Ob ich mich wie ein Mörder fühle?« Dieser Satz geht mir so leicht über die Lippen, dass ich mich selbst erschrecke. Wie zum Teufel kann ich hier mit ihr liegen, ohne mit der Wimper zu zucken? Lucia schnappt nach Luft, sieht weiterhin starr nach oben.

»Ja«, haucht sie schluckend.

»Dieser Mann gehört zu ihnen. Und ich weiß, wozu sie in der Lage sind. Er kennt Madeleine und er … er kennt mich. Sie haben sie, da bin ich mir sicher. Wenn ich ehrlich bin …«

Ein Knoten bildet sich in meinem Hals, als mich die Wahrheit erreicht. »Wenn ich ehrlich bin, bereue ich nichts. Und das macht mir am meisten Angst«, gestehe ich ihr. Lucia dreht sich auf die Seite und sieht mich intensiv an.

»Wie lange haben wir, bis sie uns finden?« Man hört ihr die Panik deutlich an, auch wenn sie sich Mühe gibt, sie vor mir zu verheimlichen.

Es hat keinen Sinn, mir etwas vorzuspielen. Anfangs war diese Frau neben mir wie ein unbeschriebenes Blatt, mittlerweile fällt es mir leichter, sie zu durchschauen. Ein Blick in ihre Augen genügt, um festzustellen, dass sie Angst hat. Vielleicht nicht vor mir, aber vor ihnen.

»Ich weiß es nicht, aber wir sollten fahren, sobald die Sonne aufgeht.« Lucia nickt als Antwort stumm, ihre Augen haften immer noch an meinem Gesicht. Ob sie mich jetzt mit anderen Augen sieht?

Ich verliere mich einen Moment in ihrem Anblick und frage mich, wie sie es geschafft hat, mich in so kurzer Zeit in der Hand zu haben. So sehr ich Madeleine auch retten will, ich könnte es mir nicht verzeihen, wenn ihr etwas zustößt. Wir kennen uns kaum.

Sie weiß vieles über mich, obwohl ich mich sonst nie jemandem öffne. Ich hingegen weiß nichts über sie. Alles, was ich weiß, ist, dass sie auf der Flucht ist. Und dass ich ihr dabei helfen soll.

»Wo willst du hin?« Diese Frage liegt mir schon seit Tagen auf der Zunge. Bis jetzt wusste ich aber, dass sie mir nicht antworten würde.

Ihre Miene war noch nie so offen wie in diesem Moment hier auf der Motorhaube meines Wagens unter den Sternen. Dass sie immer noch hier ist, obwohl ich einen Menschen auf dem Gewissen habe, zeigt mir, dass sie mir vertraut. Andere hätten schon längst die Flucht ergriffen, Lucia nicht.

»Disneyland«, antwortet sie mir und in dieser Sekunde strahlen ihre Augen wie die eines kleinen Mädchens. Egal, wie reif sie sonst wirkt, hier scheint sie wieder ein Kind zu sein.

»Disneyland? Das ist alles?« Ich hatte mit allem gerechnet, nur nicht mit dieser Antwort. Lucia zuckt mit den Schultern und bettet ihren Kopf auf ihren angewinkelten Ellbogen.

»Ich will so vieles. Ich will über einen Gletscher wandern, den Mount Everest besteigen. Ich will in Deutschland ein Maß Bier trinken. In Italien die Weinberge sehen. Einmal auf dem Eifelturm stehen. Und eben ein Foto mit Mickey Mouse schießen.«

Ein Lächeln entsteht auf meinen Lippen, weil ich ihr gern zuhöre. Weil ich es liebe, wie euphorisch sie dabei ist. Zu gern würde ich ihr ein Leben ermöglichen, in dem sie all ihre Ziele erreicht. Aber ich bin nicht der richtige Mann dafür. Ich bin nur dafür da, ihr den Start zu erleichtern, mehr nicht.

»Ich will alles, solange es weit weg von Detroit ist«, setzt sie noch gedankenversunken hinterher. Das ist es, was ich auch will. Ich will Abstand zu diesem Leben gewinnen, das jahrelang meine Realität war.

Solange ich nicht weiß, ob Madeleine noch am Leben ist, bin ich in diesem Teufelskreis gefangen, aus dem ich nicht entkommen kann.

»Ich bin mir sicher, dass du alles schaffen kannst.« Bestärkend blicke ich sie an und ignoriere das Ziehen in meiner Brust, das entsteht, weil sie mich glücklich ansieht. Weil ihre Blicke eine eigene Sprache sprechen.

Verliebt sie sich gerade in mich? Und wenn ja – sollte ich es verhindern? Dabei liegt die Antwort bereits in der Luft: Sie darf sich nicht in mich verlieben.

»Mach die Hand auf«, befehle ich ihr. Wieder einmal beweist sie mir ihr blindes Vertrauen und folgt meiner Anweisung. Ich greife in die Tasche meiner Jeans und lege ihr die Patronen in die Hand. Lucia starrt perplex auf die Kugeln hinab.

»Wieso?«, fragt sie mich mit matter Stimme.

»Weil ich an diesem Abend beinahe zu spät gekommen wäre. Weil du …« Einen Moment zögere ich, entschließe mich aber dafür, ihr alles zu sagen. »Weil du weißt, was ich getan habe und du immer noch hier bist.«

Lucia schluckt schwer und nickt schwach. Die Patronen liegen immer noch in ihrer Hand und sie umklammert sie fest, als würde ihr Leben von ihnen abhängen. In gewisser Hinsicht stimmt es auch. Hätte ich ihr die Kugeln vorher gegeben, hätte sie sich allein gegen dieses Scheusal wehren können.

»Wo soll ich auch sonst hin? Im Moment habe ich nur dich.« Traurigkeit liegt in ihrem Blick, die ich ihr gern nehmen würde. Meine Augen fahren über ihr hübsches Gesicht, und als ich sehe, dass sie ihre Lippen öffnet, gebe ich die Kontrolle ein weiteres Mal ab. Ich beuge mich zu ihr herüber und küsse sie. Lucia lässt die Patronen aus der Hand gleiten, sodass sie klirrend über die Motorhaube zu Boden rollen. Knurrend ziehe ich sie an mich heran und Sekunden später liegt sie auf mir.

Ihre Haare kitzeln an meinem Hals, ihr graziler Körper presst sich drängend gegen meinen. Ich sollte hier aufhören. Sollte denselben Fehler kein zweites Mal machen. Dennoch denke ich nicht einmal daran, den Kuss zu unterbrechen.

Unsere Münder verschmelzen miteinander und der Stoff meiner Jeans spannt sich eng an meinem Schritt. Ich will sie. Auch wenn ich weiß, dass ich es nicht sollte.

Ich sollte sie von hier wegbringen und sie nie wieder sehen. Stattdessen rutsche ich mit ihr von der Motorhaube herunter, sammle die Patronen auf, und trage sie mit anschließender Leichtigkeit zurück zum Motel.

Sobald wir das Zimmer hinter uns verschlossen haben, bringe ich sie zum Bett und lege sie auf die Matratze. Lucia trägt lediglich ein langes Shirt und eine kurze Shorts, die ich ihr eilig ausziehe.

Raunend beuge ich mich über sie, liebkose ihren Hals und genieße es, dass sie ihren Kopf dabei ekstatisch in den Nacken wirft.

In diesem Moment würde niemand vermuten, wie zerbrechlich diese Frau eigentlich ist. Ihre Hände greifen nach dem Saum meines Shirts, das sie mir kinderleicht auszieht. Ihre kalten Fingerspitzen gleiten über meine nackte

Brust und sorgen dafür, dass meine Muskeln unter ihren Berührungen zusammenzucken.

»Wieso kann ich dir nicht widerstehen?«, frage ich sie mit rauer Stimme, als ich ihr ebenfalls aus dem Shirt geholfen habe. Ihre Brustwarzen recken sich mir entgegen, ohne dass ich sie dafür berühren muss.

»Ich weiß es nicht«, antwortet sie mir und hält meinem Blick ohne Probleme stand. Sie weiß es nicht, ebenso wie ich. Etwas an dieser Frau zieht mich magnetisch an. Ich weiß nur nicht, was es ist.

Wieso ich meine Prinzipien bei ihr über Bord werfe, als wären sie nie von Bedeutung gewesen. Ich war nie willensschwach, nur bei ihr verliere ich meinen Willen und lasse sie die Kontrolle übernehmen.

Lucia liegt halbnackt unter mir, ihre helle Haut steht in starkem Kontrast zu dem dunklen Laken, auf dem sie liegt. Ihr Körper ist zierlich, ihre Taille schmal, ihre Hüften ausladend. Wenn man genau hinsieht, kann man den Ansatz eines Sixpacks unter ihrem flachen Bauch erkennen.

Mein Mund wandert hinab zu ihrem Dekolleté, auf dem immer noch die Blessuren zu sehen sind. Sanft küsse ich eben diese Stelle und beobachte erleichtert, dass sie sich entspannt.

Sie vertraut mir, weiß, dass ich ihr nie wehtun würde. Entschlossen drehe ich sie um, sodass sie mit dem Rücken zu mir daliegt. Rasch zücke ich ein Kondom, öffne meine Jeans und streife mir den Schutz über. Ihr Po, der in dem schwarzen Slip unwiderstehlich aussieht, raubt mir den Verstand. Langsam fahre ich ihre Wirbelsäule entlang, bis ich den Bund ihres Slips erreiche und ihn sachte nach unten streife. Blut sammelt sich an einer Stelle meines Körpers, die sich nach ihrer Nähe sehnt.

Lucia sagt nichts, sie genießt nur. Genau wie ich. Meine Finger fahren über ihre Rundungen, bevor ich ihr Becken anhebe und sanft in sie eindringe, ohne mir die Jeans dabei auszuziehen.

Ein Stöhnen entflieht uns beiden, als ich ganz in ihr bin. Ihre Nässe legt sich um mich, sodass ich ihr Becken noch entschlossener an mich heranziehe.

Je länger wir miteinander verschmelzen, desto schneller und entschlossener werde ich. Lucia krallt sich in dem Laken fest, kann sich ein Stöhnen nicht verkneifen und treibt mich damit weiter an.

Ihr Po schlägt gegen mein Becken, je härter ich mich in sie ramme. Ihre Enge legt sich um mich und ich lasse den Kopf stöhnend in den Nacken fallen.

Wir verschmelzen miteinander, werden eins. Blenden alles andere aus. Bevor Lucia ihren Höhepunkt erreicht, ziehe ich mich zurück, drehe sie wieder zurück auf den Rücken und sehe sie grinsend an.

Ein leichtes Lächeln huscht über ihr Gesicht, ihre Augen blicken mich derweil lasziv an. Während ich unseren Blickkontakt halte, presse ich ihre Beine auseinander, schiebe mich zwischen sie und dringe abermals in sie ein. In dieser Sekunde vergesse ich, was ich getan habe. Ich verdränge, dass ich einen Menschen auf dem Gewissen habe. Dass ich uns beide in Gefahr gebracht habe. Alles wird unwichtig, nur noch die Frau unter mir zählt.

Selbst Madeleine rückt in den Hintergrund, obwohl sie sonst jede Sekunde meiner Gedanken für sich einnimmt. Seit drei Jahren habe ich immer ihr Bild vor Augen, nur jetzt nicht. In dieser Nacht schlafe ich mit Lucia und gebe mich ihr hin. Ohne an eine andere Frau zu denken. Ob sie es schaffen könnte, mich zu heilen?

BLICKKONTAKT

»Du gehörst mir.« Niklaus liegt neben mir, nachdem er mich gegen meinen Willen genommen hat. Dass es mir nicht gut ging, war ihm egal, wie jedes Mal. Dass ich Schmerzen dabei hatte, interessiert ihn nicht.

Jetzt liegt er dicht hinter mir, sein Schwanz drückt sich gegen meinen Po. Ich presse die Zähne zusammen, will stark bleiben. Für mich. Nicht für ihn.

»Sag es!«, fordert er mich auf. Immer wieder muss ich ihm versichern, dass ich ihm gehöre. Dass er mich nehmen kann, wann er will. Dass ich kein Mitspracherecht habe, weil mein Körper nur ihm gilt.

»Ich gehöre dir«, spreche ich ihm leise nach. Man hört mir an, dass ich Schmerzen habe. Nur Niklaus interessiert es nicht. Er findet es gut, mir Blessuren zuzufügen, die anderen Kerlen in unserem Umfeld zeigen, dass ich sein bin.

Wenn sie die blauen Flecken sehen, wissen sie, dass sie mir nicht zu nahe kommen dürfen. Dass nur er mich schlagen und demütigen darf. Immer wieder hatte ich gehofft, dass ich eines Tages auf einen Mann treffen würde, der mich retten will. Jemand, der mich aus seinen

Fängen befreit und mit sich nimmt. Schluchzend presse ich den Kopf in das Kissen und versuche, dabei so leise wie möglich zu sein.

Niklaus bläst mir den Rauch seiner Zigarre ins Gesicht, während seine freie Hand zwischen meine Beine greift. Ich bin nicht feucht, das werde ich schon lange nicht mehr.

Das Einzige, was mich befeuchtet, ist sein Sperma. Es ist ein Wunder, dass ich immer noch nicht schwanger bin. Wenn ich ihm sagen würde, dass ich verhüten will, würde er mich bluten lassen, immerhin habe ich es mehr als einmal probiert.

Seine Flüssigkeit sammelt sich zwischen meinen Beinen, die er mit seinem Daumen auf meiner Haut verteilt. Ich presse die Beine zusammen, will, dass er endlich aufhört und mich heute einfach nur noch schlafen lässt. Der Rauch seiner Cohiba steigt mir in die Nase und bringt mich zum Husten.

»Entspann dich!« Seine Stimme ist so kalt, so klar, so starr. Wie die Klinge eines Messers, das er mir jedes Mal mitten in die Brust rammt, wenn er mich fickt.

»Oh Baby. Du machst mich verrückt«, säuselt er an meinem Ohr. Tränen rinnen über mein Gesicht, als er seine Hand von meinem Schritt nimmt. Ich spüre seine Härte an meinem Po, und ehe ich mich winden kann, drängt er seine Erektion gegen meine Scham.

Ich will ihn anschreien, will ihm sagen, dass ich eine Pause brauche, aber ich ertrage die Schmerzen stumm. Sekunden später dringt er das dritte Mal in Folge in mich ein. Er bricht mich. Dreimal in einer Nacht. Tief in meinem Inneren weiß ich, dass ein viertes Mal folgen wird.

Als ich das nächste Mal wach werde, atme ich erleichtert auf, weil ich *seine* Blicke auf mir spüre. Weil ich weiß, dass Ace neben mir liegt und mich ansieht. Dass ich nur schlecht geträumt habe und Niklaus nicht hier ist.

Ace hat wieder mit mir geschlafen, dieses Mal härter. Nicht sanft. Und dennoch war es schön. Keine Ahnung, was ich machen würde, wenn er wieder verschwunden wäre, nachdem er in mir war.

Ein Lächeln umspielt meine Lippen, weil ich spüre, wie sich seine Iriden in mein Gesicht brennen. Seine Blicke sind so stechend, dass ich rot anlaufe. Wir waren einander so nah. Näher als sich Fremde sein sollten.

Wieso zum Teufel ist es mir jetzt unangenehm, von ihm angesehen zu werden? Er hat bereits alles an mir gesehen. Hat mich berührt, mich geküsst und mit mir geschlafen.

»Süß, die Kleine. Siehst du, wie rot sie wird?« Ich reiße die Augen auf, werde panisch. War ich bis eben noch im siebten Himmel, schlage ich jetzt mit voller Wucht auf dem Boden der Tatsachen auf. Diese Stimme gehört ihm nicht. Es ist nicht Ace, der mich ansieht, sondern jemand anderes. Aber wer?

Ich rapple mich auf und blicke in schwarze, kalte Augen. Ein Mann sitzt an meinem Bett. Er hat kurze, dunkle Haare, schokoladenfarbene Haut und eine Zigarette steckt zwischen seinen rissigen Lippen. Seine Hand gleitet unter die Decke, wo er nach meinen nackten Schenkeln greift und meinen Oberschenkel fest umschließt. »Fass mich nicht an!«, fauche ich und blicke panisch zu Ace herüber, doch er hält die Augen geschlossen. Plötzlich erscheint ein weiterer Mann in meinem Blickfeld, der sich neben Ace ans Kopfende des Bettes stellt und den Rauch aus seiner Lunge bläst.

»Keine Sorge, dein kleiner Freund macht nur ein kurzes Nickerchen, damit wir uns auf dich konzentrieren können.« Galle steigt in mir auf, als ich sehe, dass Ace bewusstlos ist. Er schläft nicht, nein. Er ist nicht bei sich.

Die Hand des Mannes zu meiner Linken wandert höher, bis er mit seinem Daumen gegen meine nackte Scham stößt. Zischend zieht er die Luft und den Rauch der Kippe ein.

»Du bist ja schon vorbereitet«, verkündet der Kerl feierlich und bedeutet seinem Freund, dass er zu ihm kommen soll.

»Komm her und schau es dir an.« Ich presse die Augen zusammen, wehre mich gegen die Hand des Mannes, bin aber zu schwach.

Unendliche Schwere durchflutet mich, als hätten sie mich ebenfalls betäubt. Meine Beine wollen treten, aber sie können nicht.

Meine Hände schlagen, aber sie sind taub. Alles in mir ist taub. Nur die Berührungen des Mannes, die spüre ich allzu deutlich.

»Rutsch mal«, grummelt der zweite der beiden Männer. Sekunden später hat er den Platz des anderen eingenommen, seine Hand ebenfalls unter die Decke geschoben und mich angefasst. Sein Daumen streicht ruppig über meinen Kitzler, sodass ich innerlich aufschreie.

»Lasst mich gehen«, knurre ich, obwohl ich weiß, dass ich mir auf die Zunge beißen sollte, wenn ich nicht auf der Stelle sterben will.

Hilfe suchend blicke ich mich in dem Raum um und stelle fest, dass die beiden Männer die einzigen hier sind. Wie konnten sie unbemerkt in unser Zimmer eindringen? Ich weiß, dass Ace normalerweise einen leichten Schlaf hat …

Ehe ich mir einen Plan überlegen kann, hat mich der zweite von ihnen vom Bett gezerrt und auf den Boden geschmissen. Meine Knie schürfen auf, als ich mich darauf abstütze, genauso wie meine Handflächen.

»Wir sollen dich gehen lassen?« Der mit den kurz geschorenen Haaren wirft dem mit der Glatze ein teuflisches Lachen zu.

»Du wirst erst einmal dafür büßen, was dein kleiner Freund da drüben …« Er deutet auf Ace, der immer noch betäubt im Bett liegt. »… unserem Freund angetan hat.«

Wellen der Angst durchziehen mich, als der Kerl ein Messer zückt, sich zu mir herunterbeugt und es an meine Kehle hält. Ich presse Augen und Lippen zusammen, wünsche mich in eine andere Welt.

Mir war klar, dass sie uns finden würden. Aber ich hätte nicht damit gerechnet, dass es so schnell gehen würde. Insgeheim hatte ich gehofft, dass wir uns bei Sonnenaufgang aus dem Staub machen könnten.

»Und dann, wenn du halb tot bist, ist er dran«, versichert mir der Glatzkopf, der sich jetzt zu dem Mann mit dem Messer gesellt. Ihre Blicke bringen mich bereits jetzt um, obwohl sie mir noch nichts getan haben.

Die Schwärze in ihren Augen zeigt mir, dass sie von der ganz üblen Sorte sind. Alles, was ich trage, ist Ace' Shirt. Mehr nicht. Die kühle Klinge des Messers fährt über meine Hauptschlagader und ich verdränge mein leises Wimmern.

Auch wenn ich nicht weiß, wie ich entkommen soll, fasse ich einen Entschluss. Und der beinhaltet es nicht, hier in diesem dreckigen Motel zu sterben.

Das hier darf nicht mein Ende sein. Ich hole mit meinem Knie aus und trete dem Mann über mir in den Schritt. In dem Moment, in dem er von mir abläsft und das Messer zu Boden fällt, krieche ich über den Boden zum Bett herüber.

Dass mich einer der beiden von der Flucht abhalten würde, war mir klar.

»Na, na, wo willst du denn hin, Prinzessin?« Der Glatzkopf packt mich an den Knöcheln und zieht mich ein Stück an sich heran.

Mit der einen Hand umgreift er seine Knarre, die andere öffnet seine Hose. *Nein*. Alles in mir zerspringt in Abertausende Teile. Beim Gedanken daran, dass mir das hier wieder angetan wird, verätze ich innerlich. Nein. Nein. Nein. Nicht schon wieder.

»Bitte nicht«, japse ich nach Luft und werfe einen flehenden Blick zu Ace herüber, der immer noch nicht bei Bewusstsein ist. Der Kerl, dem ich einen Tritt in die Eier verpasst habe, bäumt sich wieder auf und stellt sich neben den anderen.

Beide blicken schadenfroh auf mich hinab. Sie betrachten mich wie eine Trophäe, die sie gewonnen haben. Als wäre ich in ihren Augen kein Mensch, sondern eine Puppe, mit der sie jetzt spielen wollen.

»Dann wollen wir mal«, knurrt der Glatzkopf, packt seinen Schwanz aus, und als ich seine Erektion sehe, muss ich würgen.

Der Gedanke daran, dass sie mir ihre Schwänze in den Mund stecken wollen, zerreißt mich. Von Niklaus missbraucht zu werden, war eine Sache, das hier ist ein anderes Kaliber.

Wimmernd wehre ich mich, will aufstehen, werde aber mit einem Tritt zu Boden gerungen. Blut sammelt sich an meinen Mundwinkeln, an der Stelle, an der mich sein Fuß mit voller Wucht getroffen hat.

Schwarze und weiße Punkte entstehen vor meinem inneren Auge, mir wird schwindelig und ich weiß nicht, wie lange ich noch bei Bewusstsein bin.

Vermutlich wäre es leichter, einfach in die Ohnmacht zu sinken, damit ich nicht mit ansehen muss, was sie mit mir vorhaben.

Danach will ich mir ohnehin nicht mehr ins Gesicht sehen. Etwas an der Dunkelheit in ihren Blicken sagt mir, dass sie mich nicht am Leben lassen werden.

Bevor der Glatzkopf zu mir herunterkommt, um mir seinen Schwanz in den Rachen zu stecken, sammle ich meine letzte Kraft zusammen, krabble ein Stück nach oben und greife entschlossen unter das Bett zu Ace' Revolver, der neben meinem liegt.

Mit zitternden Fingern ziele ich auf das Knie des Mannes und drücke ab, ohne zu wissen, ob ich ihn treffen werde. Als der Kerl schreiend zu Boden knickt, weiß ich, dass ich ihn erwischt habe. Mein Körper bebt, meine Lunge geht pfeifend, mein Herz rast.

Blut sammelt sich an meinen Beinen, das nicht mir gehört. Ich sollte mich schlecht fühlen, sollte das Gefühl seines Blutes auf mir verabscheuen. Sollte die Waffe fallen lassen und mich meinem Schicksal hingeben, egal, wie düster es ist.

Und doch kann ich nicht leugnen, dass mir die Macht, die mir die Waffe verleiht, gefällt.

Dass ich es genieße, diesem Kerl Schmerzen zuzufügen. Bevor ich dem zweiten ebenfalls in die Kniescheibe schießen kann, tritt er mir den Revolver aus der Hand. Sein starrer Blick sollte genügen: Das hier wird mein Tod sein.

»Ace«, flüstere ich. Doch er hört mich nicht. Zum zweiten Mal in so kurzer Zeit wird er zu spät sein. Und etwas an den kalten Augen des Mannes über mir sagt mir, dass ich nicht mehr am Leben sein werde, wenn Ace wieder aufwacht.

SCHWERE ENTSCHEIDUNGEN

»Lass uns gehen, Baby.« Ich ziehe sie an mich heran und gebe ihr einen Kuss auf den Scheitel. »Irgendwohin, nur weg von hier.« Der Gedanke daran nistet sich schon seit Wochen in mir ein.

Madeleine legt ihren Kopf gegen meine Schulter und blickt zu mir auf. Ihr Blick spricht tausend Bände. Sie will alles, nur nicht gehen. Was hält sie nur hier? Mich hält nichts mehr.

»Du weißt, dass wir nicht einfach gehen können«, zerstreut sie meine Hoffnung mit einem Satz. Unter ihren braunen Augen liegen violette Schatten, die mir zeigen, dass sie etwas bedrückt.

Doch so sehr ich mich auch ins Zeug lege, sie verrät mir nicht, was es ist. Und dabei dachte ich einst, dass wir uns alles anvertrauen. Dass sie alles über mich und ich alles über sie weiß. Ersteres stimmt, doch was ist mit dem zweiten Punkt?

»Und wieso nicht? Was hält uns noch hier?« Meine Hände liegen auf ihrer Taille, ihre Hände umklammern meine. Ich liebe es, ihr so nah zu sein. Ihr in die Augen zu sehen. Sie zu fühlen.

Madeleine ist diejenige, die mich immer wieder vor dem Fall rettet. Die das Leben in diesem Dreck hier irgendwie erträglich macht.

»Wir haben Freunde hier. Ein Leben. Wir können nicht einfach alles zurücklassen«, ermahnt sie mich, was mich nur den Kopf schütteln lässt. Das kann sie unmöglich ernst meinen.

»Diese Kerle sind nicht unsere Freunde.« Wut steigt in mir auf, weil ich nicht einsehen will, dass mir diese Männer ein neues Leben verwehren.

»Deine vielleicht nicht, aber meine. Bitte, Ace. Das Thema hatten wir schon so oft.« Sie will sich von mir abstoßen und im Streit auseinandergehen, aber ich halte sie fest.

Seufzend dreht sie sich in meiner Umarmung um, sodass sie mich direkt ansehen kann. Sie ist sicher einen Kopf kleiner als ich, sodass sie sich auf die Zehenspitzen stellen muss, um mich zu küssen. Der Kuss endet viel zu abrupt, als sie sich wieder von mir löst und ihre Stirn gegen mein Kinn lehnt.

»Ich brauche kein anderes Leben, Ace. Ich mag mein Leben. Wenn ich hier mit jemandem glücklich werden kann, dann mit dir.« Ihre Worte sorgen dafür, dass ich mich entspanne, obwohl ich sie am liebsten umstimmen und einfach von hier fortbringen würde.

»Wenn du bleiben willst, bleibe ich auch.« Es ist ein Versprechen, das ich ihr gebe. Hätte ich gewusst, dass sie mich Tage später verlassen würde, hätte ich ihr dieses nie gegeben.

***

Ein Wimmern klart meinen Traum auf. Ich öffne die Augen, doch alles, was ich sehe, ist ein waberndes Grau, das vor meinem Gesicht hin und her tanzt. Das Letzte, an das ich mich erinnere, ist Lucy, die in meinen Armen einschlief.

Ich will etwas sagen, aber diese Schwere in meinem Körper sorgt dafür, dass ich nichts auf die Reihe bekomme. Als hätte ich einen Kater der ersten Klasse. Dabei habe ich seit Tagen keinen Schluck Alkohol mehr zu mir genommen. Irgendetwas stimmt hier nicht!

Ich sammle meine Kraft zusammen, um neben mir nach Lucia zu tasten, aber die Bettseite ist leer. Sofort schnürt mir die Panik den Kehlkopf zu. Was, wenn ihr dieser Wichser hierher gefolgt ist? Wenn er sie dieses Mal endgültig brechen wird?

»Fuck, die Kleine wird dafür büßen! Am liebsten würde ich sie mit zu Alvin nehmen und sie ihm überlassen«, knurrt eine dunkle Stimme.

Allein beim Klang dieses Namens zittere ich am ganzen Körper. Alvin. Mein Herz pocht unmenschlich schnell, meine Atmung setzt aber nur langsam wieder regulär ein. Alvin. Fuck, sie sind hier. Sie haben uns gefunden.

Auch wenn sich mein Körper immer noch dagegen sträubt, blinzle ich die dichten Nebelschwaden vor meinem Gesicht weg und blicke mich um. Links neben dem Bett kann ich zwei Männer sehen, die abwertend zu Boden starren. Aus ihrem Blickwinkel können sie mich nicht sehen.

Jedes Glied in meinem Körper sticht schmerzlich, als ich mich aufsetze und aus dem Bett taumle. Ich greife mir den erstbesten Gegenstand, den ich in die Finger kriege und schleppe mich mühsam auf die andere Seite des Bettes.

Alles verschwimmt vor meinen Augen, als ich aushole und einem der beiden Männer meinen Laptop auf den Hinterkopf schlage. Sofort geht er zu Boden.

»Ace«, wispert mir diese allzu vertraute Stimme zu. Die Stimme, die mich davon abhält, aufzugeben und zurück ins Bett zu sinken. Ich fühle mich schlapp, ausgelaugt. Ja, ich bin mir sogar ziemlich sicher, dass mir diese Pisser ein Beruhigungsmittel verabreicht haben.

»Du hast ihm nicht genug gegeben, du Wichser!« Der zweite der Männer will auf mich zuhumpeln, als mein Blick auf seinem zerschossenen Knie landet.

Ich hole aus und trete ihm direkt gegen die Reste seiner Kniescheibe, sodass auch der zweite zu Boden geht. Der andere Kerl scheint immer noch nicht bei Bewusstsein zu sein.

»Lucia«, flüstere ich, werfe mich auf die Knie und helfe ihr hoch. Sie zittert am ganzen Leib, versichert mir aber leise, dass es ihr gut geht. Dass ich dieses Mal nicht zu spät war.

»Komm hoch.« Mit dieser Bitte stemme ich sie hoch und setze sie anschließend auf das Bett. »Du musst mir helfen.« Meine Gedanken überschlagen sich, weil ich nicht weiß, was ich mit den beiden Männern machen soll.

Einfach abknallen? Sie festbinden und zurücklassen, bis sie gefunden werden? Rotierend sorgen sie dafür, dass sich ein stechender Schmerz in meiner Schläfe ausbreitet.

»Wir müssen sie fesseln.« Mein Entschluss steht fest. Lucia wartet keine weiteren Anweisungen ab, stattdessen kramt sie in ihrer Tasche nach Kleidungsstücken, die wir zum Fesseln benutzen können, und reicht mir eines davon. Nur mühsam schaffe ich es, die beiden Kerle auf die Stühle zu hieven.

»Ich mach das.« Mit diesen Worten tritt Lucia an meine Seite und fesselt die Hände und Beine des Glatzkopfes mit dem zerschossenen Knie an dem Stuhl fest.

»Dafür werdet ihr büßen«, knurrt er, was ich geflissentlich ignoriere, während ich den zweiten mit der Platzwunde am Hinterkopf ebenfalls festbinde.

»Was habt ihr jetzt vor? Uns hier verrotten lassen? Alvin wird uns finden«, lacht er höhnisch. Sekunden später kracht meine Faust in sein Gesicht und sein Kiefer knackt zur Seite. Blut sammelt sich an seinen Mundwinkeln und tropft zähflüssig auf seinen Schoß. Anscheinend bin ich doch nicht so schwach, wenn ich es noch schaffe, ihm den Kiefer zu brechen.

»Wo. Ist. Sie?« Langsam aber sicher komme ich wieder zu Kräften, das Adrenalin sorgt dafür, dass ich gegen die Mittel in meinem Körper ankämpfe.

Ich bin stärker als sie. Und ich weiß, dass ich auch stärker als Alvin sein kann. Lucia steht leblos neben mir, die Hände vor der Brust verschränkt.

Man sieht ihr an, dass sie überfordert ist und doch schlägt sie sich tapfer. Der Mann mit der Platzwunde am Kopf bleibt weiterhin bewusstlos, also antwortet mir der Glatzkopf.

»Suchst du etwa immer noch nach der Kleinen?« Sein Sarkasmus bringt alles in mir zum Kochen. Braune Iriden entstehen vor meinem geistigen Auge.

Braune Augen und braune Haare. Es macht mir panische Angst, dass ich mich nicht mehr genau an den Farbton erinnern kann.

Viel zu viel Zeit ist vergangen. Viel zu lange konnte ich sie nicht mehr im Arm halten und ihr versichern, dass ich ihr ein besseres Leben schenke. Eines Tages.

»Sag mir einfach, wo ich sie finden kann.« Ich gehe nicht auf seine Frage ein, will ihm kein Schießpulver in die Hand drücken, mit dem er mich weiter angreifen kann.

»Sag mal, Kleine. Wie ist es eigentlich, nur die zweite Wahl zu sein?« Teuflisch lacht er auf und deutet auf Lucia. »Wie ist es, von ihm gefickt zu werden, während er an eine andere denkt?«

Lucia wendet sich von ihm ab und ich kann ihr ansehen, dass sie sich dieselbe Frage schon einmal gestellt hat. *Fuck, ich bin so ein Wichser.*

Als Antwort trete ich dem Kerl mit der krummen Nase noch einmal gegen sein Knie, was er ohne mit der Wimper zu zucken hinnimmt. Diese Kerle sind robust, das muss ich ihnen lassen.

»Lass uns gehen, Ace.« Es ist Lucia, die mich davon abhält, den Kerl noch an Ort und Stelle auf meine Art zum Schweigen zu bringen.

»Ja, hör auf deine kleine Schlampe. Alvin wird sich schon fragen, wo wir sind. Und wenn er erst einmal hier ist, wird er von deiner Süßen nichts mehr übrig lassen. Dann wird ihre Zunge alles sein, was dir von ihr bleibt.«

»Ace, bitte. Lass uns gehen!« Verzweiflung ziert ihre Stimme und ich ringe mit mir selbst. Weiß nicht, ob ich seinen Worten glauben soll oder nicht.

Alvin wird direkt hergeführt, ich müsste mich nur hier hinsetzen und mit geladener Knarre auf ihn warten. Doch dann denke ich wieder an Lucia und daran, dass sie Angst hat. Dass ich nicht will, dass ihr meinetwegen etwas passiert. Dieses Szenario könnte ich mir nie verzeihen, egal, wie viel mir Madeleine bedeutet.

Wenn ich noch heute in Chicago ankomme, könnte ich ihr Nest vielleicht stürmen, ohne auf Alvin zu treffen. Mit den anderen werde ich fertig, nur er bereitet mir Kopfschmerzen.

»Bitte.« Noch einmal zerrt sie an meinem Ärmel, um mich aus meiner Starre zu befreien. Mein Verstand will ihr folgen und sie von hier wegbringen, mein Herz will hierbleiben und auf meinen Feind warten. Letztendlich lasse ich das erste Mal seit langer Zeit meinen Verstand gewinnen.

»Wenn er hier auftaucht, kannst du ihm etwas ausrichten.« Ich beuge mich über den Kerl, der noch bei Bewusstsein ist und flüstere ihm meine Botschaft zischend ins Ohr.

»Wenn ich ihn finde, wird er sterben.« Meine Drohung kommentiert er mit einem lauten Prusten, das ich ihm stopfe, indem ich ihm meine Knarre gegen die Schläfe knalle. Seine Augen sacken zusammen, ebenso wie sein Kopf, der nach unten schnellt. Weiteres Blut tropft aus seiner hässlichen Visage und landet auf seinem Schoß.

»Komm, wir haben keine Zeit.« Ich sehe Lucia nicht an, während ich meine Sachen zusammenpacke und den Ausgang ansteuere. Sie folgt mir lautlos. Es zerfrisst mich, dass ich ihr nicht sagen kann, dass es hier enden wird.

Sobald wir am Wagen angekommen sind, nehme ich sie ein letztes Mal in meine Arme. Lucia schmiegt ihren Kopf an meine Brust und atmet tief durch.

Innerlich zerspringe ich bei dem Gedanken an das, was ich gleich tun muss. Hätte ich gewusst, wo wir jetzt stehen, hätte ich sie nie mitgenommen. Dann hätte ich ihr mein Geld abgezogen und hätte sie gehen lassen.

Ich habe alles nur noch schlimmer gemacht, als ich auf ihren Deal eingegangen bin.

Nur, weil ich nicht allein sein wollte. Ich bin erbärmlich. Erbärmlich und feige. Damit muss Schluss sein. Ein für alle Mal.

»Danke«, flüstert sie, ohne zu wissen, dass ich ihr gleich in den Rücken fallen werde. Dass ich ihr Vertrauen in mich missbrauche, so wie sie immer wieder missbraucht wurde. Es geht nicht anders.

Tränen brennen in meinen Augen, die mir zeigen, dass ich sie nicht mitnehmen kann. Sie wird immer wieder meine Schwäche sein. Und ich darf nicht mehr schwach sein, wenn ich *sie* retten will.

Madeleine muss meine Priorität sein, sonst waren die letzten drei Jahre umsonst. Jeder Kampf, jede Träne, jede Spur.

Alles wird nichtig, wenn ich sie jetzt nicht gehen lasse. Da ich mich, als ich losfuhr, auf alle Eventualitäten vorbereitet habe, steht meinem Plan nichts mehr im Weg. Auch wenn sich mein Innerstes dagegen sträubt, ihn umzusetzen.

»Es tut mir leid.« Diese Worte murmle ich in ihr wüstes Haar, während ich ein in Chlorophyll getränktes Tuch aus meiner Tasche ziehe und ihr vor den Mund halte. In Sekundenschnelle sackt sie in meinen Armen zusammen und schließt erschöpft die Augen.

Sie sieht so friedlich aus, als würde sie schlafen. Ich fahre mit meinem Daumen über ihre Schläfe, streiche ihr die Haare aus der Stirn und stütze sie, damit sie nicht am Boden aufschlägt. Sobald ich das Auto geöffnet habe, bette ich sie auf die Rückbank und fahre los. Mein Blick wandert zum Rückspiegel, sodass ich sie einen Moment lang beobachten kann. Ein allerletztes Mal. Für immer. Es tut mir so leid …

EINSAM IM NIRGENDWO

Bilder verzerren sich, Bilder von ihm, Bilder von mir. Von uns. Letztendlich tauchen zwei Gesichter auf, an die ich mich nur zu gut erinnere. Männer, die an meinem Bett sitzen und mich angaffen wie ein Ausstellungsstück in einem Museum. Mich gegen meinen Willen berühren. Wie ich schon viel zu viele Male berührt wurde.

Das hässliche Lachen des Glatzkopfes, gefolgt von meiner zitternden Hand, die die Waffe auf ihn richtet und abdrückt. Blut, Schreie, Flüche.

Erst das letzte Bild sorgt dafür, dass meine Atmung reguliert wird und die Panik aus meinen Lungen weicht.

Ace. Seine grauen Augen mit dem blauen Stern.

Seine Hände, seine Berührungen, seine Küsse. Jedes Wort, das seine Lippen verlassen hat, als er in mir war. Mir nah war und mich davor bewahrt hat, zusammenzubrechen.

Ich habe jegliches Gefühl für die Zeit verloren, weiß nicht, wo wir sind, geschweige denn, was wir als Nächstes tun werden. Müde schlage ich die Lider auf und bemerke, dass ich wieder auf der Rückbank liege.

Mühsam versuche ich, mich aufzusetzen, aber weil meine Glieder schwer wie Blei sind, sacke ich wieder zusammen. Ein grauer Schleier liegt vor meinen Augen und mein Kopf fühlt sich seltsam taub an.

Es fällt mir schwer, die Augen offen zu halten, dennoch rapple ich mich letztendlich auf und blicke nach vorn. An den Platz, an dem Ace normalerweise sitzt, die Melodie des Radios mitsummt und mich im Rückspiegel beobachtet. Doch sein Sitz ist leer.

Die Zeit verstreicht, ich versuche, zu mir zu kommen, und bemerke plötzlich, dass ich mich anders fühle. Dass mir dieses Auto so fremd vorkommt.

Ich blicke mich suchend in dem Wagen um. Der Sitz unter mir, der sonst von Leder überzogen ist, besteht nun aus mattem Stoff. Das schwarze Armaturenbrett ist jetzt grau.

»Was zur Hölle?« War ich bis eben noch in einem Dämmerzustand gefangen, bin ich jetzt hellwach. Hellwach und völlig verwirrt. Das hier ist nicht Ace' Wagen. Und wo zum Teufel steckt er?

Meine Finger fahren über den Stoff der Rückbank, den ich noch nie an meiner Haut gespürt habe. Bis jetzt. Etwas muss passiert sein. Aber was?

Krampfhaft versuche ich, mich an die letzten Sekunden zu erinnern, doch mich empfängt nur Leere. Ich weiß, dass wir aus dem Motel geflüchtet und zu seinem Wagen gegangen sind. Dass er mich in den Arm nahm, mich hielt, mir Sicherheit gab. Ich presse die Augen zusammen, versuche, das Puzzle zu vervollständigen. Doch alles, was ich bekomme, sind stechende Kopfschmerzen, die die Taubheit mit einem Ruck ins Jenseits schicken. Dabei war mir diese Taubheit lieber als das Stechen, das mich jetzt plagt.

»Ace?«, frage ich sanft, in der Hoffnung, ich würde nur träumen und aufwachen, wenn er meine Stimme hört. Aber es passiert nichts. Ich sitze immer noch in einem fremden Wagen, ohne ihn.

Mit fremden Gefühlen in mir. Wieder versetze ich mich zurück in meine letzten Erinnerungen. Sein Daumen, der über meine Schläfe streicht und mich beruhigt. Beruhigt … aber weshalb? Einige Sequenzen bleiben im Verborgenen liegen, egal, wie stark ich sie an die Oberfläche ziehen will.

In meine Nase steigt sein Duft, der immer noch so erfrischend ist wie bei unserer ersten Begegnung in Detroit. Ingwer und Grapefruit.

Ich kann seine Brust förmlich unter meinen Handflächen spüren. Und doch sitze ich allein hier und habe keine Ahnung, was seitdem passiert ist. Wo ich bin und wo Ace sich vor mir versteckt.

Nur langsam schwappen weitere Erinnerungen an den Rand meines Unterbewusstseins. Seine Arme, seine beruhigende Stimme, sein verzweifelter Blick. »Es tut mir leid«, wiederhole ich seine letzten Worte, bevor alles schwarz wurde.

Was zur Hölle sollte ihm denn leidtun? Egal, wie tief ich in meinem Gedächtnis nach dem Rest des Bildes suche, eine Ecke davon fehlt und will nicht aufklaren.

Ein weiteres Mal blicke ich mich in dem mir unbekannten Wagen um, der so neu riecht, als wäre er kein einziges Mal benutzt worden. Meine Augen fahren über das silberne Lenkrad des Fords, in dem ich sitze.

Ein Ford? Wo zum Teufel bin ich? Mein Herz schlägt laut in meiner Brust, meine Hände sehnen sich nach ihm. Nach seiner Haut, seinen Lippen, seinem Haar. Ich bin mir sicher, dass ich in seinem Chrysler eingeschlafen bin!

Erst jetzt schaue ich aus dem Fenster. Der Wagen steht irgendwo im Nirgendwo. Weit und breit ist kein Haus geschweige denn ein anderes Auto zu sehen. Alles, was mich empfängt, ist das Feld zu meiner Rechten.

Blühende Blumen, eine tiefstehende Sonne, die gerade den Tag willkommen heißt, und Leere. Ich rutsche zur Scheibe herüber und starre hinaus, suche nach Ace, finde ihn aber nicht.

Meine Hand fährt zur warmen Fensterscheibe und die Wärme breitet sich in meinem ganzen Körper aus. Ich bin allein, ganz allein. Niemand ist bei mir. Wieso, verdammt noch mal, ist niemand bei mir?

Allmählich überkommt mich Panik, die sich verstärkt, als ich meine Hand sinken lasse und auf einen kleinen Umschlag stoße, der neben mir auf der Rückbank liegt.

Mit schwerem Herzen nehme ich den Umschlag in die Hand, fahre über die verschlossene Seite und reiße ihn schließlich panisch auf, als würde mein Überleben von dem Inhalt abhängen.

Etwas tief in meiner Brust sagt mir, dass ich diesen Umschlag nicht öffnen sollte, aber meine Hände sind schneller als mein Verstand. Und so ziehe ich Sekunden später einen Zettel heraus, der meine Welt auf den Kopf stellt.

Ich kenne seine Schrift, weiß, wie er meinen Namen schreibt. Weiß, dass diese Worte von keinem Geringeren als Ace stammen. Kenne das geschwungene L am Anfang und das starre a am Ende ...

Lucia,

fahr, so weit du kannst. Renne, wenn es sein muss. Blicke nicht zurück. Nie. Und vor allem: Suche mich nicht. Ich wollte dich nie in Schwierigkeiten bringen, wollte nicht, dass dich meine Dämonen plagen. Ich weiß, dass du mit deinen eigenen zu kämpfen hast.

Betrachte den Wagen als Geburtstagsgeschenk, nimm ihn, und verschwinde von hier. Du weißt, wo du hingehörst. Dein Platz ist nicht an meiner Seite. Nicht in Detroit. Nicht in diesem Land.

Denke nicht an mich, rede nicht von mir. Vergiss einfach, dass wir uns begegnet sind.

Leb dein Leben so, wie du es leben willst. Wandere über einen
Gletscher, besteige den Mount Everest, trinke ein Maß Bier in
Deutschland und sieh dir die Weinberge in Italien an.
Und wenn du am Ende deiner Reise auf dem Eifelturm in Paris
stehst, sei glücklich. Versprich es mir, okay?
Lebe dein Leben, wie du es ohne mich getan hättest.
Lebe, lächle, liebe.
Lebe *mit jemandem, der dich verdient hat.*
Lächle *jemanden an, der dich und deine störrische Art zu*
schätzen weiß.
Und ***liebe*** *jemanden, der deine Liebe erwidert wie nie jemand*
zuvor.
Es tut mir leid, dass ich mich so von dir verabschiede, aber, wenn
ich ehrlich bin … war ich zu feige, mich dir zu stellen. Ich bin mir
sicher, dass du es geschafft hättest, mich zum Bleiben zu überreden.
Schließlich bist du seit Jahren die erste Frau, die meine Kontrolle
außer Kraft gesetzt hat. Gott, wir kennen uns erst seit einer Woche
und schon hast du dich in meine Schwäche verwandelt.
Und da liegt das Problem: Ich darf nicht schwach sein. Nicht,
solange ich sie nicht gefunden habe. Denn am Ende des Tages wird
sie immer meine Priorität sein, egal, wie sehr ich mich zu dir
hingezogen fühle. Sie war immer da, war immer mein Anker. Ich bin
es ihr schuldig, für sie zu kämpfen.
Siehst du die Tasche auf dem Beifahrersitz? Mit dem Inhalt
solltest du endlich neu anfangen können. Verschwinde von hier. Hör
auf, zu fliehen und fang an, zu leben, Lucia.
Für mich.

Ich werde nie vergessen, wie wir uns begegnet sind. Wie könnte ich vergessen, was du mit mir abgezogen hast? Ich kann es nicht. Aber du solltest vergessen. Alles.

Es tut mir leid.

Ace.

Tränen rinnen über mein Gesicht und landen auf der Tinte, die unter der Feuchtigkeit sofort verwischt. Das kann er unmöglich ernst meinen. Das hier muss ein schlechter Scherz sein. Das muss es einfach. Ein beklemmendes Gefühl entsteht an der Stelle, an der mein Herz drohend schlägt.

Ich lese die Zeilen ein zweites Mal, will nach einer versteckten Botschaft suchen, in der er mir verrät, dass der Brief gelogen ist. Aber ich finde keine Botschaft. Kein Schlupfloch. Nichts.

Alles, was ich finde, ist die bittere Wahrheit, die mir die Kehle zuschnürt und mich zum Schluchzen bringt. Es sollte mir egal sein, dass er mich hat fallen lassen. Ich war nie darauf aus, mich an ihn zu klammern.

Und doch ist es passiert. Ich war immer allein, hatte nie jemanden, der mir zur Seite stand. Bis ich ihn traf. Vielleicht hatte ich es einfach satt, allein zu fliehen. Vielleicht wollte ich, dass sich endlich jemand für mich interessiert. Für mich als Menschen, nicht als Gegenstand.

Immer wieder versuche ich, mir einzureden, dass man sich nicht innerhalb weniger Tage in jemanden verlieben kann. Doch wenn dein Herz so kaputt ist wie meines, ist es anders.

Ace war der erste Mann, der mich wie eine Frau behandelt hat, nicht wie ein Stück Fleisch. Er hat mich zum Lachen gebracht. Zum Weinen gebracht. Hat mir die letzten Nerven geraubt, wenn er mir nah war. Auf schöne Art und Weise.

Etwas, das Niklaus nie geschafft hat. Ich kralle mich in dem Papier fest und zerknülle den Brief anschließend in meiner Hand, während weitere Tränen über meine Haut rinnen.

Gedanklich gehe ich seine Worte noch einmal durch, sauge die Zeilen und Sätze in mir auf. Bis ich an einem Absatz hängen bleibe, der mich erstarren lässt.

Umgehend steige ich über die Mittelkonsole nach vorn auf den Fahrersitz und entdecke tatsächlich eine Tasche neben mir.

Eilig reiße ich den Verschluss auf und spüre, wie mir die Gesichtszüge entgleiten. Ich greife hinein und fühle das weiche Material der Scheine an meinen Fingerspitzen. Das müssen Tausende von Dollar sein!

Eines steht fest: Ich habe in meinem ganzen Leben noch nie so viel Geld in der Hand gehalten. Und doch ist das einzige Gefühl, das mich durchzieht, Enttäuschung. Was bringt mir sein Geld, wenn ich damit allein bin?

Meine Lunge entlädt sich zischend, meine Tränen versiegen. Nicht, weil ich mich über die Kohle freue, sondern weil ich mich ohnehin leer fühle. Anfangs wollte ich nur eines von Ace: sein Geld.

Jetzt habe ich es und könnte kaum unglücklicher sein. Wut steigt in mir auf und verdrängt den Schmerz, der sich wie eine schwarze Kreatur um meine Seele schlingen will. Ich darf sie nicht gewinnen lassen, muss stark bleiben.

Meine Wut verwandelt sich schon Sekunden später in Hass, weil Ace über meinen Kopf hinweg entschieden hat. Ich wollte bei ihm bleiben, wollte ihm helfen, Madeleine zu finden.

Er hat sich über meinen Willen hinweggesetzt, mich ausgesetzt wie einen einsamen Hund im Nirgendwo. Ich bin es satt, dass es niemanden interessiert, was ich will.

Knurrend stopfe ich das Geld zurück in die schwarze Tasche, schließe sie ruckartig und starte den Motor mit dem Schlüssel, der bereits im Schloss steckt.

Ich weiß genau, wo er hinwill. Und ich werde ihn nicht gehen lassen. Er soll mir in die Augen sehen und mir sagen, dass ich ihm nichts bedeute … Mit diesem Vorhaben lege ich den ersten Gang ein, lasse die Kupplung los und gebe Gas. Weit kann es bis nach Chicago nicht sein …

Während ich auf die einsame Straße fahre, krame ich mit zitternden Händen mein Handy hervor und wähle Miles' Nummer. Sekunden später geht er bereits ran.

»Hey, Chica, was kann ich für dich tun?« Ein ernst gemeintes Lächeln entsteht auf meinem Gesicht. Alles kann gut werden. Eines Tages. An diesen Wunsch klammere ich mich, so lange es geht.

Gäbe es diese Hoffnung nicht, wäre ich längst nicht mehr am Leben. Dann wäre ich durch Niklaus' Hand längst gestorben. Durch seine Gewalt. Denn seine Gewalt war viel zu lange ein Bestandteil meines Lebens.

»Du hast doch noch die Daten von Ace' Karte, oder?« Er ist mein letzter Strohhalm, meine letzte Hoffnung. Ohne Miles' Hilfe werde ich ihn in Chicago nie finden. Werde nie die Möglichkeit haben, ihm noch einmal unter die Augen zu treten.

»Ja, wieso? Ich dachte, du willst nicht mehr an seine Kohle?«, fragt er mich interessiert und ich muss bei der Erinnerung an unser Kennenlernen schmunzeln.

Er will, dass ich alles vergesse. Als wäre er nie in mein Leben getreten. Aber das kann ich nicht. Und das werde ich auch nicht.

Ich bin es satt, dass sich jemand über meinen Willen hinwegsetzt. Es ist an der Zeit, die Karten neu zu mischen, ob er will oder nicht. »Sein Geld ist mir egal, aber du musst mir helfen, ihn zu finden.«

TÖDLICHE SEHNSUCHT

Ich fahre gerade über die Grenze von Indiana nach Illinois, als mein Handy vibriert. Prüfend blicke ich auf das Touchdisplay meines Wagens und stelle erleichtert fest, dass es nur Bob ist.

»Hey, gibt es Neuigkeiten?« Mit dieser Frage nehme ich das Gespräch an und versuche dabei, nicht zurückzublicken. Nicht daran zu denken, dass sie vermutlich gerade wach wird und feststellt, dass sie allein ist. Dass ich sie hintergangen und ihr Vertrauen missbraucht habe, indem ich sie betäubte.

Sie zurückzulassen, fiel mir nicht nur schwer, es hat mich meine letzte Kraft gekostet. Und dabei brauche ich meine Kraft doch für ihn … und für sie.

»Wo bist du denn?«, fragt Bob, der in Detroit auf seinem Revier sitzt und die Spuren der Tyrannen für mich verfolgt. Durch ihn wusste ich, dass sie in Indianapolis ihr Unwesen getrieben haben. Nur durch seine Informationen sind wir an dem See vorbeigekommen, haben die Leiche entdeckt und … Fuck, ich sollte aufhören, an sie zu denken. Mir auszumalen, wie enttäuscht sie von mir sein muss.

Am Morgen hatte ich nur ein kleines Zeitfenster. Ich wusste, dass sie nicht lange bewusstlos sein würde, also musste ich mir den nächstbesten Autohändler suchen, um ihr einen Wagen zu besorgen, mit dem sie alles hinter sich lassen kann.

Nachdem ich schließlich die Kohle abgeholt habe, musste ich mir einen Ort suchen, an dem sie sicher sein würde, bis sie aufwacht.

Die abgelegene Straße zwischen Indianapolis und South Bend war perfekt dafür. Jetzt, knappe zwei Stunden später, erreiche ich Chicago und könnte mich kaum beschissener fühlen.

Es war nicht meine Absicht, sie zu hintergehen, aber ich wusste einfach, dass es keinen anderen Weg gab, sie zu schützen.

»Ich bin jetzt in Chicago, Bob. Sag mir, was du weißt«, murmle ich und will einfach nur wissen, wo ich sie finden kann.

Damit ich das Ganze schnell hinter mich bringe. Seit ich weiß, dass sie noch am Leben ist, will ich nichts anderes mehr. Und das ist sie, da bin ich mir sicher. Nur habe ich eine höllische Angst davor, mit anzusehen, was sie aus ihr gemacht haben.

»Okay, ich habe mit meinem Kollegen in Chicago gesprochen, man vermutet, dass sie sich in der Nähe der South Side aufhalten. Ich habe die Gegend gecheckt und bin auf eine große Lagerfabrik gestoßen, die seit Jahrzehnten leer steht. Ich denke, das sollte dein erster Anhaltspunkt sein.« Ich umklammere das Lenkrad fest und versuche, das beklemmende Gefühl in meiner Brust loszuwerden. Es gibt kein Zurück mehr. Nicht für mich. Für Lucia schon.

Wieder taucht ihr Gesicht in meinen Gedanken auf, das sich nicht wegblinzeln lässt. Ihre grauen Augen, die so viel Zerrissenheit in sich tragen. Ihre blonden Haare, die in mein Gesicht fielen, als sie mich geküsst hat.

Ihre Art und Weise, mich zu kontrollieren. Sie wollte es nie, aber sie hat es geschafft. Hat es sogar geschafft, dass ich Madeleine für eine Nacht vergesse, obwohl sie immer die Nummer eins in meinem Leben war.

Trotz allem gibt es nur einen Weg für mich, und den muss ich allein hinter mich bringen. Ich hätte niemals jemand Unschuldiges in mein Desaster hineinziehen dürfen. Hätte ihren Deal sofort ausschlagen müssen.

Aber ich konnte es nicht. Dafür war der Gedanke, nicht mehr allein sein zu müssen, zu verführerisch. Sie war von Beginn an zu verführerisch.

Hat mich mit ihrer Art komplett aus dem Konzept gerissen. Schon als ich das erste Mal vor ihr und ihrem manipulierten Wagen stand, wusste ich, dass diese Frau anders ist.

»Kannst du mir die Koordinaten schicken?« Ich schließe einen Moment lang die Augen und fahre blind, weil ich weiß, dass ich allein auf der Straße bin. Alles in mir verkrampft sich, mein Herz will nur noch eines: umdrehen und sie abholen. Sie mitnehmen, damit ich ihr nach Madeleines Rettung ein anderes Leben ermöglichen kann. Aber ich darf nicht ... Darf sie nicht noch einmal der Gefahr aussetzen, die in meinen Armen auf sie wartet.

Schon als ich noch kleiner war, habe ich das Dunkle bereits an mich gezogen. An dieser Tatsache hat sich auch jetzt, Jahre später, nichts geändert.

Qualvoll öffne ich die Lider wieder und bereue es umgehend, weil die tiefstehende Sonne direkt in mein Gesicht scheint und mich blendet.

»Müssten gleich bei dir sein.« Es sind nur noch wenige Minuten, die mich von meinem Ziel trennen. Kaum zu glauben, dass Madeleine die ganze Zeit über in greifbarer Nähe gewesen sein soll.

In meinen Albträumen habe ich mir die schlimmsten Szenarien ausgemalt. Dass sie nicht mehr am Leben ist oder verkauft wurde. Es gibt genug Menschen, die mit Frauen handeln. Nicht nur in unserem Land ...

Kopfschüttelnd versuche ich, die Bilder von Madeleine auf einem Straßenstrich in Thailand zu verbannen. Ohne Erfolg. Ich werde keinen von ihnen am Leben lassen, wenn es ihr nicht gut gehen sollte.

»Danke, Bob. Ich melde mich, sobald alles vorbei ist.« Es gibt nur zwei Arten, auf die mein Trip enden kann. Entweder rette ich sie und kann mit ihr fliehen, oder ich sterbe. Dann weiß ich wenigstens, dass ich alles dafür gegeben habe, sie zu finden. Dass ich auch nach drei Jahren der Ungewissheit nicht aufgegeben habe.

»Pass auf dich auf, Ace. Hörst du? Diese Kerle sind nicht sauber.« Als müsste er mich daran erinnern, mit wem ich es hier auf mich nehme.

Ich weiß es besser als jeder andere. Weiß, was sie mit mir vorhaben, wenn sie mich in die Finger kriegen. Ohne Bob noch einmal zu antworten, lege ich auf und konzentriere mich auf meinen Weg.

Hin und wieder wandert mein Blick zum Rückspiegel und ich stelle mir ihr Gesicht vor. Stelle mir vor, dass sie auf der Rückbank liegt und zufrieden schläft … dass sie von mir träumt. Und lächelt. Wie konnte ich mich innerhalb weniger Tage so sehr an diese Frau gewöhnen?

Nach dem nächsten Wimpernschlag ist ihre Illusion wieder verpufft und ich bemerke, dass ich allein bin. Und so sehr ich sie mir auch her wünsche … lieber sterbe ich allein, als sie mit mir in den Tod zu reißen.

ICH BLUTE FÜR DICH

Selten habe ich mich so entschlossen gefühlt wie in der Sekunde, in der ich das alte Fabrikgelände erreiche. Miles hatte mir wenige Minuten nach meinem Anruf die Koordinaten geschickt, die mich zu Ace führen sollten.

Er hatte hier an der Tankstelle vor weniger als zwanzig Minuten gehalten und etwas mit seiner Karte bezahlt. Von da aus war es ein Kinderspiel, herauszufinden, wo er ist. Jeder in diesem Viertel scheint von ihnen zu wissen.

Ich erinnere mich an den schockierten Gesichtsausdruck des alten Mannes, der in der Tankstelle saß und gerade einen Kaffee trank. Als ich ihm ein Foto von dem Mann zeigte, den Ace suchte, erstarrte er zu einer verdammten Eisskulptur.

»Kleine, hast du eine Ahnung, wen du da suchst?«, hatte er mich mit großen Augen und offenem Mund gefragt. Normalerweise hätte jede Frau mit Verstand die Warnung verstanden, wäre in ihren Wagen gestiegen und geflohen.

Doch dann erinnerte ich mich an die Worte des Mannes, der mir sagte, dass ich aufhören muss, zu fliehen. *Hör auf, zu fliehen und fang an, zu leben …*

218

Wenn er wüsste, dass ich seine Bitte wörtlich nahm. Ich bin mir sicher, dass er sie nicht aufgeschrieben hätte. »Ich muss ihn finden. Jetzt«, war meine Antwort, obwohl mich alle im Umkreis von einigen Metern für verrückt hielten.

An dem Nachbarstisch konnte ich ein Tuscheln vernehmen. Menschen, die die Köpfe zusammensteckten und meinen Tod bereits vorhersahen.

Sie fragten sich, ob ich durch ein Messer oder einen Schuss sterben würde. Durch Alvins Hand oder die seiner Handlanger. Und wie lange sie mich bluten lassen würden.

Aber ich hatte nichts mehr zu verlieren. Weil es ohnehin nichts gab, das ich besaß. Ja, ich könnte mir mit dem Geld ein neues Leben aufbauen, aber ich müsste immer in Ungewissheit leben. Würde nie erfahren, ob Ace noch am Leben war oder nicht. Und ob er seine Liebe retten konnte … Noch immer bereitete mir der Gedanke an Madeleine Kopfschmerzen und die Eifersucht plagte mich unaufhörlich. Trotz dessen wünschte ich ihm, dass er sie fand. Dass er die Frau mit den Rehaugen retten konnte.

»Ich wollte dich nur warnen, du siehst nicht gerade aus, als könntest du es mit ihnen aufnehmen.« Der ältere Herr nippte an seinem Kaffee, stellte die Tasse ab und deutete hinter mich.

»Fahr nach Süden. In circa zwei Meilen musst du nach rechts abbiegen, um zu der alten Lagerfabrik zu gelangen. Wenn du da bist, hast du es geschafft. Dann bist du der Hölle so nah wie noch nie.« Ich nahm das Gesicht des

Mannes in meine Hände und gab ihm einen dankbaren Kuss auf die faltige Stirn. Seine Wangen erröteten und seine Augen sahen mich mitleidig an. Ich machte auf meinen Absätzen kehrt und verließ die Tankstelle, ohne mich ein weiteres Mal umzusehen. Ihre Blicke brannten sich in meinen Rücken, ich konnte ihr Seufzen auf meiner Haut spüren.

»Pass auf dich auf, Kleines.« Das waren die letzten Worte des Mannes, bevor ich in meinen Wagen stieg, die zwei Meilen hinter mich brachte und rechts abbog.

Jetzt stehe ich vor einem heruntergekommenen Gebäude, das menschenleer aussieht. Erst zweifle ich an der Aussage des Mannes, ob ich hier richtig bin.

Doch dann denke ich wieder daran, dass diese Menschen töten. Dass diese Menschen einen Ort brauchen, Leben zu nehmen. Sie wollen hier keine Partys veranstalten …

Mit pochendem Herzen fahre ich an die Seite heran, verstecke meinen Wagen hinter einem großen, blechernen Container und stoppe meine Atmung, als ich Ace' Chrysler hundert Meter entfernt stehen sehe.

Er hatte anscheinend dieselbe Idee, denn sein Wagen steht ebenfalls hinter einem der Container versteckt. Er ist hier … er ist tatsächlich hier. Aufgebracht greife ich nach hinten, um meine Tasche von der Rückbank zu fischen.

Meine Hand greift hinein und zückt den Revolver, den ich bei mir trage, seit Ace ihn mir gegeben hat.

Prüfend werfe ich einen Blick in die Trommel und stelle erleichtert fest, dass ich noch einige Schuss übrig habe.

Gerade, als ich die Tür des Wagens öffnen will, wird die Beifahrerseite aufgerissen und ein Mann mittleren Alters steckt seinen Kopf herein.

Das Erste, was ich tue, ist, die Waffe auf sein Gesicht zu halten. Ehe ich abdrücken kann, wird die Scheibe an der Fahrerseite aufgeschlagen und jemand donnert meinen Kopf mit voller Wucht gegen den Rahmen.

Blut durchtränkt mein Haar, mir wird schwindelig und übel zugleich. Egal, wie sehr ich mich gegen die Dunkelheit wehre, ich bin zu schwach, um gegen die Schmerzen anzukommen. Sekunden später gleitet mir die Knarre aus der Hand und landet am Boden des Wagens.

Ich sehe nichts mehr, weil mir schwarz vor Augen ist, aber ich höre sie. Höre, wie sie den Wagen öffnen, mich aus dem Auto ziehen und hinter sich her schleifen. Alles in mir pulsiert, als sich ihre Worte wie eine Kugel in mein Fleisch schieben.

»Unser Boss wird begeistert von ihr sein«, stellt jemand zufrieden fest. Ich will schreien, damit Ace weiß, dass sie mich entdeckt haben, bevor ich ihn retten konnte. Dass ich doch nicht so stark bin, wie ich es gehofft hatte.

»Wenn die Kleine hier ist, wird ihr mickriger Begleiter nicht weit sein«, antwortet ihm der andere und sorgt dafür, dass mir noch schlechter wird. Sie haben Ace noch nicht entdeckt …

Vielleicht schafft er es, uns zu retten. Der Gedanke ist sinnlos, immerhin weiß er noch nicht einmal, dass ich hier bin. Dass ich ihm gefolgt bin, obwohl er wollte, dass ich verschwinde.

Wie hätte ich das Weite suchen sollen? Es ging nicht. Magensäure steigt in mir auf, weil meine Übelkeit Überhand gewinnt, als eine schwere Tür geöffnet wird.

Plötzlich wird mir die Wärme der Sonne genommen und Kälte umgibt mich. Der Boden hat sich verändert, ebenso wie die Luft. Alles hier drin riecht nach Verderben.

Schwer öffne ich meine Lider und versuche, etwas zu erkennen. Doch alles, was ich sehen kann, ist ein dunkler Flur, durch den ich geführt werde.

»Ich hoffe, dass er es uns überlässt, sie zu beseitigen. Es sieht aus, als könnte man Spaß mit der Kleinen haben.« Wieder dreht sich alles beim Gedanken an das, was diese Menschen hier mit mir machen könnten.

»Er muss sie erst einmal sehen. Komm, er ist in seinem Büro.« Knurrend werde ich weiter durch die Ungewissheit gezogen, meine Beine schleifen über den kalten Boden und schürfen auf, mein Kopf hängt leblos nach unten. Das Blut sickert von meiner Wunde hinab, sodass ich es jetzt bereits an meinem Hals spüren kann.

Stöhnend wird eine Stahltür geöffnet, ich werde auf den Boden geschmissen und dann wird die Tür wieder geschlossen.

Weicher Teppich schmiegt sich an meine geschundenen Beine, aber ich bin zu schwach, um aufzustehen. Die Wunde an meinem Kopf und der damit einhergehende Schmerz überdecken alles.

»Was ist das?« Eine eisige Stimme erreicht mich und bringt mein Innerstes zum Beben. Ich kann den Mann mit der kalten Stimmfarbe nicht sehen, aber ich bin mir sicher, dass ich seinen Namen bereits kenne.

Ace hatte ihn mehr als einmal erwähnt, genau wie die beiden Männer in unserem Motel letzte Nacht. Wieder wird mir bewiesen, dass diesen Monstern ein Menschenleben egal ist. Dass ich in ihren Augen ein Gegenstand bin.

»Die Kleine hatte eine Waffe bei sich und wollte sich verstecken. Ich glaube, sie gehört zu ihm«, antwortet einer der beiden salutierend. Ein Stuhl wird quietschend zurückgeschoben und dann ertönen Schritte. Dunkle, mächtige Schritte, die mir immer näher kommen.

»Ist er auch hier?« Der Mann betont den Satz so starr, dass es mich erschaudern lässt. Ich liege immer noch am Boden, suche Trost in der Weichheit des roten Teppichs und schlage die Lider erneut auf.

»Wir haben nur sie gefunden, aber ich bin mir sicher, dass er sich hier rumtreibt.« Wie ein gehetztes Tier antwortet ihm der Mann rechts neben mir.

»Sorgt dafür, dass er gefunden wird. Ich kann diese Kakerlake hier nicht gebrauchen. Er hat Malcolm auf dem Gewissen.«

Wieder erinnere ich mich an jene Nacht zurück. Denke an Ace, der blutbeschmiert in der Tür des Motels stand und mich leer ansah. Ich wusste, dass er uns damit direkt in ihre Arme treiben würde, doch ihm war es egal.

»Los!« Mit diesem Befehl gibt Alvin den Startschuss und der linke der beiden Männer verlässt eilig den Raum. Der andere bleibt derweil dicht neben mir stehen, sodass ich seinen Schweiß riechen kann.

»Dreh sie um.« Ein weiterer Befehl, den der Mann, ohne zu zögern, ausführt. Mit seinem Schuh tritt er mich, sodass ich mich unter Schmerzen auf den Rücken drehe und an die Decke starre.

Schmerzen. Blut. Angst.

Schmerzen. Blut. Angst.

Ein niemals endender Kreislauf beginnt. Ein Kreislauf aus meinen Schmerzen, meinem Blut, und meiner Angst.

Über mir taucht eine Silhouette auf. Ein Mann, breit gebaut. Ein Anzug, mattschwarz. Eine passende Krawatte. Man könnte meinen, er wäre ein Investementbanker, nicht der Kopf einer Gang.

»Hübsch, die Kleine«, stellt er diabolisch grinsend fest. Über seiner Glatze prangt eine dichte Narbe, die sich über sein ganzes Gesicht zieht.

Alles in allem ist dieser Mann das Furchteinflößendste, was ich je gesehen habe. Selbst Niklaus hat es nie geschafft, mich so panisch werden zu lassen. Wenn ich mich doch nur bewegen könnte … Wenn ich doch nur schreien könnte.

»Darf ich mich um sie kümmern?«, will sein Schoßhund lachend wissen und sorgt dafür, dass neue Magensäure in mir aufsteigt.

Sekunden später übergebe ich mich und mein Erbrochenes rinnt über mein Kinn. Angewidert sehen mich die beiden Männer an, ignorieren, dass sie in meiner Kotze stehen.

»Wir könnten sie als Druckmittel einsetzen. Außerdem gibt sie bestimmt eine gute Schlampe ab. Zieh sie aus.«

Bis jetzt konnte ich das Ganze noch stumm ertragen, doch der Gedanke daran, nackt vor ihnen zu liegen, tötet mich.

Ich winde mich, als der Kerl sich zu mir hinabbeugt, nach meinem Shirt greift und es mir ruppig vom Körper zerrt. Da ich keinen BH trage, liege ich halb nackt unter ihnen. Die Augen von Alvin blitzen belustigt auf, während er sich an meinem Anblick ergötzt.

»Diese Titten könnten uns eine Menge Asche einbringen.« Mit dieser Feststellung beugt er sich ebenfalls zu mir herab und fährt mit seinen eiskalten Fingern über meine Brustwarzen, die sich unter Schmerzen aufstellen. Seine Hand wandert tiefer, vorbei an meinem Bauchnabel.

Schließlich schiebt er sie unter meine Shorts und dringt ohne Vorwarnung in mich ein. Schmerzvoll jammere ich auf, presse die Augen zusammen und spüre, dass sich meine Tränen mit dem Erbrochenen vermischen.

»Wir behalten sie«, verkündet der Kerl feierlich, als hätte er gerade einen Sechser im Lotto gewonnen, zieht seinen Finger aus mir und wischt sich meine Flüssigkeit an seiner Anzughose ab, als würde er das tagtäglich tun.

»Nimm sie mit. Aber denk dran: Wir brauchen sie lebend. Sie gehört mir.« Die leiser werdenden Schritte verdeutlichen mir, dass Alvin zurück an seinen Platz geht.

Der Schwarze über mir greift unter meine Arme und zerrt mich unsanft hoch, sodass ich wieder auf beiden Beinen stehe. Ohne seine Stütze würde ich sofort wieder zu Boden gehen.

Wortlos verlässt er den Raum und schleift mich achtlos weiter den Flur entlang. Vor einem Raum mit verglasten Türen hält er inne, um einen Schlüssel zu zücken und das Zimmer zu öffnen.

Sobald die Tür hinter uns wieder ins Schloss fällt, sehe ich mich in der großen Halle um. In der hinteren Ecke befindet sich ein heruntergekommenes, beschmutztes Sofa.

Sonst ist der Raum bis auf einen Stuhl in der Mitte leer. Glühbirnen hängen von den Decken herab und tauchen alles in ein gelbes Licht.

»Dann wollen wir mal«, säuselt der Kerl, als er mich auf den Stuhl schubst und mir ein Keuchen entflieht. Ich bin zu schwach, um mich zu wehren, sodass er mich mit Leichtigkeit festbinden kann. »Lasst mich gehen«, wimmere ich, als ich endlich meine Sprache wiederfinde. Ein Blick in die dunklen Augen des Monsters vor mir sollte genügen: Sie werden mich nicht gehen lassen. Sie werden mich brechen. Mich ausbluten lassen und dann verkaufen. Der Mann in der Tankstelle hatte recht: Ich war der Hölle noch nie so nah wie jetzt.

Ich habe den Teufel mit eigenen Augen gesehen, spürte seine Finger auf meiner Haut. *Ace … Würdest du mich retten, wenn du wüsstest, dass ich hier bin? Würdest du? Oder würdest du nur sie retten?*

IN DEN HÄNDEN DES TEUFELS

Wie ein Schatten schleiche ich durch die dunklen Gänge, in der Hoffnung, nicht entdeckt zu werden. Auch wenn ich noch nicht weiß, ob ich hier richtig bin, gehe ich fest davon aus, dass die Koordinaten stimmen. Alles hier drin schreit förmlich nach ihnen. Nach ihren Leichen, ihren Waffen, ihrem Hass.

Am Ende des Ganges, in dem ich mich befinde, flackert ein gelbes Licht. Es ist ein Raum, der durch verglaste Türen vom Flur abgetrennt ist.

Meine Schritte werden automatisch schneller, obwohl ich nicht weiß, was ich erwarte. Wen, glaube ich, zu sehen? Madeleine? Es wäre zu einfach. Nach drei Jahren der Ungewissheit kann es nicht so leicht sein, sie zu finden. Oder?

Und doch ist sie die Person, die ich mir in diesem Moment am sehnlichsten wünsche. Weil ich wissen muss, dass es ihr gut geht. Dass sie am Leben und noch die Frau ist, die ich lieben gelernt habe. Dass sie den Kampf nicht aufgegeben hat, obwohl ich kurz davorstand, alles hinzuschmeißen.

Je dichter ich dem Raum mit den Glastüren komme, desto bedrückender wird die Luft hier drin. Hin und wieder höre ich ein Winseln wie das eines weinenden Hundes. Erst, als ich den Raum schließlich erreiche, erkenne ich, dass die Schreie von einer Frau stammen.

Innerlich sehe ich Madeleine bereits vor mir, wie sie gefesselt auf einem Stuhl sitzt und gefoltert wird. Seit Jahren. Tag für Tag, Stunde für Stunde. Nacht für Nacht. Sehe, wie diese Monster sie brechen.

Als ich den Raum schlussendlich erreiche und meine Hand gegen das Glas drücke, halte ich abrupt inne. Es sind nicht einfach nur Schreie … Die Schreie rufen meinen Namen.

»Ace«, wimmert diese gequälte Stimme, die ich in den letzten Nächten immer wieder hören musste. Ich erinnere mich an all die Albträume, die ich stoppen musste, als sie nach mir schrie. Als sie um sich schlug, um die Demütigung zu verscheuchen, in der sie jahrelang leben musste.

»Ace.« Wieder und wieder ruft sie meinen Namen und ich stehe regungslos an der Tür. Das darf nicht sein … sie darf nicht hier sein.

Ich blicke in den Raum hinein und erstarre, als ich eine Frau in der Mitte der Halle entdecke. Ihre blonden Haare sind von Blut durchtränkt, ihr Gesicht schmerzlich verzogen. Ein Mann steht vor ihr und rammt seine Faust wiederholend in ihr Gesicht. Ein Gesicht, das ich nie wieder sehen wollte. Nicht in meiner Nähe. Nicht dieser Gefahr ausgesetzt. Ich muss träumen, eine andere Erklärung gibt es nicht. Muss mir ihr Gesicht nur einbilden … aber kann das wirklich Einbildung sein? Ihre Stimme klingt so klar, ihre Züge sind so scharf … Lucia.

Mein Herz donnert gegen mein Brustbein, meine Beine werden abermals schwach und ich bekomme keine Luft mehr. Sie sollte überall sein. Nur nicht hier. Wieso zur Hölle sehe ich sie dann glasklar vor mir? Wieso sorgt diese Stimme in mir für tosende Erinnerungen?

»Hör auf, zu flennen. Er wird dich nicht hören«, brummt der Kerl, der sich weiterhin an ihr vergeht. Als würde er mich damit aus meiner Starre reißen, greife ich nach der Tür, werde aber unterbrochen, als mich etwas Hartes am Hinterkopf trifft.

Die Bilder vor meinen Augen verschwimmen zu einem unerkennbaren Brei aus dunklen Farben, die Stimmen vermischen sich zu einem giftigen Cocktail.

Schmerz breitet sich in meinem Körper wie ein Fegefeuer aus und betäubt alles. Jedes Gefühl. Jede Hoffnung. Jeden Schmerz.

»Du hättest nicht herkommen sollen, Ace.« Mit diesem Satz falle ich in die Tiefe und schlage mit voller Wucht am Boden auf …

***

»Werd wach, du Schlappschwanz!« Donnerschläge durchfahren mich, treffen mich wie ein Schlag mitten ins Gesicht. Nur schwammig kann ich mich an die letzten Szenen vor meiner Ohnmacht erinnern.

Ich sehe sie auf dem Stuhl sitzen, meinen Namen schreien, bluten. Und auch jetzt schwappen ihre Schreie gegen den Rand meines Unterbewusstseins.

Nur, dass sie jetzt flehender, schwächer klingt. Irgendwann verwandelt sich jede Stärke in eine Schwäche, wer weiß das besser als ich? Immerhin habe ich es am eigenen Leib erfahren müssen.

»Lasst sie gehen«, knurre ich, ohne zu wissen, wer vor mir steht. Erst als ein Lachen ertönt, das ich in- und auswendig kenne, wird mir bewusst, dass ich in den Armen des Teufels bin.

Dass ich es nicht schaffen werde, eine von ihnen zu retten, solange *er* vor mir steht. Der Klang seines Lachens hat sich in den letzten Jahren nicht geändert, er ist höchstens noch bedrohlicher geworden.

»Alvin«, knirsche ich seinen Namen mit den Zähnen und schmecke Blut in meinem Rachen, das meinen gesamten Mund benetzt wie eine zweite Haut. Seine Stimme verfolgt mich seit so vielen Jahren, dass sie sich beinah vertraut anfühlt. »Wieso soll ich deine Prinzessin gehen lassen? Bist du nicht auf der Suche nach einer ganz anderen Frau?« Zynisch baut er sich vor mir auf und blickt auf mich hinab, als wäre mein Leben weniger wert als das seine.

»Lasst. Sie. Gehen.« Ich spucke ihm meine Forderung ins Gesicht, doch er nimmt sie wie erwartet nicht ernst. »Sie hat hiermit nichts zu tun«, setze ich noch hinterher.

Alvin geht vor mir auf und ab, seine Schuhe knarzen bei jeder Bewegung und das Licht über seinem Kopf flackert wild vor sich hin.

»Sie hat sich auf mein Gelände geschlichen wie eine Made, und sie hatte eine Waffe bei sich. Ich sah mich gezwungen, zu handeln. Das verstehst du doch sicher.«

Siegessicher grinst er mich an und sorgt dafür, dass ich innerlich erneut verkrampfe. Ihre Schreie durchfahren mich, übermannen mich. Wieder und wieder.

Sie klingt hilflos, ist auf sich allein gestellt. *Wieso, Lucia? Wieso hast du nicht einfach mein verschissenes Geld genommen und bist gegangen?*

»Findest du es nicht erbärmlich, dich an Frauen zu vergreifen?« Meine Frage bedarf keiner Antwort und doch stelle ich sie. Weil ich ihn provozieren will, um die Wut in mir abzulassen. Ich brauche ein Ventil.

»Frauen ... das ist das Stichwort, habe ich recht? Dieses mindere Geschlecht war schon immer deine Schwachstelle, Ace.

So war es schon bei Madeleine«, säuselt er und wirbelt einen Tornado aus Hass in mir auf. Wäre ich nicht an diesen Stuhl gefesselt, würde ich ihm ohne Umschweife den Kiefer brechen.

»Ihr habt sie, das weiß ich.« Knurrend sehe ich ihm in die hässliche Visage, doch er scheint mit seinen Gedanken ganz woanders zu sein. Vermutlich überlegt er gerade, was er mit Lucia anstellen soll. Wie sie ihm von Nutzen sein kann.

»Du weißt gar nichts, Ace, das ist ja das Problem. Du denkst nur, dass du schlau genug für uns bist. Soll ich dir ein Geheimnis verraten?« Alvin beugt sich vor, sodass ich sein Aftershave riechen kann, das mich wie eine erdrückende Wolke umgibt.

»Du hast schon vor drei Jahren verloren. All die Energie, die du aufgebracht hast, um uns zu finden? Die war umsonst. Du hättest sie anderweitig verwenden sollen. Du hättest dir die blonde Schlampe schnappen und wegbringen sollen, stattdessen hast du sie uns in die Arme getrieben.« Wieder lacht er und entblößt damit eine Reihe strahlend weißer Zähne.

»Tu nicht so, als würdest du mich kennen. Du weißt nichts über mich«, gifte ich ihn an. Meine Augen gleiten über sein Gesicht, das so vielen Menschen bereits Albträume beschert hat. So viele Menschen mussten leiden, damit er sich daran ergötzen kann. Es befriedigt ihn, andere bluten zu sehen.

»Ace.« Ein erneuter Schrei nach mir erfüllt den Raum. Sie muss direkt neben mir sein. Noch jetzt sehe ich sie vor mir auf dem Stuhl sitzen und die Hölle durchleben. Alvins Augen weiten sich freudig und er deutet mit der Waffe in seiner Hand auf den angrenzenden Raum.

»Siehst du, wo deine Schwäche liegt?« Seine Augenbrauen sind in die Höhe gezogen, sein Mund steht spöttisch offen, bevor er bedauernd den Kopf schüttelt.

»Frauen waren schon damals dein Laster, Ace. Ich dachte die ganze Zeit, dass es nur eine gibt, der dein Herz gehört. Anscheinend habe ich mich getäuscht. Sag mir, Ace … meinst du, Madeleine will von dir gerettet werden, wenn sie weiß, dass du der Kleinen das Hirn rausgevögelt hast?« Wieder überkommt mich dieser Verrat, das Gefühl, einen Fehler begangen zu haben, als ich Lucia an mich heranließ.

Dabei kann Alvin unmöglich wissen, was zwischen uns passiert ist. Meine Miene scheint ihm als Bestätigung zu reichen, denn er klatscht zufrieden in die Hände.

Danach hockt er sich vor mich hin, hebt meinen Kopf mit seiner Hand an und sucht in meinem Gesicht nach mehr … mehr Informationen, die ich ihm nie freiwillig geben werde. Egal, was sie mit mir anstellen werden.

Sie können mich foltern, sie können mich schlagen, mich quälen, ich werde nicht sprechen. Werde ihnen nicht die Genugtuung geben, die sie von mir erwarten.

»Hier habt ihr euch also all die Jahre über versteckt?«, will ich barsch von ihm wissen und würde am liebsten die Augen schließen, damit ich ihn nicht mehr ansehen muss. Damit er mir nicht mehr so nah ist. Mein Blick wandert durch den Raum, vorbei an der Glühbirne über uns und hin zu den kargen Wänden.

Reiner Skrupel liegt in seinen fast schwarzen Augen, als ich ihn wieder ansehe. Seine Pupillen sind wie ein Film, der mir zeigt, was er schon alles getan hat. Wie vielen Menschen er ihr Licht geraubt hat.

»Wir haben uns nicht versteckt, Ace. Wir haben nur expandiert«, seufzt er enttäuscht und macht mit seiner Hand eine ausladende Handbewegung.

»Detroit war auf Dauer so ermüdend, meinst du nicht auch?« Einen Augenblick lang scheint er in Erinnerungen zu schwelgen, bevor er fortfährt.

»Es gab nichts mehr zu holen, nichts mehr, das uns Spaß gemacht hat. Nur, weil wir für eine Zeit nicht mehr präsent waren, heißt es nicht, dass wir euch nicht die ganze Zeit im Auge behalten haben. Dachtest du echt, dass wir alles zurücklassen?«

Die letzten Jahre ziehen an mir vorbei. Jahre, in denen der Terror ein Ende zu haben schien. Niemand hörte mehr von herausgeschnittenen Zungen … sie waren wie vom Erdboden verschluckt. Kaum zu glauben, dass sie die ganze Zeit präsent gewesen sein sollen.

»Und was habt ihr jetzt vor? Chicago erobern?«, spotte ich und spucke ihm dabei ins Gesicht. Alvin wischt sich meinen Speichel knurrend aus der Stirn und holt aus.

Sekunden später landet seine geballte Faust in meinem Gesicht. Entgegen seiner Erwartung macht mir dieser Hieb nichts aus, ich bin weitaus Schlimmeres gewohnt.

»Wir haben es längst erobert, Arschloch. Du hast wirklich keine Ahnung vom Business, Ace. Schade, damals dachte ich, du wärst zu etwas zu gebrauchen.« Enttäuscht sacken seine Schultern herunter, was mich nur leise auflachen lässt.

»Ich würde lieber sterben, als für euch zu arbeiten.« Eine Tatsache, die auf der Hand liegt. Auf keinen Fall würde ich mir meine Hände für diese Tyrannen schmutzig machen. Für kein Geld der Welt.

»Man sollte aufpassen, was man sich wünscht, Dexton. Manche Wünsche könnten schneller in Erfüllung gehen, als einem lieb ist.«

Und dann trifft mich ein erneuter Schlag im Gesicht, dieses Mal an der Stelle, an der meine Schläfe von Innen gegen meine Haut pocht.

Sterne tanzen vor meinem Gesicht, verdecken die hässliche Fresse von Alvin und verschlucken alles. Tanzende Kreise, tanzende Stille …

Als ich sie ein weiteres Mal schreien höre, gebe ich den Kampf auf. Ich bin so unfassbar müde … Kaum einen Wimpernschlag später sinke ich zurück in diese Leere. Ich falle.

Falle und stehe gedanklich zwischen den Stühlen. Sehe erst ihre grauen und dann Madeleines braune Augen vor mir. Ihre braunen Haare werden blond, ihre samtene Stimme brüchig.

Egal, wie viele Schmerzen Alvin mir zufügt, es gibt einen, der schlimmer ist: die Tatsache, dass ich nicht weiß, wessen Leben ich in diesem Moment lieber retten würde ... Madeleines oder Lucias? Wie soll ich mich je zwischen der Vergangenheit und meiner Gegenwart entscheiden können?

BRAUNE AUGEN

Das alte zerrissene Leder des Sofas kühlt meine blauen Flecken, sorgt dafür, dass ich zittere. Doch das Einzige, was wirklich zählt, ist der Schmerz zwischen meinen Beinen. Es hat ihnen nicht gereicht, mich zu schlagen.

Es hat ihnen nicht gereicht, mich auf die schlimmste Art und Weise zu demütigen, auf die man eine Frau demütigen kann, nein. Sie wollten mehr. Sie wollten mich gänzlich zerstören. Noch jetzt brennt mein Innerstes, und allein der Gedanke an den heißen Lauf der Waffe bringt mich zum Schluchzen.

Ich ziehe die Beine an meinen Bauch, wiege mich sachte vor und zurück, ohne Erfolg. Die Schmerzen lassen nicht nach, ebenso wie die Angst. Die Angst davor, dass die Waffe bleibende Schäden in mir hinterlassen hat. Mein Blut klebt immer noch an meinen Schenkeln, mittlerweile ist es getrocknet.

Abwechselnd und zwischen den stillen Phasen, in denen ich leer in die Luft starre, entflieht mir ein Wimmern. Der Raum, in dem ich bin, ist leer, die Männer haben mich hier blutend zurückgelassen.

Damit ich für einen Moment heilen kann. Ich bin mir sicher, dass sie andere Absichten haben. Sie wollen, dass ich mich in Sicherheit wiege und sie mir diese Sicherheit dann wieder auf brutalste Weise rauben können.

Es war dumm, herzukommen. Verantwortungslos und dumm ... ich lege mir meine Hand schützend vor den Bauch und bete. Bete, hoffe, glaube an eine Welt, in der es kein Unheil gibt. Eine Welt voller Glück und Frieden. Noch immer sehe ich die kleinen Punkte vor meinem Gesicht tanzen. Ich will mich meinem Schicksal hingeben, will akzeptieren, dass ich hier in diesen Mauern sterben werde, als die Tür aufgerissen wird. Eine Frau tritt ein, die in diesem Moment einem Engel gleicht.

Langsam durchquert die Frau mit der warmen karamellfarbigen Haut den Raum und kommt auf mich zu. Sie trägt einen weißen Kittel, auf dem ihr Name steht.

Doch der Schleier vor meinen Augen verhindert, dass ich ihn entziffern kann. Sie hockt sich hin, und als ihre kühle Hand nach meinen Schenkeln greift, versteife ich mich.

»Fassen Sie mich nicht an«, japse ich nach Luft, weil mich ihre Berührungen verbrennen. Ebenso wie der Lauf der Pistole, die in mir war und mich zerstört hat. Ich bin wie eine zersprungene Vase, werde die Spuren dieses Tages nie von meiner Haut waschen können.

»Ich will Ihnen helfen«, versichert sie mir mit einem ehrlichen Lächeln auf den Lippen. Doch wenn ich eines in den letzten Tagen gelernt habe, ist es das: Man darf niemandem mehr trauen. Dass sie hier ist, zeigt mir, dass sie nicht zu den Guten gehören kann.

Ich krieche mit letzter Kraft von ihr weg, doch Sekunden später hat sie mich am Arm gepackt. Das Nächste, was ich spüre, ist der Stich einer Nadel in meinem Bauch. Danach sinke ich zurück in die bleierne Müdigkeit.

***

Wieder einmal werde ich durch Schmerzen geweckt. Es ist nicht Ace, der meine Hand hält, das weiß ich. Deshalb wehre ich mich auch dagegen, die Augen zu öffnen, um zu sehen, wer mich berührt. Die Hand ist zierlich, die Haut weich. Vielleicht die Frau in dem Kittel? Was ist passiert?

»Sieh mich an«, bittet mich eine Stimme, die ich bis jetzt noch nie in meinem Leben gehört habe. Sie hüllt mich ein wie ein Kleid.

»Nein«, wimmere ich aus Angst, man könnte mir noch einmal wehtun. Reicht es nicht, dass ich nicht mehr laufen kann? Dass mein Unterleib wie ein in Benzin getränktes Tuch brennt?

»Du musst mir jetzt zuhören, Lucia.« Obwohl ich mich weiterhin dagegen wehre, die Augen zu öffnen, schlage ich Sekunden später wie ferngesteuert die Lider auf. Schwammige Gesichtszüge einer Frau entstehen vor mir, und egal, wie oft ich blinzle, die Sicht klart nicht auf.

»Bin ich tot?«, frage ich in die Ungewissheit, ohne zu wissen, wer mir antworten soll. Zu gern würde ich die Erscheinung nach ihrem Namen fragen …

»Nein. Es tut mir leid, was dir die Männer angetan haben. Sie kennen ihre Grenzen nicht.« Wieder legt sich ihre Stimme zierlich und eng um meine Haut, sorgt dafür, dass das Zittern abnimmt. Sanft fahren ihre Finger über meine Arme, hinab zu meinen Händen, die sie fest umschließt.

»Wusstest du es?«, fragt sie mich und bringt mich damit noch mehr aus dem Konzept. Wovon zum Teufel spricht sie? Und wer ist sie?

Die Stimme der Ärztin war anders, sie war auch weich, aber dunkler. Die Stimme dieser Frau ist heller, freundlicher. Und zur selben Zeit trauriger.

»Was?« Ich würde sie gern mehr fragen, bin aber nicht in der Lage, meine Gedanken in einen Satz zu verwandeln. Die Hand der Frau lässt meine los und wandert stattdessen zu meinem Bauch, der immer noch schmerzt. Schmerzen über Schmerzen. Tränen über Tränen. Tod über Leben.

»Dass du schwanger bist. Wusstest du, dass du schwanger bist, als du ihm gefolgt bist?« Waren die Schmerzen bis eben erträglich, bricht jetzt ein Tornado über mir ein. Schwanger? Wovon spricht sie?

»Ich … nein. Ich bin nicht …«, stammle ich neben mir, weil ihre Worte an den Grundgerüsten meines Daseins rütteln. Ich kann nicht schwanger sein … oder? Ich fühle mich nicht schwanger, ich fühle mich … einfach nur benutzt. Ich darf nicht schwanger sein! Darf kein Kind in mir tragen! Nicht von Niklaus. Und erst recht nicht nach dem, was diese Monster mir vorhin angetan haben.

»Doch, bist du. Wenn du hier rauskommst, musst du einen Arzt aufsuchen, hörst du? Es kann sein … es kann sein, dass du es verlierst«, warnt sie mich scharf und süß zugleich. Noch immer kann ich ihre Umrisse nur erahnen, auch wenn meine Sicht mit jedem Blinzeln aufklart.

Sie muss lügen. Das muss sie einfach! Meine Hand fährt automatisch zu meinem Bauch und ich schluchze heftig auf. Was, wenn sie recht hat? Wenn ein Leben in mir heranwächst? Und wenn ich es nicht beschützen kann?

»Wer bist du?«, frage ich sie wispernd und hoffe, dass sie mir antwortet. Ich brauche jemanden, an den ich mich krallen kann, der mir aus dieser Finsternis hilft. Ace ist nicht hier. Ich hätte seine Anwesenheit gespürt, da bin ich mir sicher. Seine Nähe heilt mich. Aber ich heile nicht. Also ist er nicht hier.

»Willst du das wirklich wissen?« Neugier packt mich, die sich nicht abschütteln lässt. Wer ist die Fremde? Und wieso spricht sie mit mir, als wären wir Freunde?

Wir sind keine Freunde! Sie weiß, was mir angetan wurde und sie sitzt immer noch hier und hält mich gefangen. Aus anfänglicher Empathie wird unbändiger Zorn.

Je öfter ich blinzle, desto klarer werden ihre Umrisse. Die Frau hat knallrotes Haar, das ihr bis zu den Schultern reicht.

Mein Blick wandert zu ihren weichen Lippen, vorbei an ihrer femininen Nase und letztendlich sehe ich ihr in die braunen Augen. Augen, die ich irgendwo schon einmal gesehen habe … Ja, ich bin mir sicher, sie zu kennen.

Ich krame in den hintersten Winkeln meines Gedächtnisses umher, und als mich die Erkenntnis erreicht, weiche ich panisch zurück.

»Du bist … sie«, stelle ich stockend fest. Die Frau schließt ihre Augen und sieht mich dann starr an. Was zur Hölle? Wie … wie kann das sein?

»Sprich es aus«, fordert sie mich auf, was mich noch stärker aus dem Konzept bringt. Wieso ist sie hier? Wieso ist sie so nett zu mir?

Der Zorn in meinem Herzen nimmt ungeahnte Dimensionen an, als mir klar wird, dass wir nur ihretwegen hier gefangen gehalten werden.

Dass ich nur ihretwegen vielleicht mein Baby verliere, von dem ich nicht einmal wusste, dass es existiert. Ohne die Frau mit den rehbraunen Augen wäre ich längst am anderen Ende der Welt. Ohne Ace. Aber ich wäre wenigstens nicht so geschädigt, wie ich es jetzt bin.

»Madeleine.« Es fällt mir schwer, ihren Namen auszusprechen und nicht auszuspucken. Ihre Augen blitzen hell auf, ihre Lippen sind warm nach oben verzogen.

Als sie ihre Hand wieder auf meine legt, entziehe ich sie ihr abrupt. Auf keinen Fall will ich, dass sie mich berührt.

»Die bin ich schon lange nicht mehr«, flüstert sie leise und sieht sich zur Tür um. Noch immer sind wir allein in der Halle, in der mir diese Männer das Herz herausgerissen haben.

»Wir … wir sind nur deinetwegen hier.« Meine Emotionen kochen über und ich spüre wieder die Übelkeit in mir aufsteigen.

Ihre Worte krallen sich in mir fest. *Ich bin schwanger …* und ich dachte, dass die Übelkeit durch andere Dämonen verursacht wurde.

»Pst.« Madeleine hält sich einen Finger vor den Mund, um mir zu demonstrieren, dass ich leise sein muss. Jede Pore in mir glüht wie die Raketen am Himmel in der Silvesternacht. Ob ich noch je die Chance haben werde, eine Rakete in den Himmel zu schießen?

»Du darfst nicht schreien. Sie dürfen keinen Verdacht schöpfen.« Treu blickt sie mich an, als wären wir seit Jahren miteinander befreundet.

Dabei kenne ich sie nicht … alles, was ich von ihr weiß, ist, dass sie Ace' Liebe ist. Dass er sein Leben für sie geben würde, ohne mit der Wimper zu zucken.

»Bald ist alles vorbei.« Sie will mich beruhigen, doch ich beruhige mich nicht. Bis ich wieder den mittlerweile vertrauten Stich in meiner Haut spüre, der meine Lider schwer werden lässt.

Madeleine steht auf, klopft sich den Dreck von ihrer engen Jeans und verlässt mit schnellen Schritten die Halle, während ich wieder in die Schwärze falle. Eine Schwärze, in der meine Dämonen bereits lachend und mit offenen Armen auf mich warten ...

BEGEGNUNG MIT EINEM GEIST

Madeleines Augen sehen mich liebevoll an, sie streicht mit ihrem Daumen über mein Gesicht und flüstert mir etwas zu. Sie murmelt meinen Namen, wie sie ihn damals immer gemurmelt hat, wenn wir zusammen waren. Wenn wir die Nächte in ihrem heruntergekommenen Elternhaus verbracht und uns in ein anderes Leben geträumt haben.

»Ach, Ace«, wispert sie und plötzlich sehe ich Tränen in ihren Augen. Was sie wohl traurig macht? Ich wollte nie, dass sie traurig ist. Sie sollte immer glücklich sein. Habe ich nicht alles für ihr Glück gegeben?

Ich weiß, dass ich nur träume. Dass sie nicht wirklich vor mir steht und mich berührt. Vermutlich sterbe ich gerade. Und das Letzte, was ich sehe, ist sie.

Ihre braunen Augen, die olivfarbene Haut, die tiefroten Lippen. Madeleine brauchte nie Lippenstift aufzulegen, um diesen Effekt zu erreichen.

Sie trug auch nie Rouge, weil ihre Wangen von Natur aus rosa waren. Es war nur eine Frage der Zeit, bis ich mich in sie verliebte.

»Bin ich tot?«, frage ich sie rau und verliere mich in dem Glanz ihrer Augen. Wie in all den Nächten und Träumen zuvor. Sie hier bei mir zu wissen, wenn auch nur in meinen Gedanken, hilft mir.

»Dasselbe hat sie mich auch gefragt«, seufzt sie und ihre Stimmfarbe wird dunkler. Aus Weiß wird Schwarz, aus Leben Tod, aus braunen Haaren werden rote. Perplex schlage ich die Lider auf, will mir die Illusion von ihr nicht kaputtmachen lassen. Doch das tiefe Braun, in das ich meine Hände so oft vergraben habe, kommt nicht zurück.

»Du bist nicht real.« Es ist keine Frage, sondern eine Feststellung. Madeleine hatte nie rote Haare … sie sah nie so erwachsen aus wie in diesem Moment. Als wären Jahre vergangen … Drei viel zu lange, unerträgliche Jahre, die ich in Detroit in meinem eigenen Sumpf verbracht habe. Ohne sie. Ohne Familie. Sie war meine Familie.

»Wieso bist du hier, Ace? Wieso?« Beim Anblick ihrer verzweifelten Miene muss ich schlucken. Wenn das hier ein Traum ist, wieso wache ich dann nicht endlich auf?

Ich blicke an ihr vorbei und stelle fest, dass ich immer noch in ihren Klauen stecke. Die kargen Wände kommen mit jedem Atemzug näher, bedrücken und zerquetschen mich bei lebendigem Leibe.

»Deinetwegen.« Je länger ich hier sitze und ihr in die Augen sehe, desto bewusster wird mir, dass ich nicht träume. Nicht schlafe. Nicht halluziniere. Ich bin hellwach … und Madeleine steht vor mir.

Die Frau, die drei Jahre lang aus meinem Leben verschwunden war, steht vor mir und sieht mich genauso liebevoll an, wie sie es damals getan hat.

»Du bist wirklich hier?« Ich will mir meine Illusion nicht kaputtmachen und doch muss ich wissen, woran ich bin. Ob mir Drogen gespritzt wurden, die mich um den Verstand bringen sollen.

Wenn ja, hat es funktioniert. Ich verliere in dieser Sekunde alles. Ihr Daumen streicht über die Wunde an meiner Schläfe, die mir verdeutlicht, dass es echt ist. Dass die Schmerzen echt sind und dass sie ebenfalls real ist.

»Ich bin hier.« Es ist wie ein Versprechen, das sie mir gibt. Ein Versprechen, das ich Jahre zuvor gebraucht hätte, nicht jetzt ... nicht hier.

Wieso zum Teufel ist sie hier? Und wieso sieht sie dabei auch noch glücklich aus? Ich hatte mir die schlimmsten Bilder vorgestellt.

Dass sie bereits tot wäre ... oder in einem Kerker gefangen gehalten wird. Doch als ich meinen Blick an ihr hinabwandern lasse, sehe ich, dass es ihr gut geht.

Sie trägt einen Blazer, eine eng anliegende Hose und hohe Schuhe. So, als würde sie gleich zu einem Meeting gehen müssen.

Die Madeleine, die ich kannte, liebte ihre zerfletterten Chucks und Bandshirts über alles. Was ist mit diesem Mädchen passiert?

»Beweis mir, dass du es bist«, sage ich durch zusammengepresste Lippen, weil ich einen Beweis brauche. Ich muss mir sicher sein, dass ich sie gefunden habe. Dass sie lebt. »Ich muss dir nichts beweisen, Ace. Sieh mich doch an«, lacht sie leise auf und senkt schüchtern den Blick. »Ich bin vielleicht nicht mehr dieselbe, aber ich weiß, dass du mich geliebt hast. Du brauchst keine Beweise.«

Sie kniet vor mir und blickt liebevoll zu mir auf. Mein Herz will vor Erleichterung aus meiner Brust springen, will sie an mich ziehen und küssen.

Doch dann erinnere ich mich an die Realität. Sie ist hier. Es geht ihr gut. Sie lebt ... und doch ließ sie mich so lange in dem Glauben, dass ich verloren habe.

»Was tust du hier? Ich ... Ich habe alles getan, um dich zu finden.«

Bitter legt sich die Wahrheit um meine Knochen und zieht sich schmerzhaft zusammen. Madeleine lässt ihre Hand sinken und greift nach meiner, die immer noch an den Stuhl gekettet ist.

»Da liegt das Problem, Schatz. Ich wollte nicht gefunden werden.« Es sind nur wenige Worte. Wenige Buchstaben. Buchstaben, die meine Welt auf den Kopf stellen. Die mich innerlich brechen. Wieder und wieder. Wovon zum Teufel spricht sie nur?

»Was meinst du damit?« Ein Krächzen überkommt mich, das in einem heftigen Husten endet. Schmerzen ummanteln mich, hüllen mich ein.

»Ich wurde nie entführt, Ace«, sagt sie und runzelt verzweifelt ihre Stirn. Tränen schimmern in ihren Augen.

»Ich wollte gehen, verstehst du? Ich …«« Ihre Stimme bricht ab, genauso wie etwas in mir zerbricht. Meine Hoffnung zersplittert in zig Teile. Alles in mir liegt in Asche.

»Du lügst«, knurre ich sie an, weil ich nicht glauben will, was sie mir in dieser Sekunde erzählt. Sie muss einfach lügen … sie wurde dazu gezwungen, das zu sagen, da bin ich mir sicher.

»Ich lüge nicht, Ace. Ich bin gegangen, weil ich gehen wollte. Weil ich nicht mehr bei dir bleiben konnte, ohne dir das Herz zu brechen«, erklärt sie mir mit ruhiger Stimme. Dennoch überrollen mich ihre Worte wie ein Panzer, der alles zunichtemacht.

»Weißt du, was ich auf mich genommen habe, um dich zu finden? Was … wieso?« Alles, woran ich in den letzten Jahren geglaubt habe, zerbricht. Nichts davon war real. Nichts davon war echt. War ich echt? Lebe ich noch? In diesem Moment wünschte ich mir, ich wäre bereits tot.

»Ich sage es dir noch einmal: Ich wollte nicht gefunden werden!« Plötzlich wird sie wütend. Madeleine steht auf und läuft vor mir auf und ab.

»Gott, Ace! Du hast mich regelrecht in ihre Arme getrieben! Deine erdrückende Liebe? Ich brauche meine Freiheiten! Aber die habe ich bei dir nicht bekommen.«

Wie ätzende Säure schlucke ich ihre Erklärung herunter und sacke in dem Stuhl zurück gegen die Lehne. Ich bin zu schwach, mich weiterhin gegen die Fesseln zu wehren.

»Ich habe dich nie erdrückt. Ich habe dich geliebt«, zische ich, weiß nicht, wie ich diese Gefühle in mir in den Griff bekommen soll. Madeleine wendet den Blick von mir ab, als sie antwortet.

»Und ich habe dich geliebt. Aber ich bin nicht mehr dieselbe Person, verstehst du das nicht? Ich bin nicht mehr das schüchterne Mädchen, das gerettet werden muss. Ich war es leid, dass du mich nach Jahren immer noch so angesehen hast … als würde ich mein Leben nur durch dich meistern. Soll ich dir etwas sagen?« Sie beugt sich über mich, ihre Hände liegen auf meinen, die an den Armlehnen des Stuhles festgebunden sind.

»Ich. Wollte. Frei. Sein.« Ihre Augen durchlöchern mich beinahe, so intensiv sieht sie mich an. Mein Blick wandert noch einmal über ihr Gesicht. Über die Haare, die nicht zu ihr passen. Die Grausamkeit in ihren Augen.

»Wie kannst du freiwillig hier sein? Weißt du nicht, wozu diese Menschen in der Lage sind? Was sie Unschuldigen antun?«

Aus anfänglicher Erleichterung wird Zorn. Wut. Hilflosigkeit. Wie soll ich sie nur retten, wenn sie nicht gerettet werden will? Es muss doch einen Ausweg geben. Madeleine beugt sich immer noch über mich, als sie die Lider schließt und tief durchatmet.

»Sie sind meine Familie, Ace. Und ich … ich kann nicht sagen, dass ich unschuldig bin. An meinen Händen klebt mehr Blut, als du ahnen kannst«, presst sie hervor. Ihre Lippen sind zu einer harten Linie verzogen, ihre Stirn liegt immer noch in Falten. Verzweifelt suche ich in ihrem Gesicht nach dem Punkt, der mir zeigt, dass sie noch gerettet werden kann. Doch ich finde nichts. Sie ist verloren.

Die letzten Jahre ziehen an mir vorbei und verursachen Kopfschmerzen in mir. All die Kraft, die ich aufgebracht habe, um sie zu finden, war umsonst. All die Energie.

Alvin hatte mir die Tatsachen bereits vor Augen geführt, aber ich wollte ihm nicht glauben. Ein Teil in mir hatte an den Gedanken festgehalten, die mich seit Jahren begleiteten.

»Was haben sie aus dir gemacht?«, frage ich sie schluckend und spüre einen dichten Knoten in meinem Hals, der sich nicht lösen lässt.

»Sie haben aus mir eine Persönlichkeit gemacht, Ace. Als ich noch in Detroit war, war ich ein Niemand. Ich war immer nur das Mädchen mit den braunen Haaren und den treuen Augen. Das Mädchen an deiner Seite. Das Mädchen, das du geliebt hast.«

Ich kann den inneren Konflikt in ihren Augen sehen, als sie die Lider schließt, sich nach vorn beugt und mich küsst. Ihr süßer Atem trifft mich, benebelt mich in Sekundenschnelle. Auch wenn ich sie von mir stoßen sollte, öffne ich meine Lippen und lasse ihre Zunge in meinen Mund gleiten. In dieser Sekunde ist sie wieder das Mädchen, das ich jahrelang gesucht habe. Als würde sie ihr wahres Ich unter einer dicken Maske verstecken. Nur jetzt – in diesem Moment der Schwäche – kann ich hinter die Mauern blicken. Ihre Tränen tropfen auf meine Haut und vermischen sich mit meinen.

Wie lange habe ich mich nach diesem Kuss gesehnt? Nach ihren Berührungen? Viel zu schnell löst sie sich wieder von mir und weicht seufzend zurück. Noch einmal fährt ihre Hand über mein verletztes Gesicht.

»Ein Teil von mir wird dich immer lieben, Ace. Der süße Junge, der mich in meiner dunkelsten Zeit gefunden und gerettet hat wie einen verletzten Vogel. Jetzt will ich fliegen«, flüstert sie und dann sind ihre Mauern wieder höher denn je. Keine Regung liegt mehr auf ihren Zügen.

»Und jetzt kommen wir zu deiner Kleinen da drüben.« Ihre sonst warme Stimme wird hart und scharf. Bis jetzt hatte ich versucht, nicht an sie zu denken, mich auf Madeleine zu konzentrieren. Jetzt übermannen mich die Gedanken an eine andere Frau. Eine Frau, die mich braucht. Mehr, als Madeleine mich je gebraucht hat.

»Wenn ihr Lucia auch nur ein Haar krümmt«, knurre ich haltlos.

»Dafür ist es schon zu spät. Ihr habt jemanden von uns auf dem Gewissen. Sie hat sich in unser Lager geschlichen. Bewaffnet … du kennst Alvin, das kann er nicht auf sich sitzen lassen. Aber sag mir, Ace: Was bedeutet dir die

Kleine?« Ehrliche Neugier flackert in ihren Augen auf. Ich sehe sie an und frage mich, was ich einst in ihr gesehen habe.

Was hat mich an dieser Frau so fasziniert, dass ich mein Leben für sie gegeben hätte? Zu meinem Erschüttern fällt mir in dieser Sekunde nichts ein.

»Das spielt keine Rolle mehr«, weise ich sie ab, weil ich nicht will, dass sie etwas über Lucia erfährt. Sie darf nicht noch angreifbarer werden.

»Liebst du sie?« Eine weitere Frage, auf die ich nicht antworten will. Weil ich die Antwort selbst nicht kenne. Bis jetzt habe ich mich krankhaft an einen Geist geklammert. Habe immer geglaubt, dass ich nur Madeleine lieben kann.

»Ich weiß es nicht. Ich weiß nur, dass ich euch alle umbringen werde, wenn sie hier nicht lebend rauskommt«, drohe ich ihr, ohne eine Miene zu verziehen.

»Ach, Ace. Dich will ich so gern gehen lassen. Sie hingegen würde ich zu gern bluten lassen.« Ihr Säuseln sorgt dafür, dass ich mich unter den Ketten, die mich gefangen nehmen, anspanne. Das Metall schneidet sich bohrend in meine wunden Handgelenke.

»Ich warne dich, Madeleine-« Zum Aussprechen meiner Drohung komme ich nicht, denn sie fällt mir ins Wort. Wie konnte ich diese kaltherzige Frau so warm in Erinnerung haben? Wie kann aus einem gutherzigen Mädchen dieses Monster werden?

»Pst. Ich war noch nicht fertig. Ich würde sie bluten lassen, wenn sie nicht schon alles verloren hätte …« Unter ihrer harten Schale blitzt Mitleid auf, das mich nur die Stirn runzeln lässt. »Was meinst du damit?«, will ich barsch wissen und habe im selben Atemzug höllische Angst vor ihrer Antwort.

»Ich hoffe einfach nur, dass das Kind nicht von dir war, Ace.« Sie senkt ihre Lider und geht wieder vor mir in die Hocke. Röchelnd geht mein Atem, ich sauge die Luft zischend ein und puste sie stockend wieder aus. Wovon spricht sie?

»Welches Kind?«

Madeleine greift nach meiner Hand, die ich ihr sofort wieder entreiße, weil ich ihre Nähe nicht mehr ertragen kann.

»Deine Kleine ist schwanger, Ace. Aber nach dem, was ihr angetan wurde … ich glaube nicht, dass das Baby es geschafft hat. Es tut mir leid.« Wieder tanzen diese Kreise vor meinen Augen, die mich ausknocken. Das darf nicht sein. Lucia darf nicht schwanger sein!

Nicht, wenn sie es verlieren wird. Die letzte Woche mit ihr rast an mir vorbei und bringt mich ein weiteres Mal an den Rand meiner Kontrolle.

Nein … Ich erinnere mich an ihr leidvolles Schreien, an die Art und Weise, wie sie meinen Namen gerufen hat. Sie brauchte mich … und ich konnte nicht bei ihr sein, um sie zu retten.

»Ihr seid das Allerletzte«, schreie ich Madeleine unverwandt an und spucke ihr Sekunden später meinen

Hass in Form von Speichel mitten ins Gesicht. Ihr Make-up hält dem Ganzen schonungslos stand. Sie verzieht ihr Gesicht zu einer harten Maske und atmet tief ein.

»Das habe ich wohl verdient«, seufzt sie enttäuscht.

»Ich hasse dich«, füge ich noch zischend hinzu. Wäre ich nicht an diesen Stuhl gekettet, würde ich mich auf sie stürzen und ihr heimzahlen, was sie mir und Lucia angetan hat. Nur ihretwegen sind wir durch die Hölle gegangen. Ich drei Jahre lang, Lucia nur eine Woche. Und doch hat sie es geschafft, uns beide zu brechen.

»Es ist besser, wenn du mich hasst, Ace. Dann fällt es mir leichter, mich von dir zu verabschieden.« Emotionen kochen über, Gefühle werden durch Gedanken ersetzt.

Madeleine beugt sich ein letztes Mal über mich, führt eine Spritze zu meinem Arm und sticht sie unsanft in mein Fleisch. Die klare Flüssigkeit sickert in meine Venen und benebelt mich zum tausendsten Mal in so kurzer Zeit …

»Ich hasse dich« ist das Letzte, was ich gequält über meine Lippen bringe.

ALLES STIRBT, EINES TAGES

Die untergehende Sonne wärmt meine Haut, lässt mich den Stress und die Pein der letzten Tage einfach vergessen. Als hätten sie nie existiert … »Wie haben wir es da rausgeschafft?«, frage ich in die Stille, obwohl ich weiß, dass ich allein bin. Ich brauche Antworten.

Will wissen, wie ich dem Teufel und seiner Hölle entkommen bin. Wer hat mich gerettet? Ein warmer Wind fährt mir durch das Haar und vertreibt die letzten Schmerzen.

»Ich weiß es nicht.« Eine mir allzu vertraute Stimme lässt mich erschaudern und jagt mir eine Gänsehaut über den Rücken.

Auf einmal spüre ich ihn dicht hinter mir, sein Atem trifft meinen Nacken und ich lege den Kopf entspannt zurück. Ace schlingt seine Arme um mich und hält mich fest.

»Die Hauptsache ist doch, dass wir frei sind.« Seine Worte lassen mich auch die letzten dunklen Nebelschwaden verdrängen.

Ich sehe nur noch Licht, keine Schatten mehr. Nur noch Glück, keine Schmerzen. Kein Blut, keine Wunden, keine Narben. Hätte mein Leben immer so friedlich sein können?

»Ja, das ist die Hauptsache«, stimme ich ihm zu und könnte vor Glück zerspringen. Wir sind dem Teufel entkommen, haben uns aus seinen Klauen befreit, obwohl ich glaubte, in seinen Fängen meinen Tod

zu finden. Ich dachte, dass ich nie wieder die Sonne auf meiner Haut spüren würde. Nie wieder auf einem Feld stehen und den Wind fühlen würde. Doch ich hatte mich getäuscht.

»Und wenn wir von hier weg sind, wirst du alles vergessen, das verspreche ich dir. Ich werde nicht mehr zulassen, dass dir jemand wehtut, hörst du?«

Seine Lippen geben mir ein Versprechen, das er mit einem Kuss auf meinen Scheitel besiegelt. Selten habe ich mich so sicher gefühlt wie hier mit ihm.

Ace. Ein Mann, eine Reise, ein Ziel. Die ganze Zeit dachte ich, dass sie unser Ziel war … vielleicht lag ich auch falsch. Würde er bei mir sein, wenn sie ihm wichtig ist? Nein. Er wäre bei ihr. Aber er ist hier. Hält mich, heilt mich, trägt mich auf Händen.

Nur vage erinnere ich mich an die Halle, an die Schläge und die Schmerzen, die mir zugefügt wurden. Es sind nur noch Bruchstücke des Puzzles. Nach und nach verblassen auch die letzten schlechten Gedanken an die letzten Tage.

»Danke. Für alles«, murmle ich, drücke mich fester gegen seine Brust und genieße seine Nähe. Genieße das pulsierende Gefühl zwischen uns, das von einem Körper auf den des anderen übergeht.

»Ich werde alles für euch geben.« Wieder dieses zuckersüße Versprechen … Ace fährt mit seiner Hand zu meinem Bauch, der jetzt schon deutlich hervorsteht.

Ich lebe. Ich atme. Und ich bin nicht allein, egal, was passiert. Das Leben in mir leistet mir Gesellschaft, auch wenn ich Angst habe, nicht zu genügen.

Wenn ich glaube, dass ich von allen im Stich gelassen wurde. Ich bin mir sicher, dass ich die Schmerzen nur überstanden habe, weil ich wusste, dass ich für uns beide kämpfen muss.

Immerhin trage ich nicht nur die Verantwortung für mich. Glücklich lege ich meine Hände auf seine und streiche sachte über seinen Handrücken, während er Kreise über meinen Bauch zieht.

»Auch, wenn das Kind nicht von dir sein sollte?« Insgeheim wünsche ich mir, dass es von Ace ist, aber ich weiß, wie gering die Wahrscheinlichkeit ist.

Wir haben verhütet, als wir miteinander schliefen. Niklaus nicht … Allein der Gedanke daran, dass er der Vater meines Ungeborenen sein könnte, macht mir Angst.

Ich habe Angst davor, dass ich so nie mit ihm und dem schrecklichsten Kapitel meines Lebens abschließen kann. Trotz der Unwahrscheinlichkeit kralle ich mich an dem letzten Funken Hoffnung fest … vielleicht ist Ace der Vater. Ich wünsche es mir so sehr …

»Was spielt das schon für eine Rolle?«, fragt er mich dicht an meinem Ohr und jagt mir erneute Schauer über den Rücken. Wohlig presse ich mich gegen ihn, und gerade, als ich ihm verraten will, wie ich das Baby nennen möchte, durchzuckt mich ein heißer Schmerz.

Ich fühle wieder den heißen Lauf der Knarre zwischen meinen Beinen, sehe die Genugtuung dieses Monsters vor meinen Augen. Der Wind wird zu einem Sturm, die Sonne zu Wolken. Sekunden später prasselt dichter Regen auf uns hinab. Ich muss zweimal hinsehen, um zu sehen, dass der Regen blutrot ist …

»Ace?« Ich drehe mich panisch um, doch alles, was mich empfängt, ist Einsamkeit. Ace ist nicht hier, ich bin allein. Zitternd stehe ich auf diesem Feld des Verderbens und blicke schließlich an mir hinab. Meine Knie schlottern und ich sehe die Blutspur, die sich von meiner Mitte bis zum Boden zieht.

Krampfhaft halte ich meinen Bauch fest und sinke auf die Knie. Ich schreie, wimmere, weine. Will nicht, dass mich auch noch das letzte Glück verlässt.

»Bleib bei mir«, schreie ich kraftvoll in den Sturm, ohne eine Antwort zu erhalten. Meine Hand streicht liebevoll über meinen Bauch und ich wünsche mich zurück in meine Traumwelt. Zurück in die Welt, in der die Sonne meine Haut erwärmte. In der mir der Wind Mut zusprach ...

Wünsche über Wünsche. Hoffnung über Hoffnung. Und doch falle ich letztendlich auf die Seite, rolle mich zusammen und weine. Weil ich weiß, dass meine Hölle anhält ... ich bin nicht frei. Das war ich nie. Und werde ich vermutlich auch nie sein ...

ABSCHIED

Zitternd schlage ich die Augen auf und kann die Sonne in meinem Gesicht spüren. Mir ist heiß. Viel zu heiß. Das Letzte, an das ich mich erinnere, ist Madeleine. Ihre Finger, die meinen Arm packen und die Spritze in mein Fleisch jagen.

Ich krümme mich vor Schmerzen und blicke mich um. Wie zum Teufel? Ich sitze in einem Wagen. Meinem Wagen. Tausende Erinnerungen suchen mich heim, die ich hier mit ihr sammeln konnte.

Lucia … sofort wird mir wieder schwarz vor Augen. Nur mit letzter Kraft schaffe ich es, der dunklen Ohnmacht zu entkommen. Ich muss sie finden … muss sie retten.

Wie zur Hölle bin ich in meinen Wagen gekommen? Was ist passiert, als ich bewusstlos war? Etwas in mir schreit mich an, sagt mir, dass ich träumen muss.

Dabei fühlt sich die Sonne auf meiner Haut viel zu gut an. Alles ist besser als die Kälte, die mich in ihren Mauern erwartete und ausknockte.

Ein Stöhnen entflieht meinen aufgerissenen Lippen, als ich mich aufrappele und im vorderen Bereich des Wagens umsehe. Es sieht aus, als hätte sich nichts verändert.

Derselbe Staub auf dem Armaturenbrett, ihre Fingerabdrücke auf dem Display, die durch die Sonne zum Vorschein kommen. Derselbe Kaffeefleck auf der Mittelkonsole ...

Unter Schmerzen drehe ich den Kopf und blicke hinaus. Neben mir befindet sich lediglich ein leer stehendes Feld und die Sonne, die glühend am Himmel steht. Mehr nicht. Ich erinnere mich an alles, und vor allem weiß ich, dass ich meinen Wagen nicht hier zurückgelassen habe. Wie also bin ich hierhergekommen?

Mein Blick wandert noch einmal durch den Wagen, vorbei am Lenkrad und landet auf einem Zettel, der zusammengefaltet auf dem Beifahrersitz liegt.

Rasch habe ich ihn an mich gerissen und entfaltet ... Ihre Schrift ist immer noch dieselbe. Auch wenn Madeleine sich verändert hat, sind die geschwungenen Buchstaben immer noch dieselben.

Ace,

es tut mir leid. Es tut mir leid, dass du mich nicht gehen lassen konntest, als ich gehen wollte. Dass du nach etwas gesucht hast, das nicht gefunden werden wollte.

Könnte ich die Zeit zurückdrehen, würde ich dir sagen, dass du ohne mich leben sollst. Die Schmerzen in deinen Augen haben mir gezeigt, dass du nicht gelebt hast. Dass du meinem Schatten hinterhergejagt bist …

Du warst mein Leben, Ace. Aber ich wollte mehr … Auch wenn du es nie verstehen wirst. Diese Menschen sind meine Familie. Und du solltest mich hassen. Hass mich, blicke nicht zurück und vor allem: Such mich nie wieder. Sei nicht so dumm und bringe dich noch einmal in diese Gefahr.

Alvin wird dich nicht entkommen lassen, wenn er dich finden sollte. Verschwinde von hier, so schnell du kannst. Verlasse das Land … fange woanders neu an.

Wir beide wissen doch, dass Detroit dich nicht erfüllt hat. Dass du dich an mich geklammert hast, weil ich das Einzige war, was zu dir gehalten hat.

Ich habe dich geliebt. Und ein Teil in mir – der nicht unter Schutt und Asche verborgen liegt – liebt dich vermutlich immer noch. Aber der Staub ist stärker.

Verzeih mir.

Eines Tages kannst du an das Mädchen zurückdenken, das ich war, als du mich an jenem Tag im Sommer gefunden hast. Aber jetzt musst du gehen.

Nimm dein Mädchen und bring es in Sicherheit. Ich wünsche euch wirklich, dass ihr euer Glück findet.

Ach, Ace.

Merkst du nicht, dass du schon längst gefunden hast, was du suchst? Ich war es nicht. Sie war es. Sie ist es. Kümmere dich um sie und vergiss mich.

Sieh das hier als Entschuldigung an, für das, was ich dir angetan habe. Ich weiß, dass eure Wunden heilen können. Ihr müsst nur loslassen … Nur so konnte ich damals gehen.

In ewiger Liebe, M.

Sobald ich den letzten Satz gelesen habe, ertönt ein tiefes Stöhnen. Panisch blicke ich mich um und kann meinen Augen kaum trauen.

»Lucia?« Ich lasse den Zettel aus meiner Hand gleiten, reiße den Wagen hektisch auf und öffne die Hintertür. Lucia liegt auf der Rückbank und schlägt müde die Augen auf. Ohne zu zögern, schiebe ich sie zur Seite und bette ihren Kopf auf meinen Schoß, nachdem ich eingestiegen bin.

Eine ganze Weile sitze ich einfach nur da und halte sie. Versuche, ihr Zittern mit meinen Händen zu stoppen … Blut klebt an ihren Haaren, an ihrer Wange und an ihren Schenkeln. Erst jetzt wird mir das ganze Ausmaß bewusst. Ich sehe sie leiden und schreien.

»Alles wird gut«, wispere ich unter Tränen, auch wenn ich nicht weiß, ob es stimmt. Kann wirklich alles wieder gut werden? Nach dem, was sie mit ihr getan haben? Lucia presst ihren Kopf dichter gegen meinen Schoß, krallt sich im Stoff meiner Jeans fest und weint leise. Je länger ich hier sitze und sie halte, desto ruhiger wird sie schließlich. Sie trägt ein Hemd, das ich noch nie an ihr gesehen habe. Bei genauem Betrachten fällt mir auf, dass es Madeleine gehört.

»Sie hat uns gerettet«, murmelt Lucia leise, so leise, dass man sie kaum verstehen kann. Ich streiche ihre vom Blut verkrusteten Haare zur Seite und blicke auf sie hinab.

»Ich dachte, ich würde dich nie wiedersehen«, sage ich in meinen Gedanken versunken. Egal, wie schlimm die letzten Tage waren, in dieser Sekunde spüre ich endlich wieder Glück in mir.

»Es tut mir so leid. Alles.« Es bringt ihr nichts, meine Worte können sie nicht heilen. Doch ich will es wenigstens versuchen.

Lucia rappelt sich erschöpft auf und sieht mich aus verweinten Augen an. Tiefe Schatten liegen darunter, ihre Haut ist fleckig und trocken.

»Ich bin … ich war …« Schluchzend vergräbt sie ihren Kopf an meiner Brust und ich ziehe sie enger an mich.

»Ich weiß«, wispere ich. Ich weiß, dass sie mir von dem Baby erzählen will, es aber nicht übers Herz bringt. Entschlossen ziehe ich sie an den Schultern zurück und sehe sie an.

»Wir bringen dich jetzt in ein Krankenhaus, Lucia. Und dann werde ich euch von hier wegbringen. Ich werde dich nie wieder dieser Gefahr aussetzen. Nie. Wieder.« Noch nie war ich so entschlossen wie in dieser Sekunde. Lucia nickt schwach.

»Schon als ich dich das erste Mal gesehen habe, wusste ich, dass du gefährlich bist, Ace. Aber … die Gefahr in deinen Armen hat mich an sich gerissen. Ich war machtlos.«

Ihr Geständnis sorgt dafür, dass mein Herz Höhenflüge erlebt. Ich gebe ihr einen Kuss auf den Scheitel und lehne meine Stirn an ihre. Etwas in mir sagt mir, dass sie noch nicht verloren ist. Dass das Baby noch gerettet werden kann. Und ich würde es mir nie verzeihen, wenn ich noch einmal scheitere.

»Wir müssen los.«

MADELEINE

Tränen brennen in meinen Augen, als ich die Auffahrt erreiche und den Wagen abstelle, den ich mir von einem netten jungen Mann geborgt habe, der jetzt bewusstlos im Straßengraben abseits der Stadt liegt. Ace zu sehen, hat etwas in mir geweckt, das ich drei Jahre lang unter Verschluss hielt. *Wie konntest du nur so dumm sein und mich suchen, Ace? Wie?*

Ich weiß nicht, was ich mir erhofft hatte, als ich ihn in Detroit zurückließ. Dass er es einfach hinnehmen würde, ohne mich zu suchen? Niemand kennt Ace Dexton besser als ich, allein deshalb hätte ich es besser wissen müssen.

Schnell vertreibe ich die Tränen, straffe die Schultern und werfe einen Blick in den Rückspiegel. Mit meinen Fingern richte ich mein Make-up, damit Alvin nicht sieht, dass ich geweint habe. Er würde es nicht verstehen.

Eines steht fest: Die beiden freizulassen, war eine Kurzschlussreaktion. Und es wird Fragen aufwerfen, die ich beantworten muss.

Entschlossen atme ich tief durch, steige aus dem Wagen und mache mich auf den Weg in die Halle. Ein Ort, der neben dem Haus, in dem ich lebe, zu meiner zweiten Heimat geworden ist.

Wenn ich behaupten würde, dass ich meine Entscheidung bereue, wäre es gelogen. Ich will nicht zurück in mein altes Leben. Nie mehr … Ace hat mir mit seinem

Auftauchen bewiesen, dass er sich nicht verändert hat. Ich wollte mich verändern. Und das habe ich.

Ich krame meine Schlüsselkarte aus meiner Tasche und stoße die schwere Metalltür auf, die in den Flur führt. Mein Plan hatte sich schon auf dem Weg hierher verselbstständigt. Ich muss von mir ablenken, wenn ich nicht will, dass herauskommt, was ich getan habe. Alvin muss mir seinen Glauben schenken … Es muss echt aussehen.

Wie eine Gazelle schleiche ich mich an Scott heran, der inmitten der Halle steht und versunken auf den Stuhl starrt, auf dem Ace bis vor einer halben Stunde noch saß. Ich weiß, dass er der Erste ist, der mir die Schuld in die Schuhe schieben würde.

Bevor ich den großen Lagerraum erreiche, streife ich mir die Schuhe von den Füßen, damit mich meine Absätze nicht verraten.

Sobald ich hinter Scott stehe, hole ich meine Waffe aus dem Halfter und donnere sie ihm schwungvoll gegen den Hinterkopf. Auch wenn Scott mir immer körperlich überlegen sein wird, sackt er Sekunden später zu Boden.

Sein Blut sammelt sich auf dem grauen Beton. Vor drei Jahren hätten mich die Schuldgefühle noch aufgefressen, jetzt empfinde ich nichts als Leere bei dem Anblick seines starren Körpers. Er ist nicht tot, immerhin weiß ich, wo ich einen Menschen treffen muss, um ihn auszuknocken. Und wo, um ihn zu töten …

Panisch blicke ich mich um und prüfe, ob ich allein bin. Zu meinem Glück ist der Flur menschenleer. Das ist meine Chance, das Ganze echt aussehen zu lassen.

Meine Lunge schmerzt und ich muss die Augen schließen. Allein der Gedanke an die Schmerzen sorgt für ein flaues Gefühl in meinem Magen.

Als ich mich wieder gesammelt habe, schlage ich mir die Knarre selbst gegen die Schläfe. Meine Schmerzen übermannen mich, ziehen durch meinen Schädel und sorgen dafür, dass ich am liebsten laut schreien würde. Doch das darf ich nicht … Nur mit schmerzverzerrtem Gesicht schaffe ich es, auf den Beinen zu bleiben und schleppe mich zum Ausgang der Halle. Mein Blut tropft derweil auf den Boden und zieht eine Spur hinter sich her.

Als ich die Glastür erreiche und meinem Spiegelbild begegne, ringe ich mir ein Lächeln ab. Eine Platzwunde prangt in meinem Gesicht und das Blut verschleiert mir die Sicht. *Es muss echt aussehen, wenn ich will, dass er mir glaubt …* Und mit diesem Gedanken steige ich zurück in meine Schuhe und steuere sein Büro an …

ALVIN

»Was hast du mit der Kleinen vor?« Darryl, meine rechte Hand in diesem Business, sitzt auf dem Stuhl gegenüber von meinem und sieht mich feixend an. Ich sehe ihm an, dass ihm die Blondine gefällt. Verübeln kann ich es ihm nicht, sie hat dieses Feuer in den Augen. Und ihre Titten sind nicht von schlechten Eltern. Wie gut sie sich wohl ficken lässt?

»Vielleicht verkaufe ich sie an Pawlow«, sinniere ich und stelle mir den Deal meines Lebens vor. Darryl runzelt aufgrund meines Plans die Stirn.

»Du willst sie nach Russland verschleppen?« Ungläubig sieht er mich an. Er ist enttäuscht, das sieht man ihm an. Immerhin hatte er sich schon vorgestellt, wie es wäre, sie zu vögeln. Aber das würde mir kein Geld einbringen. Pawlow hingegen …

»Sie könnte ihm gefallen. Aber ich weiß noch nicht, was ich mit ihr mache. Vielleicht werde ich zuerst meinen Spaß mit ihr haben«, lache ich aus der Kehle heraus und schließe die Augen.

Bildlich stelle ich mir vor, wie sie unter mir zittert. Nicht vor Geilheit, sondern aus Angst. Wie ich sie mit einem Messer zum Schreien bringe, bevor ich sie besinnungslos ficke.

Darryl weiß, dass er mir den Vortritt lassen muss. Ich entscheide, wen ich ficke und wen nicht. Wer lebt und wer stirbt. Nur ich …

Beim Gedanken an die kleine Barbie und ihre Schreie werde ich hart. Mein Schwanz drängt sich fordernd gegen den Stoff meiner Hose.

Gerade, als ich Darryl sagen will, dass er gehen soll, damit ich mir Erleichterung verschaffen kann, wird die Tür zu meinem Büro aufgerissen.

Weil ich nicht gestört werden will, halte ich die Augen nach wie vor geschlossen und stelle mir weiterhin ihre kleine Fotze vor.

»Alvin«, krächzt eine Stimme, die mir nur allzu vertraut scheint. Ich reiße die Augen auf und sofort sind die Bilder der Blondine in Vergessenheit geraten.

Madeleine steht in der Tür, eine Platzwunde an ihrer Stirn, und fällt vor mir auf die Knie. Darryl springt auf und stützt sie.

»Was ist passiert?«, frage ich barsch und stehe auf. Ich gehe um den Schreibtisch herum und knie mich vor sie. Ihre Lippen beben, ihre Augen sind mit Tränen gefüllt, während ihr Blut auf meinen Teppich tropft.

»Darryl, hol die Ärztin«, knurre ich ihn an, woraufhin er stürmend den Raum verlässt. Wir sind allein und endlich kann ich es zulassen und Schwäche zeigen. Vor meinem Personal darf ich nicht schwach sein. Doch diese Frau vor mir bedeutet mir auf verquere Weise etwas.

»Wer hat dir das angetan, Prinzessin?«, frage ich sie und streiche ihr Haar zur Seite, um mir die Wunde genauer anzusehen. Madeleines Schultern beben, als sie mir antwortet. »Alvin, sie sind weg … Lucia und Ace sind weg«, keucht sie unter Schmerzen und senkt den Blick.

»Sie sind *was*?« War ich bis eben noch ruhig, kann ich mich jetzt kaum noch halten. »Was willst du mir damit sagen?«, donnere ich sie an und sehe, dass sie unter der Wucht meiner Worte zusammenzuckt.

»Es war Scott. Er … er muss fahrlässig mit Ace umgegangen sein«, schluchzt sie heiser auf. »Ich wollte gerade zu dir, als ich gesehen habe, dass die Tür zur Halle offen steht und der Stuhl leer ist. Dann habe ich Scott am Boden liegen sehen … und dann, dann-« Sie spricht so schnell, dass ich ihren verworrenen Worten kaum folgen kann.

»Dann waren da nur noch Schmerzen. Ich habe ihn nicht kommen sehen.« Die Wut in meinem Inneren schwindet nicht, stattdessen wird sie noch stärker. Insgeheim wusste ich schon immer, dass Scott ein Schlappschwanz ist. Dass er nicht stark genug ist, um ein Teil von uns zu sein. Sein Versagen bestätigt meinen Verdacht.

»Es tut mir so leid, hätte ich ihn aufhalten können, hätte ich es getan.« Madeleine sieht mich flehend an. Knurrend schlage ich meine Faust auf meinen Schreibtisch. Sekunden später sickert mein Blut aus den Fingerknöcheln und tropft auf die Unterlagen. Nachdem ich meine Wut einigermaßen in den Griff bekommen habe, gehe ich wieder zu Madeleine herüber und ziehe sie hoch. Ihr Stand ist schwach, würde ich sie nicht halten, wäre sie längst wieder zu Boden gegangen.

Mein Daumen streicht über ihre Unterlippe und ich sehe sie beruhigend an. »Wann war das, Madeleine?« Stechend suche ich in ihren Augen nach einer Antwort.

»Ich w-w-weiß es nicht. Ich muss bewusstlos gewesen sein. Vielleicht eine halbe Stunde?« Verzweiflung ziert ihr geschundenes Gesicht.

Ich spiele in Gedanken meine Möglichkeiten durch, komme aber nur zu einem Entschluss: Scott wird für seine Fahrlässigkeit büßen müssen.

»Dann kann ich für die beiden nur hoffen, dass sie schon weit genug weg sind, wenn ich unsere Leute losschicke.«

Mir fällt ein Stein vom Herzen, als ich bemerke, dass Alvin mir meine Show tatsächlich abkauft. Ich konnte schon immer überzeugend sein, aber dieser Mann durchschaut selbst die besten Schauspieler innerhalb von Sekunden. Er war es auch, der wusste, dass ich mehr will. Dass mir ein Leben an Ace' Seite in Detroit nie reichen würde.

Alvin zückt sein Handy und wählt eine Nummer.

»Darryl? Ist die Ärztin auf dem Weg?« Seine Stimme ist stählern, sodass sie mir einen Schauer über den Rücken jagt, der sich nicht vertreiben lässt. Ich schlinge die Arme um meinen Körper, um die Opferrolle besser verkörpern zu können.

»Gut, dann gib Paolo und Frank Bescheid, ihr müsst Ace und Lucia suchen«, befiehlt er schneidend. Mein Herz zieht sich unsanft zusammen, beim Gedanken daran, dass alles umsonst gewesen sein soll.

Ich kann nur hoffen, dass die beiden schon über alle Berge sind … dass sie fliehen, ohne zurückzublicken. Sollte Alvin sie finden, werden sie sterben.

Doch etwas in Ace' stählernem Blick sagte mir, dass er alles dafür tun würde, seine Kleine von hier wegzubringen. Jetzt bleibt mir nichts anderes übrig, als zu hoffen, dass ich recht behalte. Sobald er das Telefonat beendet hat, kommt er wieder zu mir und zieht mich an sich. Seine Augen durchblicken mich, wie sie es schon so oft getan haben.

Mein Herz schnellt in die Höhe. »Sie werden-« Er will mir sagen, dass er Ace büßen lassen wird, das weiß ich. Dennoch lege ich ihm meinen Finger auf den Mund und stoppe seine Worte.

»Es ist mir egal, was aus ihnen wird. Das hier ist wichtiger.« Und mit diesen Worten beuge ich mich vor und küsse ihn.

Der Geruch seiner Cohiba steigt mir in die Nase und benebelt mich. Knurrend lässt Alvin den Kuss zu, zieht mich noch dichter an sich, sodass ich seine Härte an meinem Bauch spüre. Seine Zunge dringt hart in meinen Mund ein und nimmt mir die Luft zum Atmen.

Ich schlinge meine Arme um seinen Hals und lasse mich fallen. Doch egal, wie sehr ich mich dagegen wehre ... meine Gedanken wandern zurück zu Ace. *Bitte verzeih mir ...*

HOFFNUNGSSCHIMMER

»Sind Sie der Vater?« Seit unserem Aufwachen in meinem Wagen ist eine Stunde vergangen. Jetzt sitzen wir im Krankenhaus in einem der zahlreichen Zimmer und hoffen. Wir beten. Mehr können wir nicht tun …

Lucia sitzt neben mir auf dem Stuhl und starrt die Ärztin leer an. Das Blut haben wir aus ihren Haaren gewaschen, alles, was jetzt noch an die letzten Tage erinnert, sind unsere Wunden im Gesicht. Aber die Ärztin spricht uns nicht darauf an.

Wenn wir hier fertig sind, müssen wir verschwinden, so schnell es geht. Diese Dreckskerle werden uns suchen, da bin ich mir sicher. Aber ich werde es nicht zulassen, dass sie uns finden. Nicht mehr.

»Ja«, antworte ich wie aus der Pistole geschossen. Lucia verkrampft sich neben mir und sieht mich aus dem Augenwinkel fragend an. Wir wissen beide, wer der Vater ist, und doch fühle ich mich auf verquere Weise für sie und dieses Kind verantwortlich. Ich wollte immer Kinder … mit Madeleine. Einen Jungen und ein Mädchen. Seit sie verschwunden ist, war alles anders. Ich bin schuld daran, dass Lucia das durchmachen musste, also bin ich für sie zuständig. Wenn wir uns einreden, dass das Baby von mir ist, ist es vielleicht einfacher. Für sie. Meine Vermutung bestätigt sich, als ihre Mundwinkel ein Lächeln umspielt.

»Okay, dann ziehen Sie sich aus und setzen sich bitte auf den Stuhl, Miss.« Mit einer Handbewegung deutet sie auf den gynäkologischen Stuhl hinter uns.

Lucia steht auf und geht mit zitternden Beinen zu dem Vorhang, hinter dem sie sich die Hose auszieht. Das Hemd reicht ihr bis zu den Oberschenkeln, sodass man nichts sehen kann.

»Soll ich gehen?« Ich umgreife ihre Hüfte und flüstere ihr meine Frage ins Ohr. »Nein, bleib. Bitte.« Beim Gedanken, sie hierbei zu stören, wird mir unwohl. Trotzdem springe ich über meinen Schatten und nicke ihr schwach zu. »Ich bleibe.«

Lucia schleicht leise zu dem Stuhl herüber und setzt sich hin, ich hingegen bleibe neben ihr stehen und halte ihre Hand fest.

Dr. Quinn lächelt uns freundlich an, zieht sich ihre Handschuhe an und bittet Lucia, mit dem Po weiter nach unten zu rutschen. Ein Zucken durchfährt sie, als die Ärztin sie berührt.

»Entspannen Sie sich, Lucia. Ich werde Ihnen nicht wehtun.« Sie scheint zu bemerken, wie schreckhaft Lucia ist und geht daher besonders behutsam mit ihr um. Wäre es anders, würde ich sie sofort woanders hinbringen.

Die Ärztin erledigt ihren Job und erstarrt zu Eis, als sie sieht, was sie durchmachen musste. »Was …« Sie blickt Lucia noch einmal an und schluckt schwer.

»Wer hat Ihnen das angetan?«, will sie wissen und verliert beinahe ihre Fassung. Ich bin mir sicher, dass sie einiges in ihrem Leben gesehen hat, aber das hier reißt an ihren Grundmauern.

»Das ist egal. Es ist vorbei«, presst Lucia als Antwort hervor. Sie hat sich bewusst gegen eine Anzeige entschieden, weil wir beide wissen, dass es uns nicht weiterbringen würde. Diese Monster lassen sich von niemandem stoppen, erst recht nicht von dem Gesetz.

»Sie müssen zur Polizei gehen«, legt uns Dr. Quinn ans Herz, doch Lucia schüttelt nur panisch den Kopf. Alles, was wir wollen, ist Abstand. Zur Polizei zu gehen, würde sie nur auf uns aufmerksam machen.

Wir müssen einfach nur so weit wie möglich von hier wegkommen, ohne zurückzublicken. Wenn wir erst einmal am anderen Ende der Welt sind, wird er uns vergessen. Eines Tages.

»Bitte, untersuchen Sie mich einfach.« Die Ärztin entkommt nur schwer ihrer Starre, räuspert sich und fährt mit der Untersuchung fort. Unter Schmerzen lässt Lucia es über sich ergehen.

»Wann hatten Sie Ihre letzte Blutung?«, will sie mit sanfter Stimme wissen. Lucia braucht einen Moment, bis sie der Ärztin antwortet.

»Ich hatte in den letzten beiden Monaten nur Schmierblutungen. Ich … na ja, ich habe es auf den Stress geschoben«, murmelt sie.

Nachdem Dr. Quinn ihre Handschuhe ausgezogen und in den Müll geworfen hat, greift sie sich eine Tube, zieht das Hemd nach oben und verteilt ein durchsichtiges Gel auf Lucias Bauch. Ich halte ihre Hand fest, während sie ihren Kopf gegen die Lehne des Stuhls presst und die Augen schließt.

»Normalerweise würden wir einen anderen Ultraschall bei Ihnen durchführen, aber das würde Ihnen nur Schmerzen bereiten. Vielleicht haben wir Glück und können schon etwas durch die Bauchdecke sehen.«

Sie nimmt das Ultraschallgerät und platziert es unterhalb ihres Bauchnabels. Langsam fährt sie über ihren Unterleib. Ein Moment der vollkommenen Stille setzt ein und verpestet die Luft bis zum Ersticken.

Niemand sagt etwas, auch wenn ich so viele Fragen auf der Zunge trage. Und dann ertönt plötzlich ein leises Schlagen. Man muss kein Arzt sein, um zu wissen, dass es sich um einen Herzschlag handelt.

»Sie hatten wahnsinniges Glück, Lucia«, durchbricht Dr. Quinn das Schweigen und lächelt erst sie und dann mich warm an.

»Öffnen Sie die Augen«, befiehlt sie ihr, und nur widerwillig schlägt sie die Lider auf. Unsere Augen wandern zu dem Bildschirm auf der anderen Seite.

Ein Ultraschallbild … ein kleines, alienähnliches Baby …
auf schwarzem Untergrund. Und doch ist es das Schönste,
was ich je gesehen habe. Selbst wenn es nicht von mir ist.

»Oh mein Gott.« All die Gefühle der letzten Stunden
brechen über Lucia ein und sie schluchzt so heftig auf, dass
ihre Schultern beben.

Ich gehe in die Hocke, lehne meine Stirn an ihre Hand
und atme tief durch. Die Stimme der Ärztin besiegelt etwas
… besiegelt das Ende dieses Albtraumes.

»Ihrem Baby geht es gut.«

ZEICHEN SETZEN

Einige Monate später …

»Was machen wir hier? Wir müssen weiter!« Ace packt mich am Arm, hält mich fest, aber ich winde mich unter ihm und gehe weiter. Wir haben wirklich keine Zeit mehr, das weiß ich.

Unser Flieger geht immerhin in wenigen Stunden … und doch muss ich das hier tun. Weil ich es will. Und ich habe viel zu lange nicht das getan, was ich will.

»Es wird nur eine halbe Stunde dauern. Nun komm schon!« Die eine Hand halte ich schützend vor meine Augen, die andere greift nach seinem Arm.

Gemeinsam gehen wir im Schnellschritt durch die Straße, vorbei an kleinen Boutiquen, Blumengeschäften und Supermärkten. Noch jetzt kann ich nicht glauben, dass wir das tatsächlich durchziehen wollen.

Vor wenigen Monaten lag meine Welt noch in Trümmern und jetzt? Jetzt soll alles anders werden. Ab jetzt soll alles besser werden … Mit ihm. Sie waren uns eine Zeit lang auf der Spur, sind uns wie ein Schatten in der Dunkelheit gefolgt.

Doch Ace hat es geschafft, uns aus ihrer Schusslinie zu ziehen. Wir waren wieder auf der Flucht, haben uns tagsüber bedeckt gehalten und unsere Motels kaum verlassen. Wenn sie uns auf den Fersen waren, hat Ace seine Kontakte spielen lassen, um die Spur von uns wegzuführen. Es war über mehrere Wochen zu einem Katz- und Mausspiel geworden. Und ich war es leid, zu fliehen. Irgendwann, nach wochenlanger Tortur, waren die Schatten dann weg … und wir waren frei.

»Wirst du mir denn endlich verraten, was wir hier suchen? Ich weiß ja, dass du einen an der Klatsche hast, aber das hier?« Durchdringend sieht er mich an, als er sich mir in den Weg stellt.

Seine Worte treffen mich härter als sie mich treffen sollten. Tränen schimmern in meinen Augen, die Ace umgehend bemerkt. Er nimmt mein Gesicht in seine Hände und küsst mich zärtlich.

»Hey, das war doch nur ein Spaß«, besänftigt er mich. Ich blicke nach oben, um die Tränen wegzublinzeln. Es ist albern! *Es war nur ein Witz, Lucy! Jetzt reiß dich mal zusammen!*

»Ich weiß … das ist der Schwangerschaftskater«, schiebe ich meine Stimmungsschwankungen auf den kleinen Zwerg, der vor zwei Monaten das Licht der Welt erblickt hat und für diese halbe Stunde bei der Nanny meines Vertrauens in den Armen liegt. Schon jetzt vermisse ich meinen Engel.

Die Zeit rinnt mir förmlich aus der Hand … Und wenn ich ehrlich bin, habe ich tierische Angst vor der Zukunft.

Davor, Mutter zu sein.

Ich habe Angst, alles falsch zu machen. Eigentlich will ich nicht, dass mein Baby in dieser grausamen Welt voller Terror und Hass groß wird. Und doch kann und will ich an den Gegebenheiten nichts mehr ändern. Als ich diesem kleinen Geschöpf das erste Mal ins Gesicht blickte, war es um mich geschehen.

Ace sieht mich gefühlvoll an, legt seine Hand an meinen Rücken und streicht sanft darüber.

»Hey, das muss dir nicht peinlich sein. Wenn du weinen willst, weine. Wenn du mich anschreien willst, schrei mich an. Und wenn du mir in die Eier treten willst, nur zu.« Lachend tritt er einen Schritt zurück, damit ich freie Bahn habe.

»Ach, Quatsch. Ich will dir nicht wehtun, Ace. Ich will einfach nur eine halbe Stunde, mehr nicht. Ich weiß, dass hier ist der schlechteste Zeitpunkt überhaupt, aber ich muss das jetzt tun!« Entschlossen dränge ich mich an ihm vorbei und schiebe mich weiter durch die engen Gassen.

»Du machst mich verrückt, weißt du das?« Mit diesen Worten ist Ace wieder neben mir und grinst mich neckisch an. Automatisch greift meine Hand nach seiner, die er fest umschließt.

»Stets zu deinen Diensten«, erwidere ich kess und deute auf einen Laden auf der rechten Seite. »Wir sind da«, verkünde ich feierlich und kann über seinen verdutzten Ausdruck im Gesicht nur lachen.

»*Skin Art*«, liest er den Namen des kleinen Lokals vor und runzelt die Stirn. »Das ist nicht dein Ernst, oder?« Ungläubig bleibt er neben mir vor der Eingangstür stehen und späht ins Schaufenster.

Zahlreiche Fotos von Körperkünsten schmücken den Laden und lassen mich staunen. Mein Blick wandert zu Fotos von Piercings, und als ich eines in der Brustwarze einer Frau entdecke, wird mir schlecht.

Plötzlich kommt mir der Gedanke, mir Schmerzen zufügen zu lassen, nicht mehr sonderlich aufregend und schlau vor. Trotz meiner Zweifel fasse ich den Entschluss, nicht zu kneifen und steige die Treppen hinauf.

»Hey, warte!« Ace hält mich abermals davon ab, einfach weiterzugehen. Genervt drehe ich mich um und sehe ihn mit großen Augen an.

»Was ist denn, Schatz? Lass mich das machen!« Trotzig wie ein kleines Kind verschränke ich die Arme vor der Brust. Ace deutet fahrig auf das Studio in meinem Rücken.

»Du bist noch nicht auf der Höhe, Lucy. Meinst du nicht, dass das zu gefährlich ist? Dein Kreislauf spielt ohnehin schon verrückt … was, wenn du ohnmächtig wirst?« Seine Sorge bringt mich zum Lächeln. Und obwohl er recht hat, winke ich mit der Hand ab.

»Es ist nur ein kleines. Ich schaffe das, vertrau mir einfach. Und nun komm, sonst verpassen wir wirklich noch den Flieger!« Ohne weiter auf seine Proteste einzugehen, tigere ich die Treppe hinauf und betrete das Tattoostudio …

* * *

»Wenn es dir zu viel wird, sag Bescheid.« Mit dieser Bitte zieht Danielo, mein Tätowierer, seinen Stuhl an die Liege, auf der ich mich befinde.

Schmetterlinge tanzen in meinem Bauch hin und her, liefern sich ein Duell ab. Mein Herz pocht laut, ebenso wie mein Puls in die Höhe schnellt.

»Fang einfach an«, lächle ich ihm vergewissernd zu und warte auf den ersten Schmerz. Lange habe ich überlegt, welche Stelle die richtige wäre und habe mich schließlich für meinen rechten Unterarm entschieden.

Ich will das Tattoo immer sehen können ... Die Bedeutung ist viel zu wichtig, als dass ich es verstecken möchte.

»Ich kann das nicht mit ansehen«, murmelt Ace, der neben mir steht und den Blick abwendet. Lachend greife ich mit der freien Hand nach seinem Arm.

»Ich schaffe das.«

Auch wenn er nicht der Vater des Babys ist, kümmert er sich rührend um uns. Niklaus ist immer noch in meinen Gedanken, obwohl wir ihn seit dem Überfall an dem Lokal nicht mehr gesehen haben.

Er hat nicht aufgegeben, mich zu finden, da bin ich mir sicher, er weiß nur nicht mehr, wo er mich suchen soll. Das Handy habe ich nach diesem Abend nie wieder benutzt.

Über Madeleine und das, was in Chicago passiert ist,

reden wir nicht mehr. Wir wollen alles hinter uns lassen und woanders neu anfangen.

Aber eines steht fest: Die gemeinsame Reise durch die Hölle hat uns zusammengeschweißt. Hat uns auf eine Art und Weise miteinander verbunden, die ich nie für möglich gehalten hätte.

Kannten wir uns bis vor wenigen Monaten kaum, gibt es jetzt keinen Menschen, dem ich mich verbundener fühle. Den ich besser kenne. Ace ist auf verquere Art und Weise so etwas wie mein Seelenverwandter.

»Jetzt könnte es ziepen.« Sekunden später setzt Danielo die Nadel auf meiner Haut an. Ich verzerre das Gesicht unter Schmerzen, kann mich aber erstaunlich schnell an das Gefühl der Nadel in meinem Fleisch gewöhnen. Ich brauche diese Schmerzen.

Schon einige Augenblicke später entspanne ich mich und zeige Ace mit einem Lächeln, dass es mir gut geht. Immerhin habe ich schon weitaus schlimmere Schmerzen durchleiden müssen.

Allein die Wehen im Kreißsaal stellen alles andere in den Schatten. Ich wollte keine Kinder und jetzt kann ich mir ein Leben ohne dieses warme Gefühl in meiner Brust nicht mehr vorstellen.

»Willst du mir nicht verraten, was du dir stechen lässt?« Von seiner Position aus kann er den Schriftzug nicht sehen und ich schüttle den Kopf, während ich mir auf die Unterlippe beiße. Er wird schon früh genug erfahren, was es wird. »Sei nicht so ungeduldig!«, ermahne ich ihn und schließe die Augen, während ein Lächeln meine Lippen umspielt. Ja, das hier fühlt sich richtig an.

* * *

»Und? Wie gefällt es dir?« Danielo brauchte genau eine halbe Stunde, um das Tattoo zu vollenden. Jetzt lehnt er sich auf seinem Stuhl zurück und sieht mich abwartend an. Mein Blick wandert zu den Worten, die jetzt meine Haut zieren.

Die mich von jetzt an nie wieder im Stich lassen werden. Vielleicht wollte ich dieses Tattoo deshalb so dringend. Weil ich Beständigkeit in dieser schnellen Welt brauche …

Ich blicke auf meinen noch geröteten Arm hinab und verliebe mich umgehend in die schön geschwungene Schrift auf meinem Unterarm.

»Es ist perfekt!« Am liebsten würde ich ihn in den Arm nehmen und ihm danken, aber ich zügele mich so gut es geht.

Hätte mir damals jemand gesagt, dass es so anstrengend sein könnte, Mutter zu sein, hätte ich ihm nicht geglaubt. Jetzt weiß ich es besser. Und doch gibt es nichts Schöneres mehr für mich, als mit meinem Engel auf dem Arm einzuschlafen.

»Das freut mich. Na, Ace. Willst du es dir auch ansehen?«, fragt er ihn feixend, der neben mir auf einer der Bänke sitzt und sich durch die Zeitschriften blättert. Wie aus einer Trance gerissen, lässt er das Heft fallen, steht auf, und kommt zu uns herüber.

Neben mir bleibt er stehen und ich halte ihm voller Freude meinen Arm entgegen, damit er die Worte lesen kann, die mich von nun an begleiten.

»Under your SurfACE … there is hope.« Seine Stimme zittert, als er den Schriftzug vorliest. Das Tattoo ist schwarz, nur der kleine Schmetterling in der rechten Ecke ist tiefblau. Er erinnert mich an meine neugewonnene Freiheit. An die Hoffnung, die Ace in mir zum Leben erweckt hat. Wo würde ich jetzt ohne ihn sein? Niklaus hätte mich gefunden und zurück in mein altes Leben in Detroit gezerrt. Er hätte mich weiterhin Nacht für Nacht gebrochen, ohne Rücksicht auf mich oder das Baby zu nehmen.

»Was bedeutet das …?«, will er wissen und sieht mich wieder so intensiv an, dass mein Innerstes zu Pochen beginnt. Alles in mir steht in Flammen. Mühsam kämpfe ich mich von der Liege hoch und nehme seine Hände in meine. Die Schmerzen meines Armes ignoriere ich einfach.

»Ich will dir danken, Ace«, flüstere ich und könnte auf der Stelle zu weinen beginnen. Gott, diese blöden Hormone! Hört das denn nie auf?

Ich bin seit Wochen ein seelisches Wrack. Meine Stimmung schwankt von himmelhochjauchzend zu zu Tode betrübt innerhalb weniger Sekunden. Dass Ace es mit mir aushält, gleicht einem Wunder. Ich ertrage mich ja manchmal selbst kaum.

»Du hast mich unter deine Oberfläche blicken lassen …
und hast mir gezeigt, dass es immer Hoffnung gibt.« Das
Tattoo soll mich daran erinnern, dass Schatten nur durch
Licht entsteht. Dass nach jeder dunklen Nacht ein Morgen
kommt, der dir die Albträume nimmt.

Sie werden mich vielleicht immer begleiten, aber mit Ace
an meiner Seite kann ich ihnen standhalten. Sie können mir
nichts mehr anhaben.

Anstatt mir zu antworten, nimmt Ace mein Gesicht in
seine Hände und küsst mich stürmisch. Ich seufze in seine
Mundhöhle und genieße es, dass ich mich in seinen Armen
stets fallen lassen kann, ohne den Aufprall fürchten zu
müssen. Er ist in dieser schnellen Zeit der Einzige, dem ich
blind vertraue.

»Du hast gesagt, dass man leben anstatt fliehen soll«,
erinnere ich ihn an eine Zeit in meinem Leben, in der Flucht
meine einzige Möglichkeit war.

Was hätte ich sonst tun sollen? Ace streicht mir eine
meiner Strähnen aus dem Gesicht. Meine Haare reichen mir
mittlerweile bis zu den Schultern. Niklaus wollte nie, dass
ich lange Haare habe, Ace hingegen lässt mir meinen freien
Willen.

»Aber ich muss ein letztes Mal mit dir fliehen«, wispere
ich und küsse ihn erneut leidenschaftlich. Seine Hände
liegen auf meinen Hüften und ich spüre ein Verlangen in mir
aufkeimen, das ich in den letzten Wochen erst neu
kennenlernen musste.

Und eines kann ich mit Sicherheit sagen: Ace ist der beste Lehrer in diesem Gebiet. Er weiß, wie er mich berühren muss, um mir die Nerven zu rauben. Weiß, wo er mich küssen muss, um mich zum Explodieren zu bringen. Weiß, welche Worte er mir ins Ohr flüstern muss, damit ich zum Höhepunkt komme.

»Dann lass uns ein letztes Mal fliehen.« Seine Stirn lehnt an meiner und ich atme seinen herben und zugleich frischen Duft tief ein. Gott, wie ich diesen Geruch liebe!

Nur widerwillig lösen wir uns voneinander, bezahlen bei Danielo die Rechnung und wünschen ihm anschließend ein schönes Leben. Denn eines steht fest: Dieses Leben hier werden wir ein für alle Mal hinter uns lassen, koste es, was es wolle.

Mit einem breiten Lächeln im Gesicht verlassen wir das Tattoostudio und machen uns auf den Weg in unser neues Leben. Fernab von allem Schlechten … Fernab von Alvin, Niklaus und Madeleine. Wir fangen neu an. Zu dritt.

ERFÜLL MICH

Drei Jahre später ...

»Wo sind wir?« Die Augenbinde an meinem Kopf hüllt alles um mich herum in Dunkelheit. Das Einzige, was ich vernehme, ist ein süßer Duft. Ist das etwa Zuckerwatte?

Ich rümpfe die Nase, inhaliere den süßen Geruch und taste nach Ace' Hand, die er sofort mit seiner umschließt. Schmunzelnd versuche ich, mehr Eindrücke zu sammeln.

Suche nach Hinweisen. Doch außer dem süßen Duft und einigem Getuschel der Menschen um uns herum tappe ich weiterhin im Dunkeln.

»Es gibt doch nur noch einen Ort, der fehlt, Schatz.« Er erinnert mich an die letzten Jahre. Wir haben all das getan, was ich in meinem Leben tun wollte.

Schon als ich noch ein kleines Mädchen war, hatte ich eine blühende Phantasie. Hatte Träume. Ace hat dafür gesorgt, dass fast alle davon in Erfüllung gehen.

Wir waren in Island auf einem Gletscher. Nach der Geburt meines größten Glücks habe ich einen Berg bestiegen. Und auch wenn es nicht der Mount Everest war, fühlte ich mich frei, als ich an der Spitze ankam. Wir waren ständig unterwegs, haben nie länger als einen Monat an einem Ort gelebt. Die Weinberge in Italien haben mir den Atem geraubt, genauso wie die Menschen in diesem faszinierenden Land.

Das Maß Bier in Deutschland hat mich aus den Schuhen gehauen, während Ace sich um unser Kostbarstes gekümmert hat. Alles in allem waren die letzten drei Jahre die schönsten meines Lebens.

Nur ein Land fehlte bis jetzt.

»Nein«, quieke ich wie ein kleines Kind, das seinen Eltern das Weihnachtsgeschenk entlocken konnte. Seine Hand drückt sich fester gegen meine und ich spüre eine Freiheit in mir, die ich fest umschließe, damit sie mir nicht mehr entkommen kann.

»Doch«, widerspricht Ace mir lachend. Mein Herz pocht so schnell, dass mir beinah schwindelig wird, als er mir die Augenbinde abnimmt.

Es dauert einen Moment, bis sich meine Pupillen an das grelle Licht gewöhnt haben und ich den Schriftzug über mir lesen kann. In dieser Sekunde werden Kindheitsträume wahr …

»Willkommen in Disneyland«, verkündet Ace über beide Ohren grinsend. Ich stehe mit offenem Mund vor dem Eingang dieses Giganten und kann meinen Augen kaum trauen. Träume ich etwa? Um uns herum tummeln sich Menschen aus aller Welt, doch die französischen Wortfetzen überwiegen. Tränen schimmern in meinen Augen, als ich mich an Ace' Brust schmiege und die Sonne auf unserer Haut genieße. Ich will ihm danken, will ihm so vieles sagen, kriege aber keinen Ton heraus.

»Willst du jetzt rein, oder willst du hier draußen stehen bleiben?«, fragt er mich ironisch und geht auf den Eingang zu, wobei seine Hand aus meiner gleitet. Einen Augenblick verharre ich noch an Ort und Stelle, bevor ich meiner Starre entkomme und ihm und unserer Tochter folge …

HEILUNG

»Mach ein Foto!« Lächelnd beobachte ich meine beiden Frauen, die sich an die Seite von Mickey Mouse schmiegen und mich glücklich angrinsen.

»Daddy, Foto!«, quietscht mein Engel ungeduldig und streckt ihre Hände in die Höhe. Sie trägt ein rotes Kleid mit schwarzen Punkten, das sie wie ein Marienkäfer aussehen lässt. Ihre blonden Haare hat sie von Lucia, die grauen Augen ebenso.

Sie hat keinerlei Ähnlichkeit mit mir, aber wir ignorieren diese Tatsache. Wir tun so, als hätte es Niklaus nie gegeben. Nicht nur für uns, sondern auch für unsere Tochter. Sie soll nicht wissen, wer ihr leiblicher Vater ist. Nicht nach dem, was er Lucia immer wieder angetan hat.

Ich war es, der seine Hand auf den Bauch legte, als sie noch nicht bei uns war. Ich war derjenige, der sie bei ihrer Geburt als Allererstes sehen konnte. Ich war es, der ihr die ersten Worte beibrachte und sie auffing, wenn sie bei ihren ersten Gehversuchen fiel. Lucia und ich haben alles dafür getan, dass sie einen tollen Start in dieses Leben hat. Dass sie anders aufwächst als wir. Und das Strahlen in ihren kindlichen Augen sollte als Beweis genügen. Wir haben sicherlich vieles falsch gemacht, aber umso mehr haben wir richtig gemacht.

»Erde an Ace?« Lucia wird ebenfalls ungeduldig, und auch wenn ich das Gesicht des Kerls unter dem Kostüm nicht sehen kann, könnte ich schwören, dass er die Augen verdreht. Wer weiß, wie lange er schon in diesem Teil steckt.

Schnell krame ich mein Handy hervor, öffne die Kamera und schieße mehrere Fotos hintereinander.

Sobald das Handy zurück in meiner Tasche ist, wirft sich mein Engel auf zwei Beinen in meine Arme und sieht mich grinsend mit ihrer süßen Schnute an.

»Bekomme ich noch eine Zuckerwatte?«, fragt sie mich und ihre Augen leuchten so, wie die Augen eines Kindes immer leuchten sollten.

Diese Kleine hat mich im Griff und ich kann mich ihrem Strahlen einfach nicht widersetzen. Sie muss nur mit den Wimpern klimpern und schon bin ich machtlos.

»Natürlich, Lacey.« Ich hebe sie hoch und hauche ihr einen Kuss auf die Stirn, bevor ich sie wieder am Boden absetze.

Lacey ... Ich habe mir wochenlang das Hirn zermartert, weil mir der passende Name nicht einfallen wollte, dabei hatte Lucia schon längst einen im Sinn. Es war schließlich ihre Idee, unsere beiden Namen miteinander zu verbinden.

Lucy und Ace ...

Lacey ...

Während unsere Tochter fasziniert zu Goofy herüberblickt, tritt Lucia an meine Seite und schmiegt sich ebenfalls an meine Brust. Ich umschließe ihre Taille und werfe einen Blick auf das große, pinke Schloss, das sich vor uns in den Himmel erstreckt.

»Es ist umwerfend, findest du nicht?« Lucia schirmt sich die Augen vor der Sonne ab und blickt ebenfalls auf das pompöse Schloss.

»Lacey scheint es hier zu lieben«, stelle ich lachend fest und sehe ihr dabei zu, wie sie sich in dem süßen Kleidchen um ihre eigene Achse dreht. Kennt ihr das Gefühl, wenn das Herz vor Glück beinah zerspringt? Es mag sich kitschig und überspitzt anhören, aber genau das passiert gerade in meiner Brust. Immer, wenn ich sie ansehe. Wenn sie mich Dad nennt und mich an sich drückt. Tag für Tag. Nacht für Nacht.

»Ich liebe es hier auch.« Als Lucia mich mit glänzenden Augen ansieht, kann ich ihre Gedanken lesen. Ich durchschaue sie innerhalb weniger Sekunden, weiß genau, was sie mir mit diesem verträumten Blick sagen will. Damals konnte ich sie nicht durchschauen, jetzt gibt es keine leichtere Aufgabe mehr für mich.

Lacey kommt, nachdem sie Pluto zugewunken hat, an meine freie Seite, und krallt sich in meinem Shirt fest. Ich streiche ihr durch die blonden Engelslocken und spüre etwas in mir. Das hier ist Glück in seiner reinsten Form.

Vor drei Jahren stand ich am Abgrund, habe nach der falschen Frau in meinem Leben gesucht. Jetzt stehe ich mit den richtigen Frauen vor einem verdammt noch mal pinken Schloss!

Die Gedanken an Madeleine und diese Monster kommen nur in einigen Nächten zu mir zurück, wenn ich Albträume habe. Aber dann ist Lucia bei mir und holt mich zurück in die Realität. Und die ist hier direkt vor meinen Augen.

»Was meint ihr? Wollen wir hierbleiben?«, frage ich in die Runde und kann spüren, dass sich beide im selben Augenblick anspannen. Lachend sehe ich erst meinem Mädchen und danach meiner – hoffentlich zukünftigen - Frau ins Gesicht.

»Meinst du das ernst?«, fragt sie mich so leise, dass Lacey es nicht hören kann. Ich blicke mich noch einmal um. Stelle mir ein Leben hier in Frankreich mit meiner Familie vor. Unsere Tochter tippelt nervös von einem Bein aufs andere und sieht mich abwartend an.

»Man muss aufhören, zu fliehen und anfangen, zu leben. Ich glaube, hier könnten wir leben«, antworte ich beiläufig, als würde ich nicht gerade eine Entscheidung fürs Leben treffen. Lucia gibt mir einen Kuss auf den Mundwinkel, während Lacey mich stürmisch an sich reißt.

»Wir lieben dich!«, sagen sie im Chor, als hätten sie sich abgesprochen. In diesem Moment passiert etwas in mir: Ich heile.

Ich vergesse alles Schlechte. Die Wunden verschwinden, die Narben verblassen. Mit diesen Frauen an meiner Seite kann mir niemals jemand etwas anhaben … Und ich heile lächelnd.

Daddy ist direkt hinter mir, genau wie Mommy. Wir stehen auf einem großen Turm. Ich stelle mich auf die Zehenspitzen und schaue nach unten. Man kann die ganze Welt sehen! Bunte Lichter und ganz viele Autos, die unten umherfahren.

Daddy meinte, dass er eine Überraschung für Mommy geplant hat. Mommy weiß nichts von ihrem Glück und ich musste ihm versprechen, dass ich ihr nichts verrate.

Wir haben den Tag in Disneyland bei Goofy und Mickey verbracht. Ich liebe Goofy und Mickey! Genauso sehr, wie ich Mommy und Daddy liebe.

»Lacey, Schatz. Komm her«, höre ich plötzlich die Stimme meines Helden. Ich drehe mich kichernd um und tapse zu meinen Eltern herüber.

»Wie heißt der Turm?«, frage ich und blicke zu ihnen auf. Mommy streicht mir über das Haar und lächelt. Sie ist glücklich. Und ich bin es auch. Immer, wenn sie lächelt, muss ich auch lachen. Ob das normal ist?

»Der Eifelturm, mein Schatz«, erklärt sie mir und ich versuche, das Wort in Gedanken nachzusprechen. Aber ich scheitere. Daddy meint immer, dass es nicht schlimm ist, zu scheitern. Denn nur, wenn man scheitert, lernt man. Mein Daddy ist ein weiser Mann!

»Lucia«, räuspert er sich und geht plötzlich auf ein Knie. Er holt eine kleine Schachtel aus seiner Tasche und öffnet sie.

Darin funkelt ein Ring, den Mommy mit Tränen in den Augen ansieht. Das Glitzern hat mich in seinem Bann, sodass ich von dem, was Mommy und Daddy sagen, nichts mehr verstehe.

Als Nächstes fallen sie sich in die Arme und weinen. Weil ich nicht will, dass sie weinen, dränge ich mich zwischen sie und kuschle mich an sie.

Ich sehe zu ihnen auf und kann wieder ein Lächeln auf ihren Lippen sehen. Zufrieden schließe ich die Augen und genieße die Luft hier oben auf dem Turm.

Daddy meint immer, dass man alles schaffen kann, wenn man nur fest daran glaubt. Mommy meint immer, dass man nur seine Familie braucht, um glücklich zu sein. Ich glaube, sie haben recht.

Ende

PLAYLIST

Die Toten Hosen: Alles aus Liebe

Die Toten Hosen: Bonnie & Clyde

Walking on Cars: Catch me if you can

Walking on Cars: Two Stones

James Bay: Let it go

James Arthur: Say you won't let go

Ed Sheeran: Photograph

DANKSAGUNG

Wow. Kaum zu glauben, dass dieses Buch hier tatsächlich endet. Die Reise mit Lucia und Ace war eine Achterbahnfahrt der Gefühle. In allen Hinsichten. Ich habe gelitten, war über meine dunklen Gedanken geschockt, und berührt, wenn Lucia und Ace sich aufeinander eingelassen haben.

Ich hoffe, ihr könnt das Knistern zwischen ihnen spüren, das ich beim Schreiben spüren konnte.

Ich danke Sarah Buhr für dieses Wahnsinnscover. ICH LIEBE DEINE ARBEIT!

Ich danke meinen Mädels Emma und Sam, weil ihr zwei mir die Tage im Chat ständig versüßt. Weil man mit euch über alles reden kann. Ihr versteht. Ihr hört zu. Ihr seid geil.

Coco, Anja ... Weil ich euch so liebgewonnen habe und ihr unfassbar tolle Menschen seid. Nicola ... Weil du mir so umwerfend tolles Feedback gibst. Jedes. Einzelne. Mal. Ich hab dich lieb!

Patrick ... für deine Hilfe beim Feilen an der Geschichte ... und weil ich dich liebe. Ich würde für dich bluten, so wie Lucia für Ace und Ace für Lucia.

An meine Leser: Weil ihr die besten seid.

In Liebe, Sara.

AUTORENVITA

Sarah Stankewitz lebt mit ihrem Freund in einer kleinen Stadt mitten in Brandenburg.

Schon in ihrer Kindheit liebte sie es, Worte aneinanderzureihen und damit Geschichten zu erschaffen. Seit ihrem Debütroman lässt sie ihrer Fantasie freien Lauf und ist immer wieder auf der Suche nach neuen Inspirationsquellen. Musik, Kerzen und ein bequemer Arbeitsplatz dürfen im Hause der Autorin ebensowenig fehlen wie eine leckere Tasse Cappuccino. Ihre Geschichten spiegeln das wider, was sie sich stets von einem guten Roman erhofft: Liebe, Leidenschaft und eine Prise Humor.

ANDERE WERKE DER AUTORIN

HEART AFFAIR: Liebe niemals deinen Feind

HEART AFFAIR: Küsse niemals einen Fremden

HEART AFFAIR: Traue niemals deinem Boss

KILL MY FEAR: Hingabe

PASSIONATE: Amelia & Gavin

DESIRE: Amelia & Gavin

»Fick mich.« Kikis schrille Stimme sorgt dafür, dass ich am liebsten umdrehen und zurück in den Ring steigen würde. Sie versucht lasziv zu klingen, und in Anbetracht ihres Jobs hier im Club müsste sie es draufhaben, einen Mann mit ihrer Stimme um den Finger zu wickeln.

Aber ich bin nicht irgendein Kerl, der herkommt, um seinen Spaß zu haben. Kein Kerl, der eine Frau zu Hause hat und sie hier mit einer Nutte betrügt. Ich bin hier, weil ich hier hingehöre. Weil das hier seit Jahren mein Leben ist.

Dass ich mich hin und wieder an unserem Personal bediene, ist nur gerecht. Und Kiki konnte schon den ganzen Abend über ihre Augen nicht von mir lassen. Sie liebt es, mit dem Gewinner den Sieg auf ihre Weise zu feiern.

»Sei leise«, knurre ich und stoppe ihr Kichern mit einem Kuss. Sie trägt lediglich einen Slip und Nippel Pasties. Sonst ist sie nackt.

Durch ihre High Heels reichen ihre Augen bis zu meinem Kinn, ohne wäre sie sicher über einen Kopf kleiner als ich. Sie seufzt in meine Mundhöhle und ich greife in ihr welliges Haar.

Bestimmend lange ich unter ihren Hintern, sodass sie ihre Beine um mich schlingt und sich von mir zum Schaufenster tragen lässt.

Normalerweise tanzen die Mädchen hier, um schaulustige Kerle anzulocken, die einen Kampf sehen und sich danach hier drin verwöhnen lassen wollen. So gewinnen wir die meisten Zuschauer. Und letztendlich sind sie es, die uns finanzieren.

In dem sie Wetten abschließen und ihr Geld später in der Nacht bei unseren Frauen lassen. Das ist unser Business.

Das ist es, was wir am besten können. Und die Summen, die hier an einem Abend fließen, sollten Beweis genug sein. Wir haben ein verdammtes Imperium erschaffen.

»Du lässt mich gern zappeln, hm?« Entgegen meiner Bitte, den Mund zu halten, flüstert sie diese Frage zwischen unseren Lippen.

Ich presse meinen Mund dichter auf ihren, ohne ihr zu antworten. Meine Augen stehen offen und ich löse mich von ihr, um sie anzusehen.

Ihre blonden Locken reichen ihr bis zu den wohlgeformten Brüsten, die sie mir entgegenstreckt, in dem sie den Rücken durchdrückt. Die Pasties wackeln aufgrund ihrer beschleunigten Atmung von links nach rechts.

Sie hat blaue Augen und die gefälschten Wimpern sorgen dafür, dass ihr Augenaufschlag alle Männer im Club um den Verstand bringt. Einschließlich meiner Wenigkeit.

Meine Finger krallen sich in das Fleisch ihrer Hüfte, als ich sie auf der Sitzbank direkt am Fenster absetze.

Sie spreizt ihre Beine, wickelt sich eine Strähne um den Finger und lächelt mich spitz an. Dass sie feucht ist, kann ich anhand ihres nassen Slips sehen.

Ihre Haut ist blass, sodass sich der schwarze Spitzenstring deutlich davon abzeichnet. Kein Gramm Fett ist an ihrem durchtrainierten Körper zu finden.

Die Frauen hier müssen sportlich sein, wenn sie in dem Geschäft bestehen wollen.

Immerhin gleicht es einem Hochleistungssport, an den Decken zu hängen und dabei auch noch eine gute Figur für die Zuschauer zu machen.

Auch wenn das Hauptaugenmerk auf den Kämpfen liegt, gibt es immer Männer, die sich lieber an den Frauen ergötzen.

Wie ein Tier auf der Jagd schleiche ich mich an meine Beute heran, greife nach ihren Knien und schiebe sie noch weiter auseinander.

Langsam knie ich mich vor sie, lasse sie dabei aber in keiner Sekunde aus den Augen. Man sieht ihr an, dass es sie verrückt macht. Dass sie es liebt, von mir auf die Folter gespannt zu werden.

Vom Club dröhnt noch immer die Musik zu uns durch, vibrierend zieht sie durch den Raum. Man hört laute Männerstimmen, das Stöhnen von Frauen und grölende Menschenmassen. Dabei ist der Kampf längst vorbei.

Die Party hingegen hat gerade erst begonnen, als ich schweißgebadet aus dem Ring stieg. Ich denke, dass achtzig Prozent der Besucher an diesem Abend auf meinen Arsch gewettet und somit gewonnen haben.

Noch jetzt kann ich das Blut dieses Schlappschwanzes auf meiner Zunge schmecken. Außer einem Schlag in die Magengrube ist es ihm nicht gelungen, mich kleinzukriegen.

Ich bin mir ziemlich sicher, dass dieses Weichei längst das Weite gesucht hat und nie wieder einen Fuß in dieses Gebäude setzen wird. Nicht freiwillig.

Weil sich mein Schwanz drängend gegen meine Jeans presst, fackle ich nicht lange und greife nach ihrem String. Quälend langsam ziehe ich ihr den Hauch von Stoff aus und werfe ihn über meine Schulter weg.

Ohne dass ich sie darum bitten muss, hat sie ihre Beine wieder gespreizt, sodass ich beste Sicht auf ihre Mitte habe. Mit den Fingern dringe ich ohne Warnung hart in sie ein und entlocke ihr damit ein Stöhnen.

Kiki legt den Kopf in den Nacken, drückt ihn gegen die Scheibe des Schaufensters, und keucht auf, als ich mich rhythmisch in ihr bewege. Sie liebt es, dass ich sie in der Hand habe. Wortwörtlich.

Ihr Saft legt sich um meine Finger und das Blut sammelt sich pochend zwischen meinen Beinen. Keine Ahnung, wieso, aber nach einem Kampf ist diese Geilheit ein Dauerzustand.

»Oh, Rage«, krächzt sie, als stünde sie bereits kurz vor einem Orgasmus. Meine Finger fahren aus ihr heraus und gleiten anschließend durch ihre nassen Lippen. Ihre Knie zucken, als ich dabei ihren Kitzler streife.

Meine Hände lassen von ihr ab, stattdessen stehe ich auf, greife nach dem Knopf meiner Jeans, öffne ihn, und zerre sie mir herunter, bis sie mir in den Kniekehlen hängt.

Raunend ziehe ich ihren nackten Arsch dichter an den Rand der Sitzbank und befeuchte meine Finger mit meinem Speichel. Anschließend umgreife ich meinen Schwanz und dränge ihn gegen ihre Scham.

Da ich weiß, dass sie clean ist, brauche ich kein Kondom benutzen. Und sie würde mich niemals daran hindern, sie ohne Schutz zu nehmen.

Kiki stützt sich mit den Händen auf der Bank ab und drückt mir ihren Arsch dichter entgegen, sodass meine Spitze langsam in sie eindringt.

Weil ich schon viel zu lange keinen Sex mehr hatte und die Visage meines Gegners endlich aus dem Kopf bekommen möchte, stoße ich zu.

Ich fackle nicht lange. Beginne nicht langsam. Liebkose sie nicht, verwöhne sie nicht. Hierbei geht es nur darum, diese Bilder aus meinem Kopf zu bekommen. Darum, den Kampf zu vergessen. Das hier mache ich nicht für sie, sondern für mich und meine abgefuckten Gedanken.

Mein Ständer pulsiert im selben Takt, in dem mein Herz gegen meinen Brustkorb donnert. Es dauert nicht lange, bis wir unseren Rhythmus finden.

Ich kontrolliere ihre Lust. Halte inne, wenn sie kurz davorsteht, zu kommen. Nehme an Fahrt auf, wenn ihre Atmung herunterfährt. Ich lasse sie nicht verschnaufen, dafür genieße ich es zu sehr, die Kontrolle über ihren Körper zu haben.

Sie presst ihren nackten Rücken gegen die kalte Scheibe und stöhnt heiser auf. Ich bin mir sicher, dass wir etliche Besucher hier in unseren Club locken, wenn wir so gesehen werden. Während ich sie ficke, ohne Rücksicht auf Verluste.

Männer, die zu Hause keinen Sex mehr bekommen, wollen das, was ich hier mit ihr habe. Sie wollen Spaß. Wollen Druck ablassen.

Und dafür ist ihnen kein Geld der Welt zu schade. Ein Geld, das am Ende der Nacht, wenn sie den Club verlassen, in unsere Taschen fließt.

»Bitte, Rage, lass mich kommen«, bettelt sie mich an. Am liebsten würde ich sie weiterhin zappeln lassen, doch weil sich mein Blut drohend in meinem Schwanz sammelt und ich nicht länger warten will, habe ich Erbarmen.

Ich dringe Stoß für Stoß tiefer und härter in sie ein. Ihre Feuchtigkeit umgibt mich, ebenso ihre Enge. Jede Bewegung bringt meine Nerven zum Zerplatzen. Sekunden später kann ich ihr Zucken spüren, das von ihrem nackten Körper auf meinen übergeht.

Anstatt mich in ihr zu ergießen und ihrem Orgasmus zu folgen, ziehe ich mich zurück und sehe sie gierig an.

Kiki öffnet flatternd ihre Augen und rutscht anschließend elegant und erschöpft von der Sitzbank herunter. Sie weiß genau, was ich will. Und sie wird es mir geben, ohne zu zögern.

Sekunden später kniet sie vor mir, nimmt meinen Schaft in ihre rechte Hand und führt meine Länge zu ihrem Mund.

Ihre Lippen legen sich warm um mich, sodass ich mich knurrend in ihr versenke. »Oh, ja, Babe«, murmle ich, greife besitzergreifend in ihr Haar und kontrolliere die Geschwindigkeit ihres Blow Jobs. Eines steht fest: Die Kleine kann nicht nur gut tanzen.

Ihre freie Hand wandert zu meinen Perlen, die sie zur selben Zeit mit ihren Fingern umspielt. Ich lege den Kopf stöhnend in den Nacken und genieße das leichte Würgen, das sie überkommt, wenn ich bis zum Anschlag in ihr bin.

Ihre Hand wandert hinauf zu meiner Brust, die vom Kampf immer noch nackt und blutbefleckt ist.

Ob es ihr gefällt, dass sein Blut an mir klebt? Ob es sie anturnt? Ich bin mir sicher, dass sie nicht die einzige von unseren Frauen ist, die sich fragt, ob ich gut im Bett bin.

Wenn ich wollte, könnte ich sie alle ficken, da bin ich mir sicher. Die Art und Weise, wie sie mich während eines Kampfes von ihren Podesten aus ansehen, spricht Bände.

Sie sind gierig. Sie sind geldgeil. Und ich habe Geld. Jedes Mal, wenn ich einen Kampf gewinne, mehr. Und sie wollen ein Stück von dem Kuchen abhaben, auch wenn er nach Verderben und Blut schmeckt.

Kikis Lippen umschließen meine Eichel, sie saugt an mir, während sie das Blut dieses Schlappschwanzes auf meiner Brust verteilt. Die Bässe vom Club geraten in den Hintergrund, nur noch das schmatzende Geräusch ihrer Lippen, die mich umgeben, zählt noch. Ihre Titten wippen im selben Takt, in dem sie mich in sich aufnimmt.

Ich spüre, wie mein Blut wallend durch meinen Körper rast.

Je enger sie ihren Mund um meine Härte schließt, desto näher komme ich dem Höhepunkt. *Nur noch einmal vor und zurück und ich spritze der Kleinen heiß in den Mund.*

Stöhnend öffne ich die Augen und blicke durch das Schaufenster nach draußen. Stand ich eben noch kurz davor, zu kommen, lenkt mich das Geschehen vor dem Club jetzt davon ab.

Ich greife bestimmend in ihre Locken und bringe sie zum Stoppen. Kiki sieht fragend zu mir auf, aber alles, was ich sehe, ist die Frau vor den Schaufenstern.

Sie trägt einen schwarzen Mantel, der ihr bis zu den Oberschenkeln reicht. Ängstlich krallt sie sich in dem Stoff fest und schlingt ihn um ihren Oberkörper. Unter dem Mantel kann ich ihre nackten Beine sehen ...

»Rage? Was ist los?«, will Kiki wissen, doch ich lege ihr meine Hand vor den Mund, damit sie still ist.

Die Frau da draußen zieht mich in ihren Bann, ohne dass ich die Kontrolle darüber habe. Und dabei kontrolliere ich sonst alles!

Sie hat rotes Haar, das im Licht der Straßenlaternen verführerisch schimmert. Selbst aus der Entfernung kann ich ihre knallroten Lippen sehen, die einen Spalt offenstehen. Die blanke Angst schmückt ihr Gesicht.

Wovor sie wohl Angst hat? Und wieso kümmert es mich überhaupt? Vor mir kniet eine der attraktivsten Frauen im Club und doch kann ich meine Augen nicht von der Rothaarigen lassen.

Wie alt sie wohl ist? Ihre Gesichtszüge sind weich, naiv, unerfahren. Vermutlich geht die Kleine noch zur Schule und weiß gar nicht, in welch gefährlichen Vierteln sie sich samstagnachts herumtreibt.

Mein Blick wandert von den Schuhen mit dem kleinen Absatz über ihre Knöchel hoch zu ihren nackten Oberschenkeln. Selbst von Weitem kann ich sehen, dass sie zittert.

Mein Schwanz, der kurz davorstand, zu erschlaffen, erwacht wieder zum Leben. Kiki scheint das als Einladung zu sehen, denn Sekunden später schiebt sie meinen Ständer zurück in ihren Mund.

Anfangs will ich es zulassen, will kommen, während die Kleine da draußen vor dem Fenster steht.

Sieh her, knurre ich sie gedanklich an, aber dieses kleine Biest denkt nicht daran, mir ihre Aufmerksamkeit zu schenken.

Erst auf den zweiten Blick erkenne ich, wieso. Ein paar Meter vor ihr stehen zwei schwarze Gestalten.

Diese Kerle können kaum mehr als siebzig Kilo wiegen und doch scheint sie Angst vor den Männern zu haben.

Als ich das nächste Mal zu ihr blicke, haben sie die beiden Männer schon an sich gerissen. Die strahlend weißen Zähne des Rechten lachen diabolisch und siegessicher auf, während der andere seine Hände unter ihren Mantel schiebt. Sie windet sich, schreit aber nicht.

Ich bin mir sicher, dass ich ihre Schreie hören würde, egal wie laut es hier drin ist. Ich höre alles. Ich sehe alles. Und es gefällt mir nicht, dass diese Männer sie in Panik versetzen.

Noch eine Weile stehe ich vor Kiki, ignoriere, dass sie sich für mich ins Zeug legt, und sehe dem Trio vor dem Schaufenster zu.

Doch als die Frau schließlich zu Boden geht und sich einer der beiden über sie beugt, stoße ich Kiki von mir weg und ziehe mir die Hose an.

»Was soll das? Ich bin noch nicht fertig!« Ein Lachen überkommt mich. Als wüsste ich das nicht am besten ...

Schließlich drängt sich mein Schwanz jetzt wieder pochend gegen den Stoff meiner Jeans. Ohne auf ihren Protest einzugehen, lasse ich sie am Boden kniend zurück und stürme aus dem Raum.

Die anderen Leute im Flur ignorierend, steuere ich den Hinterausgang des Clubs an und reiße die Tür auf. Sekunden später schlägt mir die kühle Nachtluft entgegen.

Die Kerle erstarren gleichzeitig und blicken sich erschrocken zu mir um, als ich halbnackt auf die Straße trete.

Einer der beiden weicht zurück, der andere lässt sich von mir nicht einschüchtern. In diesem Moment versuche ich mich nur auf diese beiden Luschen zu konzentrieren. Also ignoriere ich das Wimmern der Rothaarigen und gehe noch einen Schritt auf sie zu.

»Scheiße, Brian, lass uns gehen«, murmelt der Linke der beiden und zerrt seinem Freund am Ärmel mit sich. Dieser wehrt sich und wimmelt ihn kopfschüttelnd ab.

»Nein!« So sehr ich ihr leises Winseln auch ignorieren will, ich kann es nicht. »Ich würde sie loslassen, wenn du morgen die Sonne aufgehen sehen willst«, warne ich den Kerl, der kaum älter als zwanzig sein kann. Wissen sie nicht, mit wem sie es hier zu tun haben?

Der Typ lässt von der Frau ab und baut sich vor mir auf. Nur, dass er seine Größe anscheinend überschätzt. Er müsste sich auf die Zehenspitzen stellen, um mir das Wasser zu reichen.

Ich dränge ihn gegen die Wand des gegenüberliegenden Gebäudes und sehe ihn intensiv an. War er anfangs noch entspannt, kann man ihm jetzt die Angst ansehen.

Meine Hand schnappt blitzschnell nach seinem Hals, sodass ich seine Kehle druckvoll zerquetsche. Der Kerl japst nach Luft, während der andere auf mich einredet.

»Hey, hör zu ... wir gehen einfach, okay?« Er versucht die Situation zu entschärfen, aber ich bin niemand, den man entschärfen kann.

»Damit ihr dann morgen Nacht die nächste Frau belästigt?«, frage ich in zynischem Unterton und denke gar nicht daran, von dem Halbstarken abzulassen.

Seine Beine baumeln in der Luft, ich halte ihn lediglich an seiner Kehle fest. Luftjapsend windet er sich unter mir.

»Bitte, wir werden niemandem mehr zu nahe treten«, bettelt wieder der andere. Innerlich gehe ich meine Möglichkeiten durch.

Ich könnte den Kerl vor mir mit einem gezielten Schlag auf den Kehlkopf töten. Oder ich lasse ihn gehen und suche ihn nachts in seinen Albträumen heim.

Ich nähere mich seinem Ohr und flüstere ihm meine Entscheidung ins Ohr. Sobald mein Atem auf seine Haut trifft, zuckt er zusammen.

»Wenn du dich noch einmal hier blicken lässt, zertrümmere ich dich mit bloßen Händen, hast du das verstanden?« Als Antwort nickt der Kerl schwach, weil ihm die Luft ausgeht.

Angewidert lasse ich von ihm ab, sodass er zu Boden gleitet und beinahe auf die Schnauze fliegt, als er rennend das Weite sucht.

Schon Sekunden später sind ihre schwachen Silhouetten am Ende der Gasse alles, was von ihnen zurückbleibt.

Ich stehe versteinert da, spüre ihre Anwesenheit auf mir wie eine zweite Haut. Die Frau kriecht von mir weg über den kalten Asphalt, als ich mich umdrehe.

Man sieht ihr an, dass sie Angst vor mir hat. Wieso zum Teufel hat sie Angst vor mir? Habe ich ihr nicht gerade den süßen Arsch gerettet?

Ihr Blick haftet an meiner nackten Brust und plötzlich fällt es mir wie Schuppen von den Augen. Das Blut ... Sie sieht das Blut des Verlierers auf meiner Brust.

Ihre Augen wandern tiefer, vorbei an meinem Sixpack und dann bleibt sie schluckend mit dem Blick an meinem Schritt hängen. Sie sieht, dass ich hart bin. Sie sieht, dass ich nur eines will. Und das liegt am Boden vor mir.

Ob sie denkt, dass ich es ihretwegen bin? Ich hoffe es. Etwas an diesem überaus hübschen Gesicht hat es mir angetan, nur kann ich nicht benennen, was es ist. Was die Kleine in meinen Augen so besonders macht. Sie ist nicht anders als die Frauen im Club. Oder?

Als ich einen Schritt auf sie zumache, weicht sie noch weiter zurück. Ihre Lippen beben und ihre blauen Augen sind panisch aufgerissen.

Ihre roten Haare hängen ihr im Gesicht und ich stelle mir vor, wie es wäre, mich in ihrem hübschen roten Mund zu versenken.

Ich bin mir sicher, dass sie mich innerhalb von Sekunden zum Kommen bringen könnte ... Selbst wenn sie nicht aussieht, als hätte sie schon mal einen Schwanz im Mund gehabt.

»Du solltest dich künftig von diesen Gassen fernhalten«, raune ich und gehe an ihr vorbei, anstatt ihr aufzuhelfen. Die Angst in ihrem Blick sagt mir ohnehin, dass sie mich nicht freiwillig anfassen würde.

Was für eine Verschwendung ...

Ich hingegen würde sie ohne zu zögern mit in den Club nehmen und ihr am Schaufenster zeigen, wie gern ich sie anfassen würde. Wo ich sie überall berühren würde ... Ja, ich könnte dieses zarte Ding zum Schreien bringen, wenn sie mich lassen würde.

Sicherlich müsste ich sie nur küssen und sie würde schon unter mir erzittern. Erfahren werde ich es vermutlich nie. Die Kleine wird unseren Club nie freiwillig betreten.

Ohne sie ein weiteres Mal anzusehen, stoße ich die Tür des Hintereingangs auf und verschwinde in der Dunkelheit des Palace' of Pain.

Nur im Hintergrund kann ich ihre Stimme hören, die ein leises Danke in die Nacht flüstert. Ich verdränge die Bilder von der Kleinen auf den Knien vor mir und mache mich zurück auf den Weg zu Kiki, um das zu beenden, was die Rothaarige in meinen Gedanken begonnen hat ...